Marie Theres Relin und Franz Xaver Kroetz

Szenen keiner Ehe

Marie Theres Relin

SZENEN KEINER EHE

Franz Xaver Kroetz

dtv

MIX
Papier | Fördert gute Waldnutzung
FSC® C083411

Satz: Fotosatz Amann, Memmingen
Gesetzt aus der Garamond Premier Pro (Text Relin) und
Courier Prime (Text Kroetz)
Druck und Bindung: CPI books GmbH, Leck
Printed in Germany · ISBN 978-3-423-28374-8

Marie Theres Relin

14./15. Oktober Wieder da. Es regnet viel und die Insel ist grün. Das Meer wirkt beruhigend. Meine Mission heißt »Lebenstraum erfüllen«. Nicht meinen – seinen. Irgendwann Anfang des Jahres rief er mich an und meinte: »Ich werde wohl mit einem großen Blumenstrauß auf dich zukommen müssen und dich bitten, mit mir die Reise zu machen.« Unsere Kinder sind alle drei an Schulzeiten gebunden, zwei als Lehrer, eine als Mutter – und im August durchs vierzig Grad heiße Andalusien mit einem alten Mercedes 190 E ohne Klimaanlage zu schippern würde wohl den alten Herrn und mich an unsere gesundheitlichen Grenzen bringen.

Im Sommer sah ich just an meinem Geburtstag einen Film mit Charlotte Rampling. Sie spielte eine widerliche Großmutter – Grande Dame –, die, je näher sie ihrem Lebenstraum dank ihres Enkelsohnes kam, milder und friedlicher wurde. Mich hat dieser Film insofern berührt, als zwischen Geburt und Tod sich ein paar Lebensträume tummeln und meist so weit aufgeschoben werden, bis sich der Traum, wie in ein Boot gelegt, immer weiter vom Ufer entfernt und irgendwann am Horizont des Meeres verschwindet.

Mein Entschluss war gefasst. Und als noch junge Reiseleiterin trotz mittleren Alters, einer meiner vielen neuen Berufe, müsste ich uns doch eine perfekte Reise zusammenstellen können. Vielleicht würde daraus sogar ein Roadmovie entstehen – »Szenen keiner Ehe« sozusagen?

Drei Tage danach, Anfang Juli, saß ich mit ihm auf der Bühne. »Kroetz liest Kroetz« – eine Doppellesung. Meine Veranstaltung. Ein weiterer, eher brotloser Beruf, der viel Einsatz

Franz Xaver Kroetz

1. Eintrag Man kann es nicht abstellen, eitel bis ins Grab: Sie sieht mich, muss mich sehen, denn wir verreisen gemeinsam, zuerst in ihr Haus nach Teneriffa, das auch mal mein Haus war, dann mit dem Auto zurück, solang wir wollen, können, es zusammen aushalten, nach zwanzig Jahren Trennung, Scheidung, Hass, Verachtung und - zuletzt - Gleichgültigkeit.
Also nochmal: Sie sieht mich und denkt sich, das Einzige, was an ihm noch attraktiv ist, ist sein Geld. Denkt sie das? Das Alter ist ein Massaker und hat mich ruiniert. Ich weiß es.
Diesmal mit Teleskop-Prothese unten, billigem Provisorium oben, zwei Ibuprofen 600 gestern, um den Flug zu überstehen, nur aufs Klo muss ich nicht mehr alle zwei Stunden, geht besser.
Sonst? Heute, nach dem ersten gemeinsamen Tag nach siebzehn Jahren, ging es gut. Der Umstand, dass man bei diesem Arrangement einfach ausgeliefert ist, sich selbst UND den andern - das macht milder. Man sitzt im selben Boot.
Mit wem? Der Ex, die man seit fünfunddreißig Jahren kennt und von der man keine Ahnung hat (ja, stimmt, höre ich sie sagen).
Aber wenn ich daran denke, dass ich vor einem Jahr keine zehn Minuten mit ihr allein in einem Raum sein konnte, war es entspannt. Und wenn man

erfordert. Dabei hab ich nicht nur gelernt, ganz autodidaktisch, Veranstaltungen zu organisieren, sondern auch Plakate und Booklets selbst zu gestalten. Eine Grafikerin kann ich mir nicht leisten, also bin ich mir selbst eine geworden.

Ich las eine Short Story von ihm, in der er den »leeren Tag« eines Dichters beschreibt, während seine Frau durch den Hausfrauenalltag mit zwei Kindern hetzt, immer gewillt, alles, aber auch wirklich alles für den Dichter zu tun. Großartig geschrieben. Anscheinend auch gut vorgetragen, denn mein alter Dichter auf der Bühne schüttelte sich vor Lachen, genauso wie das Publikum. Es war das erste Mal nach – madre mia! – fünfunddreißig Jahren, dass ich auf Augenhöhe mit ihm auf der Bühne saß. Er las aus seinen »unveröffentlichten Memoiren«, gefüttert mit Fantasie, vor, beide Texte ergänzten sich aufs Feinste.

Es war eine gute Lesung, erfolgreich, lebendig und sie schenkte mir die Zuversicht, dass eine gemeinsame Reise doch möglich sei. Ganz ohne Verstellung. Mein Ex, das unbekannte Wesen, und umgekehrt. In der Tat: Was weiß man schon über den Menschen, mit dem man ein Leben verbracht hat? Ja, sicher, viele Geschichten, gemeinsam Erlebtes, unterschiedliche Blickwinkel und ähnliche Sichtweisen, Höhen und Tiefen. Aber es gibt auch viel Unausgesprochenes. Strickmuster, die im Laufe der Jahre zum Stolperstrick wurden. Man blieb vor dem Strick stehen, um nicht wieder zu stolpern und auf die Schnauze zu fallen. Das klingt sehr negativ, ist aber nur eine Reflexion auf die vielen Kompromisse, die ich in meinem Leben aus Angst gemacht habe. Und die »Schuld« liegt weder an ihm noch an meiner Entscheidung, Mutter zu werden, statt Karriere zu machen – was ich übrigens nicht bereue –, sondern an Umständen meiner Kindheit und Jugend. Die ich nicht ansprechen konnte, die aber zu Mustern meines Lebens wurden.

Vorgestern angekommen in dem kleinen Ort und im letzten Haus am Meer. Ich liebe diese Insel. Auch wenn die Geschich-

bedenkt, dass sie mir vor ein paar Jahren noch regelmäßig den Tod gewünscht hat (das „Sandwich" sagte dazu vor Kurzem: den wünscht sie dir heute noch, Papa, da kannst du ganz beruhigt sein), dann waren wir die ersten vierundzwanzig Stunden friedliche Lämmer und keine zähnefletschenden Bestien; wie man wäre, wenn man könnte, weiß ich nicht. Sie wünscht mir vielleicht nicht mehr den Tod, nur noch, dass ich sie in meinem Testament nicht vergesse.

Ich hab mein Leben irgendwie so an die Wand gefahren, dass ich in München oder in Kirchberg stundenlang dasitzen und vor mich hinstarren kann – und wenn ich zu mir sage: tu doch was, dann fragt es aus mir: was denn? und ich weiß es nicht. Also ist die Reise hierher ins heute regnerische Teneriffa, das warm und blau verschmiert ist, eine Abwechslung.

Aber das Gespräch mit ihr hat was vom Gespräch mit einer fremden Frau, die einfach reden will, egal mit wem, und der man nicht ungern zuhört, auch – ja auch wenn sie nur Dinge erzählt, die sie schon oft erzählt hat. Ich höre mit wohlwollender Langeweile zu, es ist eine Art Musik, nah und fremd zugleich, ein bekannter Singsang aus einer vergangenen Welt. Und in diesen vierundzwanzig Stunden gibt es keine Worte, die wehtun. Wenn man sich nicht mehr liebt und nicht mehr miteinander schläft, dann kann man vielleicht befreundet sein.

Fest steht: Ich bin nicht mehr der, der ich war, und sie ist nicht die, die sie ist. Klingt deppert, find, es ist trotzdem was dran ...

ten der Dorfbewohner vor Traurigkeit strotzen, mit ihrer grenzenlosen Eintönigkeit, so sind es mir die liebsten Menschen geworden, die ihre Herzlichkeit wie aus einem großen Sack mit bloßer Hand auf einen streuen.

Sein Auto ist in der Werkstatt, bei Santi. Santi, ein großer bäriger Typ mit philosophischem Kopf und einem göttlichen kanarischen, teils bösartigen Humor, der so schnell ist, dass ich mit meinem unvollkommenen Spanisch immer nur zeitverzögert seine Witze verstehe, hat ein großes Lebensdrama: Mit siebenundfünfzig wohnt er noch immer bei seiner Mutter.

Wir starten also mein Auto, besser das meines Sohnes, einen alten Renault Clio, fahren den Berg hoch, direkt an Santis Werkstatt vorbei, grüßen ihn und den Pulpo-Fischer, fragen nach dem Auto, »Ende nächster Woche« murmelt er. Und ich denke, oh Gott, bis der Lebenstraum auf Rädern fahrtüchtig und reisebereit ist, wird's wohl dauern. Wir biegen auf die Hauptstraße ein und erst hier fällt mir auf, dass das Display ausgefallen ist. Keine Geschwindigkeit, kein Sprit, Wasser oder Sonstiges wird angezeigt. Blinke ich jetzt oder nicht? Wir bleiben am Straßenrand stehen. F. X. geht ums Auto herum, ich blinke links, blinke rechts, alles scheint zu gehen, bis auf die Anzeigen im Auto. Fuck, die Reise geht ja schon gut los. Zwei kaputte Autos bei Santi und einen kniekranken Dichter im Haus.

Kehrtwendung und bei Santi klingeln. Seine Mutter öffnet. »Hola mi niña«, sagt sie leicht angesäuert, denn es ist zwei Uhr und das Essen steht auf dem Tisch. »Solo un momento«, bitte ich und Santi kommt an die Tür gehumpelt. Ja, ich soll später vorbeikommen. Gut, erst einmal tanken, wir wissen ja nicht, wie viel Sprit drin ist. Dann die Fahrt, schön langsam und nach Gefühl, zum Alcampo. Ein riesiges Einkaufszentrum, das keine Wünsche offenlässt und sämtliche Kroetze erfreut. Ihn am allermeisten. Ich meide den Tempel der Kauflust. Mir fehlt

Also warten wir ab, wie sich die Kostüme verändern. Und die Kostümierten auch. Ach ja, wir haben Muscheln gekauft, sie hat gekocht und geredet, und ich hab zugeschaut und zugehört.
Da entstand so was wie eine linkische, kleine Vertrautheit. Ich bin noch immer ein alter Macho und sie ist noch immer eine appetitliche Köchin.
Schauen wir, wie es sich weiterentwickelt, wir wollen jeden Tag was schreiben, egal was. Und keiner weiß, was der andere schreibt, außer eben SZENEN KEINER EHE.

außerdem das nötige Kleingeld und Lebensmittel hole ich lieber auf Märkten und in kleinen Läden.

Für ihn ist es aber ein Ort der Selbstbestimmung. Fürs Einkaufen reicht die Kreditkarte und Spanischkenntnisse sind überflüssig. Es ist ein Ort der Studie, wenn er auch hier dem Volk aufs Maul schaut, und seine Beobachtungsgabe ist feinfühlig und stark.

Wir trinken den Kaffee »leche leche«, halb Milch, halb Dosenmilch, und überlegen tatsächlich ein Buch zu schreiben. Für uns. Ja, warum nicht? Disziplin ist gefragt: Jeder muss eine Seite pro Tag tippen.

Apropos tippen, mir fiel es schon lange auf und auch jetzt beim Aufschreiben klafft hier eine Lücke: Wir haben keine Namen. Als junges Paar nannten wir uns »Schnucki«, das wurde ziemlich schnell durch »Mama« und »Papa« abgelöst. Sogar öffentlich. Während ich ihn noch Franz nannte, stieß mir seine »Mama« förmlich auf. In der Scheidungsphase mutierte er in meinem Sprachgebrauch zum »Kroetz« und schriftlich unterschrieb er bis zuletzt als »F. X.« und ich als »M.Th.« – nicht wirkliche Namen im Gespräch. Und oft einigten wir uns auf das neutrale »Hallo, mein/e Liebe/r«. Um mich zu frotzeln sagt er dann und wann »Marie Therese«, das mir verhasste letzte »e« wird dabei in die Länge gezogen. Immerhin nannte er mich nie »Mausi«, der Spitzname, der an mir klebte wie das schwarze Pech an der Pechmarie.

Gut, ab heute wird das alte Kind beim Namen genannt. Franz oder Franz Xaver? Ich werd' ihn fragen.

16. Oktober Ich hab ihn natürlich nicht gefragt, wie er genannt werden möchte, fühlte sich einfach etwas doof an, nach fünfunddreißig Jahren den Namen zu erfragen, aber ich nannte ihn Franz. Er tut sich mit meinem Namen etwas schwerer, das Ausweichen ist lustig zu beobachten, »mein Schatz« sagte er beim Abendessen, ich zuckte und schmunzelte.

In der Früh gleich in die Werkstatt zu Santi und nach einiger Sucherei war der Kleinwagen wieder voll funktionsfähig. Was für eine Erleichterung.

Danach zählten wir unsere Wörter, ich hatte doppelt so viel geschrieben wie er. Das wirkt wie ein Motivationswettbewerb, mit oder ohne Aussage. Keine Ahnung. Unsere Gespräche sind aber gehaltvoll und ecken an vielen Stellen der Erinnerung an. Es sind wie tausend verschiedene Leben und ein gemeinsamer Nenner. Das Erinnern beider Seiten ergänzt sich.

»Ich hab den Fahrgastbeförderungsschein«, sagte ich zu ihm scherzhaft, als ich in die kleine Straße einbog. »Jetzt verwechselst du mich aber mit deinen Gästen.« Er wusste noch nicht, durch welche Serpentinen wir zur Küste fahren würden. Ich hatte sie auch vergessen und nach dem dritten entgegenkommenden Auto und Ausweichmanövern im Rückwärtsgang war ich schweißgebadet. Er schimpfte, die Autofahrerei täte seinem Knie nicht gut und außerdem sei es hier gar nicht schön. Früher wäre ich sofort umgekehrt und der Konflikt wäre geboren gewesen. Heute nannte ich es Konditionstraining und wir machten einen wunderschönen, langen, lichtdurchfluteten Spaziergang an der Küste von El Sauzal. Anfangs maulte er, am Schluss war er happy.

Hätte ich innerhalb der Ehe häufiger die Ruhe bewahrt, es wäre uns einiger Stress erspart geblieben.

Die Serpentinen heimwärts waren wie eine bestandene Bewährungsprobe.

Jetzt musste ich nur noch den Mut aufbringen, mein Ich

2. Eintrag Bevors richtig losgeht, ein kleiner, giftiger writer's block. Die Gegenwart ist die Gegenwart, ist die Wahrheit. Aber ist, was wahr ist, auch wichtig? Dichtung und Wahrheit?
Die Lüge hat so viele Möglichkeiten, aus der Wahrheit ein paar glühende Funken zu schlagen; drum lass den ehrlichen Ackergaul im Stall, schwing dich auf den Pegasus, der hat Flügel und wird mit Fantasie gefüttert. Er kann dich in heitere Lüfte ziehen oder abwerfen, dann stürzt du ins Unendliche. Ist das nicht verlockend? Du bist ein toter Dichter, aber kein toter Buchhalter. Schreib, was du willst, aber schreib!
Mit diesen Gedanken sitz ich neben der Ex in ihrem Clio, mit dem wir die Insel entlangfahren, bis der Himmel blau wird. Dann ein für mich langer, in Wirklichkeit kurzer Spaziergang am Meer, und die alte Zeit wölbt sich über uns. Sie weiß alles und erzählt trotzdem nur das, was sie schon hundertmal erzählt hat, jetzt wieder, und meine Demenz ist nicht in der Lage, das restlos zu absorbieren. Einiges weiß ich immer noch von dem, was ich nicht mehr weiß. Sie erzählt es trotzdem und meine Laune wird schlecht.
Das Problem ist das Knie, das mich demütigt und zum Krüppel macht: Ich kann wirklich kaum laufen. Ich hätte in München bleiben sollen und mich operieren lassen können, wär vielleicht besser gewesen. Aber jetzt bin ich da, auf wackeligen Beinen. Und sie redet ohne Unterlass, ich kann nicht davonlaufen. Ich schau aufs Meer und auf mein Knie.
Endlich merkt sie es und sagt: Sollen wir umkehren, hast du Schmerzen? JA!

nach außen zu stülpen. Während ich nach dem Essen die Küche aufräumte, setzte er sich an die Schreibmaschine und tippte. Der Sound erinnerte mich an früher. Als das Geräusch länger verstummte, rief ich: »Du kannst wieder in die Küche kommen, ich hab schon abgewaschen!« Eigentlich wäre er heute dran gewesen.

Es stört sie nicht, sie redet weiter. Sie weiß, dass ich übertreibe. Dass ich nicht normal kann. Dass wir uns so furchtbar vertraut sind, macht unsere gemeinsame Sache glitschig. Können wir überhaupt etwas schreiben, was der andere nicht weiß? Und wenn wir beim Schreiben ausrutschen, tritt der andere nach, wenn er schon nicht hilft? Keine Ahnung. Was sie von mir in fünfunddreißig Jahren gelernt hat zu wissen, das bist du für sie. Sie gestattet keine Räume, die sie nicht weiß. Da würdest du ihr ja entgleiten. Unglücklicherweise hat sie schon als Reiseleiterin Touren mit jeweils fünfzehn alten Menschen durch Teneriffa geguidet. Sie nimmt dich als eine sehr verkleinerte Reisegruppe wahr, wenn sie dich fragt, ob du aufs Klo musst, ob du dich kurz hinsetzen willst, ob du keine Luft kriegst, ob du ein Glas Wasser willst. Ihre Sorge um dich hat etwas Beleidigendes. Sie verortet dich zwischen Altersheim und Friedhof.
Ich weiß nicht, wies weitergeht, wie lang ich das aushalte. Jetzt halt ich es noch gut aus, ich denke an München. Ich denke daran, wie ein Restgreis dasitzt und vor sich hinschaut und definitiv nicht weiß, warum er aufgestanden ist, warum er da ist und wie er sich am besten abschaffen kann.
Also die Bewegung tut gut, die Selbstverteidigung auch, und die Hobby-Krankenschwester, die es bestimmt nicht mit dir, sondern mit sich gut meint, wenn sie dich pampert, schwankt zwischen begeisterter Hilfs-Onanie und „was geht mich das alte Arschloch an?" Nichts, gar nichts.

17. Oktober Grundlos traurig. Wie ein Schleier, der sich über die Seele legt.

»Die Seele … ist ein weites Land, wie ein Dichter es einmal ausdrückte … Es kann übrigens auch ein Hoteldirektor gewesen sein.« Ich liebe diesen Satz von Arthur Schnitzler. Vielleicht beschäftige ich mich in den endlosen Gesprächen mit F. X. einfach zu viel mit meiner Vergangenheit? Vielleicht sind es meine beruflich mageren Aussichten? Vielleicht überwiegt auch die Sorge, denn ich hatte die Verwirklichung seines Lebenstraums ohne sein Knie gemacht. Er hat wirklich starke Schmerzen. Die neunzig Minuten Autofahrt waren schon zu lang und der Spaziergang schürte den Entzündungsherd erneut an. Wie wollen wir dann bloß die Reise machen? Die Fahrt mit der Fähre dauert allein zweieinhalb Tage. Das wird anstrengend. Wenn wir dann von Cádiz nach München jeden Tag nur hundert Kilometer fahren würden, wären wir allein hier schon siebenundzwanzig Tage unterwegs. Von Motel zu Motel. Ohne Zwischenfälle. Ohne eine Stadt wirklich gesehen zu haben.

Die Sonne schien herrlich, ich liebe diesen blauen Horizont. Wir gingen langsam die Stufen runter zum Strand. Meer und Baden taten ihm gut. Und mir erst. Die Verlangsamung des Seins macht sich bemerkbar. Genuss auf Raten. Mir fehlt der innere Schwung für Neues. Vielleicht muss ich fallen, fallen, fallen, bis neue Kraft entsteht? Leerlauf? Die nächste Lebensphase akzeptieren und das Beste daraus machen? Ich halte mich fest an der Dankbarkeit, denn – last but not least – das sind alles Luxusprobleme. Es geht immer irgendwie weiter, auch wenn der Wurm in der Seele bohrt.

Ich verrenne mich auch beim Schreiben: Die lustigen Geschichten erzähle ich ihm und spiele sie ihm teilweise vor, beispielsweise wie ich meine nächste Lesung zu »Thomas Mann und die Musik« vorbereite, bei der die japanische Pianistin zwischen Liszt und Beethoven ihr Können auf die Tastatur

3. Eintrag Langsam machen die Erinnerungen die Augen auf. Wie schmeckt das Meer? Kann ich mit meiner Arthrose die – ja, wie viele?
ich wusste es mal – Treppen runterlaufen bis zum Meer? Behindert wie ein Krüppel bin ich schon lang, hab ich trotzdem die Souveränität ins Wasser zu gehen und kann ich noch schwimmen?
Ich humple die Treppen runter und ich humple ins Meer und ich kann noch schwimmen, fast wie früher (bild ich mir ein – Idiot!)!
Ein Sieg nicht, aber eine Beruhigung:
Da ist noch ein Licht im Krüppeldunkel.
Heute Nacht, als ich wach war, hab ich mir gedacht: Jetzt wette ich mal mit mir, wie lang es dauert, bis ich alles vergessen hab, was sie mir angetan hat irgendwann und irgendwie und es wie früher wird, weil die vergangenen Gewohnheiten mich zu unsouveränen Intimitäten zwingen?
Als das Ende unserer Ehe näherkam, dachte ich: Sie braucht mich nicht mehr als Mann, sondern nur als Mülleimer für all den Scheiß, den sie Tag und Nacht von sich gibt. Wie ist das jetzt? Freundlich, friedlich, fast rücksichtsvoll, und obwohl sie fett ist, ist sie noch recht sexy.
Als ich aus dem Meer rausgeklettert bin über die spitzen Lavasteine, hoffend, ich stürze nicht, war das Knie viel besser. Da sie mich, seit wir da sind, damit nervt: du musst schwimmen, das hilft mehr als alles andere, hätte ich sie beinah aus Dankbarkeit geküsst.
Aber ist ein Kuss von mir aus Dankbarkeit okay?

schleudern wird, während ich kurze, trockene Auszüge seiner Romane lese. »Zauberberg«, »Buddenbrooks«, »Doktor Faustus« und »Felix Krull«, zusammengequetscht auf vierzig Minuten. Da stellt sich nicht die Frage, wer der Publikumsliebling an diesem Abend sein wird. Trotzdem mag auch das erarbeitet sein. Die Pianistin wird, wie schon bei der letzten Lesung, nach jedem berühmten Stück ihre Hände leidenschaftlich in die Luft reißen, die Zuschauer werden applaudieren und mit Bravorufen ihre Begeisterung kundtun … und dann komm ich. Lesung und moderater Applaus. Mir graut jetzt schon vor dem Auftritt.

Ich werd' mal die Chronologie meines Losertums aufschreiben. Vielleicht tut es gut zu sehen, wie aus jeder Niederlage Neues entstand.

Oh Mann, das klingt alles so, als sei ich in die Depression meines Ex-Gatten geschlüpft und verschanzte mich mit ihm im Alterungsprozess, um dem Tod keinen Einlass zu gewähren.

Schluss jetzt. Schaff die Leichen fort, die dir auf der Brust liegen, und genieße die Sonnenstrahlen auf der Nasenspitze. Das Leben ist zu kurz, um sich zu grämen. Lass die, die dich bremsen, im Straßengraben liegen.

Das Meer tobt heute wild. Es schäumt wie ich innerlich. Die Sonne auf meiner Haut wirkt beruhigend und lässt mich Frieden spüren. Mein Entschluss ist gefasst, ich räume auf mit all dem, was mich belastet, und ansonsten genieße ich jeden guten Moment. Alle drei Kinder stehen im Leben und sind gesund. Und mit Franz hab ich trotz aller Reflexionen eine gute Zeit. Ich kann es mir leisten, stillzustehen und abzuwarten. Und das tue ich jetzt. Mit Genuss und Dankbarkeit. Ende der Durchsage.

Die Teleskopprothese ist gut, das billige Plastikprovisorium hält - noch. Vielleicht sollte ich sie küssen, solange das Provisorium noch hält und nicht mit Uhu nachgeklebt werden muss?

Dass alt werden nichts für Feiglinge ist, ist ein süßlicher Kitsch, das mit dem Massaker passt besser. Und sogar die Luft ist ein Kadaver.

Die Probleme mit der Lunge haben sich nicht in Luft aufgelöst, trotz Meer. Ich brauch immer noch das Kortisonspray.

Was ist positiv? Dass ich heute wirklich im Meer war und nicht untergegangen bin? Dass ich gemerkt hab, dass die Ex im Badeanzug fett, aber knusprig ist?

Langsam werde ich müde und die Erinnerungen schließen die Augen. Sie sollen mich in der Nacht trösten und mir freundlich zuwinken, damit mir nicht das letzte Ich verrutscht und ich es nicht mehr finde.

18. Oktober Der regelmäßige Alkohol zieht mich runter. Für mich allein kaufe ich schon lange keinen mehr, da ich die Selbstverständlichkeit, abends zum Gläschen zu greifen, verachte, auch wenn mir der Wein schmeckt. Franz trinkt regelmäßig, mittlerweile langsam und der große Unterschied zu früher: Er bleibt friedlich. Früher konnte ich mit jedem Glas oder Bier seine Aggression wachsen sehen, dahinter blieb die Angst der Disharmonie. Das ist heute anders. Das Alter macht zahnlos und stimmt milder, ich begrüße es.

»Wollen Sie unsere ›Spionin‹ werden? Sie bringen uns die Promi-News, wir verteilen diese an sämtliche Zeitungen und Sie bekommen dafür …. nichts.« Zugespitzt zusammengefasst das Angebot einer Promi-Nachrichtenagentur. Unfassbar, wie die Arbeits- und Zahlungsmoral gesunken ist. Gerade im Kunst-, Kultur- und Showbusiness. Franz meint, »es umgeben mich lauter Nassauer, die sich an meiner Gutmütigkeit bedienen«.

Das Wetter ist schön, das Meer tobt bedrohlich. Die friedliche Playa mutierte über Nacht zum Ungetüm. Zwischen Einkaufen, sehr gutem Essen, ich koche gern und üppig, und langen Gesprächen tut sich nicht viel. Die gemeinsamen Spaziergänge sind kurz und von vielen Pausen unterbrochen. Das Knie. Früher rannte er die Berge rauf und ich kam kaum hinterher. Heute ist es eine Slow-Motion-Rallye im Zweiertakt. Verständlich, er hat Schmerzen.

Er erkennt meine Not, mein Stagnieren in unwichtigen beruflichen Dingen, wenn ich mich festbeiße wie ein Dackel in der Wade und mich keifend wehre gegen die erneuten Ablehnungen, die mir widerfahren. Dabei bin ich doch so »gut« – zumindest fühle ich mich so. Statt den Stinkefinger zu zeigen, Forderungen zu stellen, Zähne zu zeigen und den Rasierklingenblues anzustimmen. Ihr Nassauer! Aber ich Arschloch lasse mir lange Zeit alles gefallen und wehre mich nicht. Bis ich

4. Eintrag Recht viel brauch ich nicht ... Dass das kaputte Knie sich einigermaßen brav benimmt, zum Beispiel! Gestern beim Abendspaziergang in Garachico nicht nur alle drei Minuten eine Bank gebraucht, sondern auch keine Luft bekommen und sehr nah gefühlt, dass ich am Rollstuhl entlangmarschiere.
Dann beim Heimkommen ein Glücksfall: Die Nachbarin, die mich fünf Jahre nicht gesehen hat, sagt zur Ex: Er schaut aus wie immer, die Jahre sind spurlos an ihm vorbeigegangen – und sie lächelt mich an. Ob das wirklich ein Kompliment ist, will ich nicht ergründen.
Ich freue mich aber, für so ein Kompliment bin ich immer zu haben.
Vorsatz: die Haare nie wieder ganz kurz, wie die letzten Jahre, ich find alt und mit Haaren besser als alt und keine Haare. Morgen wollen wir wieder zum Baden gehen, aber das Meer ist wild und die Strände sind nicht mit Sand, sondern Lavasteinen voll. Ich muss gut reinkommen UND gut rauskommen, drin gehts.
Frage: Wie lange soll das gehen, diese Litanei des Verlusts? Der Dichter als Buchhalter seiner Vernichtung? Jetzt bis ans Ende deiner Tage? Vermutlich. Früher wurde ja alles wieder, was scheiße war. Aber früher ist tot.
In der Nacht im Bett verschiedene Übungen gemacht, die Verkrampfung zu lösen, die das kaputte Knie auf den ganzen Körper ausstrahlt, wollte es nicht vor der Ex machen, zu stolz für so viel Hinfälligkeit, obwohl, sie kennt mich, seit ich vierzig war, sie weiß also alles und

plötzlich weg bin. Den Punkt überschritten, komme ich nicht mehr zurück.

Das war auch in der Ehe so. Und tschüss. Umso erstaunlicher ist es, dass wir uns heute gut verstehen. Brüderlich, geschichtlich, freundschaftlich.

Jedenfalls je stärker ich in meiner eigenen Moral versauere, desto mehr will er die Reise machen. Uns herausreißen, beide, neue Eindrücke. Sein Knie sei ihm dabei wurscht. Daheim warte nur eine OP. Und er zahle, alles. Eigentlich ein Träumchen. Ich sollte Luftsprünge machen. Wenn nicht Simone de Beauvoir Hausfrauen mit Prostituierten gleichgesetzt hätte. Obwohl: Die können auf Lohnsteuer arbeiten und sind gesetzlich versichert. Alter Gag, die Hausfrauenrevolution gibts nun auch schon zwanzig Jahre. Nix hat sich verändert.

Nach fünf Tagen hat sich eingeschlichen, dass ich den Abwasch mache. Zwar kommt ab und an ein zartes »lass stehen, ich mach das später«, aber das Später ist dann so viel später, dass ich die Anzucht tanzender Cucarachas scheue. Noch was stößt mir auf: der Klodeckel! Dass ein Mann im Stehen pinkeln muss und dabei rundherum alles vollspritzt, ist zwar gewöhnungsbedürftig, aber okay. Aber warum muss ich, seit ein Mann im Haus ist, mehrfach täglich mit Fingerspitzen die Klobrille wieder runtertun, damit ich mich draufsetzen kann? Das frage ich mich.

sie weiß, dass ich mit dem „Kroetz“ keine Ähnlichkeit mehr habe.
Trotzdem ein bissl auch gedacht: schreib doch, allem Verfall zum Trotz, hier und jetzt dein Stück, das alte, uralte, zu Ende, mach es kurz und gut, kürzer und guter - kann ja sein, es funzt (ein schönes Wort).
Ziemlich viel getrunken heute, Weißwein, Rotwein, Whisky - von allem kleinere Mengen zwar, aber doch und völlig problemlos.
Ein gewaltiger Trost in den Dünen der fortschreitenden Vernichtung. Wenn wir auch sonst nicht viel zusammen tun können, wir können ziemlich gut zusammen essen und trinken ...

19. Oktober Parallel gelebt. Er mit seinem Knie und Übungen beschäftigt, ich etwas aktiver Dinge angehend. Bei meiner Nachbarin Astrid, die mich versteht und immer schon verstand. Ihr Mann verstarb vor eineinhalb Jahren und er fehlt – auch mir. Der Altersunterschied der beiden war siebenundzwanzig Jahre, die Liebe zu ihm dauerte ihr Leben lang, über vierzig Jahre.

Ich erzähle ihr meine Storys, die mir den Sommer über widerfuhren. »Wenn jemand kommen und dich am richtigen Eck anzapfen würde, deine Kreativität wäre grenzenlos.« Dieses Bild blieb mir immer im Gedächtnis. Ich meinte sogar die Stelle spüren zu können, wo der Fluss meiner Energien tropfen könnte. Aber der Förderer kam bis dato nie und so lachen wir im Zeitraffer über meine vielen neuen Projekte, mein erfolgreiches Losertum und auch über das pietätlose Werbevideo meines Cousins – Adoptivsohn meines Onkels –, der das Haus meiner Mutter für zwei Millionen anpries, inklusive und als besonderes Highlight ausgewiesen, ihrem Sterbebett. Ein Schnäppchen. Lachen, anders kann man das nicht ertragen.

Mit allen drei Kindern lange telefoniert. Interessant, je weiter ich entfernt bin, desto näher sind sie mir oder ich ihnen.

Langsam perlt der deutsche Stress ab. Wichtigkeit hoch drei kann mich mal. Das liebe ich hier, auch wenn der nächste Alltag um die Ecke wartet.

Wir gehen baden, heute am kleinen Strand von Garachico. Hier war er noch nie schwimmen in fünfundzwanzig Jahren. Und er freut sich, dass man hier problemlos ins Meer kann. Tja, eben darum.

Es geht ihm heute tatsächlich besser und wir spazieren durch den Ort, die pittoresken Gassen, den Berg hinauf bis zu einer kleinen Bank mit Blick auf den Ort. Ich erzähle ihm von einem Text, ein Statement über Kultur, das ich für eine Literaturzeitschrift schreiben soll. Spontan machen wir einen gemeinsamen

5. Eintrag Heute Nacht ein „grandioser" Satz, den ich mir unbedingt merken wollte: Das Gift des Niemehrschreibenkönnens träufelt auch hier in mein Herz, auch wenn das Autodafé des Dichters nur in Raten geschieht.
Bei Tageslicht betrachtet: ein hilflos sentimentaler Schmarrn, hochgegriffen und im Alterskitsch ersoffen. Und warum? Weil die Kreativität nur noch eine Endlosschleife von Wiederholungen ist, so wie das Meer, das mir bis ins Bett hinein nachrauscht. Ich schlafe hier gut und weiß, wenn man nicht mehr schreiben kann, dann wiederholt man. Seit zwanzig Jahren wiederhole ich vermutlich ein und denselben Satz, dasselbe Problem, das ist okay, wenn die Wiederholung immer besser wird und irgendwann das Werk dasteht, wenn aber nicht, dann endet der Wiederholende im Irrsinn, das eigene Tun ist ein Strick, der sich um deinen Hals legt.
Es gibt einen schrecklichen Ausgang aus der Kunst, den Irrsinn, und einen lächerlichen, den Kitsch. Und dazwischen die leichte, heitere Spur des Genialen ...
Ich bin sechsundsiebzig. Wie soll das noch werden. Haben Faßbinder und Sperr das bessere Los gezogen, mit achtunddreißig und achtundfünfzig tot zu sein? Die drei Söhne der Marieluise Fleißer schon lang tot?
Momentan „übe" ich hier sehr kleine, kurze Wege und die Ex besteht darauf, dass ich nicht ohne Handy geh. Ich fühle mich bevormundet, aber so unrecht hat sie nicht. Ich könnte jederzeit hinfallen, aufs kranke Knie fallen und dann läge

Text daraus, ein »Doppelinterview der Exinnen«. Es denkt sich leicht und wir schreiben auf Augenhöhe. Die Luft ist warm und mild. Die ungezwungene Kreativität hinterlässt Zufriedenheit. Bei ihm und bei mir. Heim, Feinschliff, abgeschickt. Na bitte, es geht doch.

ich da, wie ein überfahrener Hund, der - genau - kein Handy hat.

Was tun dagegen? Gut essen! Die Ex kocht noch immer jeden Tag und jeden Tag köstlich. Wir trinken und wir streiten nicht. Für mich ist es so: Ich denke mir, wir haben uns zufällig vor kurzer Zeit kennengelernt und verbringen jetzt, weil es praktisch und angenehm ist, einige Zeit hier miteinander: locker befreundet, und so werden wir uns auch wieder trennen.

Das macht Gespräche über die Vergangenheit und alles Widerliche, was dazugehört, unmöglich: Wir haben kein gemeinsames Leben mehr, aus dem wir die Knüppel nehmen könnten, mit denen wir uns gegenseitig totschlagen.

20. Oktober Das Auto steht am Straßenrand. Santi hat den alten Kübel noch kein einziges Mal bewegt. Immer, wenn wir an seiner Werkstatt vorbeifahren, steht es da als Mahnmal der zwölfhundert Euro Anzahlung, die Santi von Franz erbeten und auch erhalten hatte. Eigentlich sollte es morgen fertig sein, das Auto. Mañana, mañana.

Hatte gestern ein Videomeeting mit einem Produzenten, eigentlich ohne große Erwartungen. Aber er sprang auf all meine Ideen an, die ich in der Schublade hatte. »Erfolg macht schön«, meinte Franz nach dem Gespräch. »Du schaust heute viel besser aus.« Merci für die Blumen. Ich muss mir unbedingt so eine Chronologie meines Losertums basteln, um mir selbst zu zeigen, wie sich eins aus dem anderen ergibt. Es ist unglaublich, wie alles, was man macht, einen Sinn ergibt, auch wenn man ihn zum Zeitpunkt des Erlebens nicht erkennt.

Am Nachmittag wieder an den Strand. Sein Knie wird besser, die Schmerzen lassen nach. Abends Videoanruf vom Sohn mit neuer Freundin. Einfach so auf der Terrasse mit Sonnenuntergang. Selbstverständlich. Als wir im Januar 1996 nach Teneriffa zogen, hatten wir im ersten gemieteten Häuschen kein Telefon. Um meine Mama anzurufen, musste ich die Telefonzelle im verschlafenen und ärmsten Ort Teneriffas aufsuchen. Von der Kabine aus hatte ich Blick auf den verschneiten Teide und die Peseten rauschten durch, ich kam mit dem Einwerfen nicht nach. Ein Ferngespräch. Der Dialog beschränkte sich quasi auf: »Ja, Mami, uns geht's gut. Es ist schön, aber kalt hier. Das Asthma der Kinder wird besser. Bussis.«

Ein Jahr später ging der Antrag durch, dass wir ein Telefon bekommen sollten. Ich sehe uns noch den steilen Berg zum Häuschen mitten in der Pampa hochfahren, da turnten zwei Männer auf Masten herum. Wir verfolgten den Weg der frisch gehängten Telefonleitung und in der Tat, sie führte zum Haus. Vier Masten waren nötig. Wir fühlten uns wie Könige. Endlich

6. Eintrag Kleiner Spaziergang, viele alte, zerfallene Häuser. An den schönsten Plätzen der Insel, zerfleddert, zerschunden, weggeschmolzen, hängen geblieben, gestorben, ragen sie als abgetragenes Mauerwerk aus dem Grünen und wenn man diese Reste anschaut, sieht man hundert und zweihundert Jahre Leben. War das die Küche? Stall? Saßen hier um ein Feuer herum Menschen, die Hoffnungen hatten und Träume, die irgendwann weggezogen sind, den Schlüssel zum letzten Mal umdrehten oder die Türen offen lassen. An den schönsten Flecken mit den wunderbarsten Ausblicken stehen diese Reste menschlicher Existenz und wenn man Spanisch kann, kann man mit diesen Ruinen reden. Ich kann nicht Spanisch. Die Ex sagt: Diese Häuser können auch Deutsch. Es klingt wie eine Zurechtweisung, mein larmoyantes Gelaber nervt sie?
Wenn das Poetische nicht klappt, bleiben wir beim Praktischen: Mit einem halben Ibu 600 komm ich inzwischen zurecht.
Der Mercedes ist noch nicht fertig, der mecánico ist krank, sagt er zumindest (zwölfhundert Euro Vorschuss in den Wind geblasen?). Aber ich will ja auch noch nicht fahren. Ich will so lange bleiben, bis ich meine Depressionen vergessen hab. Die Ex stört mich dabei nicht, wenn ich jammere, sagt sie: Unsinn, so warst du immer, ich kenn dich nicht anders!
Und sie hat recht: Wenn ich jetzt zu Hause wäre, würde ich dasitzen und vor mich hin glotzen, ein Bier aufmachen und glotzen und ein zweites und ein drittes, und mich dann auf den Diwan

waren wir mit der Welt verbunden – und sie mit uns! Wenn es mal klingelte, riefen wir immer alle wie aus einem Mund »Kammerspiele« – in der Hoffnung auf eine gute Nachricht für den Dichter. Die Telefonrechnungen waren gesalzen. Als wir dann 1998 ins Häuschen am Meer zogen, war ein Telefonanschluss schon selbstverständlich. Wir wohnten sozusagen in der Zivilisation. 2002 kam das Internet dazu, mit dem pfeifenden Modem, das ewig brauchte, um sich einzuloggen. Ich gründete in diesem Jahr die Hausfrauenrevolution und saß Tage, Wochen, Jahre vor dem sich drehenden Rädchen auf dem Bildschirm, wartend, dass die Verbindung sich aufbaut, um mich mit meinen »revolutionären« Texten mitteilen zu dürfen. Der Computer wurde mir in meinem Hausfrauenalltag zum Fenster zur Welt.

legen und einschlafen und aufwachen und ‚Brisant' anschauen oder ‚Hallo Deutschland' und mich vor dem restlichen Tag fürchten, weil der Abend noch nicht mal richtig angefangen hat.
Wir sind jetzt eine Woche hier: Wir haben keinen Fernseher und er fehlt mir nicht, und ich habe keine Angst.
An das Stück denke ich öfter mal, auch ohne Angst. Ich lese rein, atme kurz durch und lege es weg. Es ist ein kurzes Aufatmen, mehr nicht.

21. Oktober Man lebt nicht jeden Tag. Vormittags ein lustiges Gespräch mit meiner Ältesten. Dann ein unangenehmes Telefonat mit dem Chef eines Medienunternehmens. Wieder mal für den Müll gearbeitet. Ich bin müde, zweihundertfünfzig Euro Aufwandsentschädigung auch noch rechtfertigen und erbitten zu müssen. Fühle mich wie zugeschissen.

Wir fahren an den Strand. Mir ist das Meer zu wild, zu wenig berechenbar, zu gefährlich. Ihm natürlich nicht. Er lässt sich treiben wie eine Nussschale und ich halte am Ufer die Luft an. Mittags ging er auch spazieren und erzählte mir im Anschluss: »Das Licht ist ein Teufel, heute sah die Absturzstelle schlimm gefährlich aus.« Echt, da kriecht der alte Dichter durch die Straßen und kaum geht es seinem Knie einen Funken besser, marschiert er zum Barranco, wo unser Sohn im Alter von zwölf Jahren achtundzwanzig Meter die Klippen runtergestürzt ist und wie durch ein Wunder mit nur vier angebrochenen Rippen überlebt hat. Ich käme nicht mal im Traum darauf, diese Stelle aufzusuchen – es ist mein Trauma! Unbewältigt. Das Gelände unwegsam und gefährlich. Und jetzt spielt er den alten Mann und das Meer. »Sein Testosteronhaushalt scheint noch zu stimmen«, meinte meine Tochter, als ich ihr am Telefon davon erzählte. »Warum?« »Na, er meint wohl alles bezwingen zu können, auch das Meer. Typisch männlicher Irrglaube.«

Abends dann weiter auf Memorytour mit F. X. Er will ins Alcampo, den heiß geliebten Einkaufstempel. Ich kaufe, also bin ich. Das gilt für ihn, nicht für mich. Er folgt den Spuren seiner Erinnerung. In unserer Scheidungsphase war das seine Oase. Sein ohne Sprachkenntnisse. Er kauft sich Schuhe, Hautcreme, einen Rasierer und Wein. Immer fragt er mich, ob ich was brauche, etwa ein Parfüm oder Ähnliches. Das ist sehr freundlich. Und ich bin sicher, so manche Frau würde gleich loshüpfen und hier eine Wimperntusche, da eine Creme in den

7. Eintrag Auf der Bühne ein mehr oder weniger ramponierter, unfertiger oder beschädigter großer Jesus am Kreuz.
Der Herrgottschnitzer kommt mit seinem Werkzeug. Er sieht das Publikum, schaut zu seinem Jesus bzw. zum Publikum.
„Es ist ein Kreuz mit ihm ... Wenn er liebt (nickt zum Publikum) ... Aber er kann auch anders. Ganz anders, ich versuche ihm ganz nah zu sein, denn irgendwann werde ich wahnsinnig sein, dann muss er fertig sein. (nach oben) Wir haben ja nicht ewig Zeit, gell Allmächtiger!
(zum Publikum) Ewig ist ewig."
Die Hoffnung stirbt fast zuletzt, die Wiederholung stirbt gar nicht - auch hier hab ich ja eine Olympia splendid 33, eine wunderbare kleine Reiseschreibmaschine.
Die Jahre auf mich gewartet hat und bereit wäre.
Das Stück, auch wenn es ‚Der Herrgottschnitzer und der liebe Gott' heißt, handelt vom lebenslangen Versuch immer besser zu scheitern, mehr geht nicht. Die alte, bekannte Leier, auch das misslingt natürlich.
Gestern habe ich mich ins schäumend wilde Meer „gestürzt" und das trotz spitz-hysterischer Warnungen der Ex überlebt. Interessant: Sie lebt schon so lang am Meer und hat Angst ..., weil ich das Meer kenne, sagt sie, die Ebbewellen sind die schlimmsten, mach das nicht wieder.
Ich denk mir, leck mich doch am Arsch, spinnerte Spinatwachtel, und sage:
Jawoll, liebe Krankenschwester!

Einkaufskorb schmeißen und sich dort ein Paar Schuhe schenken lassen. Aber ich kaufe nur, wenn ich wirklich etwas brauche oder mich in ein Teil verliebe. Der Tag ist verflogen, ohne große Taten.

Dem Knie geht es immer besser. Ich bin froh, dass ich da bin. Der das Auto für die große Reise herrichten soll ist krank, braucht aber einen weiteren Vorschuss ... dann will ers machen. Keine Ahnung, das muss die Ex regeln. Sie fungiert als Verbindung. Er war irgendwann mal ihr Liebhaber, spür ich?!, und ich war mal mit ihr verheiratet (spür ich nicht mehr). Ideale Voraussetzungen für einen Vermittler.
Lese Maxi Wanders „Guten Morgen, du Schöne“ - die Geschichten faszinieren mich, so uneitel, genau, lebensklug.
Ich hab hier - der Ex sei Dank - immer noch eine ganz passable Bibliothek - und könnte die nächsten zehn Jahre durchlesen. Vielleicht ist das Auto dann fertig?

22. Oktober Früh auf. Ich muss gehen. Einfach Landschaft inhalieren. Dabei Musik hören, die Sonne auf der Nase spüren, die Hände in die Luft reißen und den Rhythmus in den Füßen erahnen – ich tänzele vor mich hin. Die Wellen sind gigantisch, ein Schauspiel ohne Eintrittskarte. Das ist Leben, ich genieße es. Ich kann mich dermaßen darüber freuen und bin glücklich und dankbar. Ich liebe diese Momente.

Auf dem Heimweg stoppe ich vor Santis Haus und rufe ihn an. »Lass uns einen Kaffee trinken.« Er öffnet die Tür. Alle Zimmer sind dunkel. Eine Eigenart der Canarios, sie halten ihre Fensterläden geschlossen. Man möchte meinen, sie täten dies wegen der Hitze, aber auf der Insel des ewigen Frühlings wird es nie wirklich heiß. Die Guanchen waren Höhlenbewohner, vielleicht liegt es an ihren Vorfahren? Jedenfalls kann man die Häuser der Ausländer an den offenen Fensterläden erkennen.

Ich grüße beim Vorbeigehen ins Wohnzimmer. Nur der Fernseher erstrahlt hell. Ein brummiges »Hola« kommt von der alten Mutter. Ich gehe mit Santi in die Küche. Ein halber Fensterladen steht offen. Der Herd hat Verbrennungsspuren dritten Grades, die Schalter oberhalb der Backofentür sind bräunlich verfärbt und teils geschmolzen. Der halbe Tisch ist voll mit Medikamenten, außerdem steht dort ein Trainingsgerät für die Armmuskulatur. Santi sitzt vor seinem Frühstück, ein Geschirrtuch als Unterlage. Rund um den Teller tummeln sich die Brotbrösel. Er trinkt seinen Kaffee, rollt das Tuch samt den Bröseln ein und legt es zur Spüle. Im Eck ein Fernseher, dessen Lautstärke mit dem im Wohnzimmer konkurriert.

»Was ist los, Santi? Wir sind Freunde, erzähl mir.« Er zeigt mir die Röntgenaufnahme eines Fußes, das Röntgenbild des anderen Fußgelenks, die von Unter- und Oberkiefer, erzählt mir von seinen Schmerzen da und dort und wo er überall operiert werden soll und welches Gel man ihm in die Gelenke

8. Eintrag Natürlich kann man nicht erwarten, dass man ein Leben lang geliebt wird, wenn man einmal geliebt worden ist. Lächerlicher Gedanke, geht mir aber durch den Kopf. Eheversprechen und Ehe das funktioniert einfach nicht, über die Jahrzehnte hinweg ändert sich alles und das auch. Waren gestern auf der Feria de Artesanía, Handwerksausstellung mit folkloristischen Tänzen usw., sehr nett. Viele aus unserm Dorf. Man freut sich. Ich mich auch. Ein zahnlückiger, betrunkener, schwitzender junger Mann, der stinkt, umarmt mich mehrmals heftig und freut sich, dass er mich nochmal wiedersieht. Der Senior, der immer so ernst schauend im Mercedes vorbeigefahren ist. Der Senior? Zu der Zeit kam ich mir nicht wie ein Senior vor, eher wie ein angepisster Pinscher ... Es war auch auf einer dieser vielen Fiestas, die die Insel feiert. Viel Gedränge auf den Straßen. Die Ex in ihrer attraktivsten Zeit und ich schon recht – „betagt“ (was Besseres fällt mir nicht ein). Neben uns hält ein Auto, ein Mann lässt die Seitenscheibe runter und sagt zur Ex auf Spanisch: Ist das dein Mann? Sie nickt und wird rot, er nickt und fährt weiter. Mich hat er weder angesehen noch gegrüßt. Die Szene bleibt mir lang im Hirn. Alles ist gesagt, nichts ist gesagt.
Auf den Fotos dieser Zeit: eine blühende Frau im wirklich besten Alter neben einem knochigen, verblühten älteren Herrn.
Das Angenehme ist, dass man auch diese Scheißerinnerungen heute vorbeigleiten lassen

spritzen will. Nachdem ich seine Krankengeschichte angehört habe, sagt er: »Aber das Auto wird fertig. Nächste Woche. Versprochen.« Er braucht das ausstehende Geld für die Ärzte.

Seine fünfundachtzigjährige Mutter schlurft im Schlafanzug durch die Küche. Sie wirkt wie ein alter, schnaufender Boxer. »Wie geht es dir?«, frage ich. »Escapando«, ihre Antwort, was so viel heißt wie »entkommen«. Der Situation entkommen. Flüchten. Sie schleppt sich Richtung Terrassentür und schnauft. Ich schaue ihr nach. »Sie scheint ja super aufgelegt zu sein«, sage ich zu Santi. »Sie ist immer so, wenn Besuch da ist.« Ich schüttle den Kopf. »Ganz ehrlich, Santi, in der Atmosphäre ist es schwierig, gesund zu bleiben.« Ich verabschiede mich.

Der Dichter ist um elf Uhr schon wach. Und gut aufgelegt. Ich ziehe mich nach oben zurück, um meine beruflichen Dinge zu erledigen, via Handy und Internet. Die Verbindung ist nicht optimal, aber es reicht. Seit Franz im Haus ist, kann ich das WLAN nicht benutzen. Er bekommt dann ein Pfeifen in den Ohren. Und der Router ist im Zimmer nebenan. Also ist WLAN nur in Ausnahmefällen angesagt. Madre mia, vielleicht würde ihm ein Aluhut nützen?

Ich stelle mich ja gern auf die Bedürfnisse anderer ein, aber auf Dauer wären die Probleme vorprogrammiert. Oder: Franz will netterweise alle Einkäufe finanzieren. Sozusagen als Dankeschön, dass er hier wohnen darf und ich koche etc. Er wird mir tausend Euro überweisen, ich soll die Auslagen davon abziehen. »Lass uns doch zur Bank gehen und das Geld abheben. Du willst doch eh dein Konto hier auflösen«, sagte ich. »Online kann ich es dir sofort überweisen.« Das war vor einer Woche. Seitdem mache ich eine Liste für die Ausgaben und sammle die Belege. Ich käme gar nicht auf die Idee, mir etwas auslegen zu lassen, ich würde immer gleich danach verrechnen oder vorab zahlen. Ohne Zweifel ein weiterer Brennpunkt.

Er wird zahlen, ganz sicher, aber dann wirkt es im Anschluss

kann, ohne dass irgendwas wehtut. Sollte man sich beim ersten Anzeichen, dass man nicht mehr „genug" ist, trennen? Oder durchhalten, aushalten?
Keine Ahnung. Alles ändert sich. Als ich kürzlich im Residenztheater war und meinen „Drang" angeschaut hab, saß vor mir S. Von hinten, mit den vollen roten Haaren, schön wie immer. Von vorne ein altes, verfallenes Mädchen. Bei der Ex ist es umgekehrt, von hinten eine kleine, runde, alte Bäuerin, von vorn was von früher ...

wie ein Geschenk und nicht wie das, was man einfach verbraucht. Die regulären Preise sind einem nicht bewusst. Das geht auch unseren Politikern so, drum machen sie ja so eine beschissene Politik fernab jeder Realität. Auch innerhalb der Ehe bekam ich von ihm ein Jahresbudget und damit musste ich haushalten. Manchmal war es schwierig, mit drei Kindern und mehreren Wohnsitzen das Geld einzuteilen. Damals war er noch – alkoholbedingt – sehr jähzornig. Ich wurde Meisterin im Sparen. Eine Umstellung im Lebensstil, zumal ich ja genau mit dem Gegenteil aufgewachsen bin. Meine Mutter ließ immer verlauten: »Nicht sparen, verdienen!« Das hat sie dann wohl auch mit galoppierender Krankheit in den Ruin getrieben.

Am Abend gingen wir auf die Eröffnung der Feria de Artesanía in Garachico. Kanarische Musik und Männer und Frauen in Trachten tanzen. Die Tracht erinnert an das bayerische Dirndl und der Tanz an den der Schäffler. Hat der Dichter früher solche Fiestas gemieden, ist er heute ganz begeistert von der bunten Pracht. Wir steuern auf die Bude unseres Dorfes zu. Vino, Bier, Fleischspieße und Lapas. Die Freude ist groß und Franz wird begrüßt wie ein Heimkehrer. Manche von ihnen kennen wir seit sechsundzwanzig Jahren, wie Pablo, der uns früher vom Flughafen abholte und in unserer Abwesenheit unser Auto in seiner Garage hatte. Mittlerweile ist er in Pension. Ein Bild, tief im Herzen, ist sofort präsent: Als Pablo uns mit dem alten Mercedes abholte und nach Hause brachte, stellte sich unser Sohn bei Erreichen des Dorfes auf die Mittelkonsole, steckte seinen Kopf und Oberkörper durch das geöffnete Schiebedach, streckte die Hände in die Luft und schrie vor Begeisterung »Garachicooo«. Der kleine Körper bebte vor Erregung und er grüßte jeden, als sei er mit seinen fünf Jahren schon der Bürgermeister.

Pablo hatte sein Leben lang ein ununterbrochenes Zwinkern

in den Augenlidern, das Zittern wirkt vertraut. Wir erinnern uns an viel gemeinsam Erlebtes und werden pausenlos auf Wein eingeladen. Alle paar Minuten kommt jemand und begrüßt uns herzlich. Álvaro fällt Franz um den Hals und beginnt fast zu weinen. Ich sei immer wie eine Mutter für ihn gewesen und er, also Franz, sei immer ernst gewesen und streng mit dem Mercedes vorbeigefahren, er aber hat unseren Sohn und ihn immer in der Wohnung an der Playstation spielenlassen. Álvaro, alkoholisch angeschlagen, ist sehr emotional. Mit seinen siebenundzwanzig Jahren fehlen ihm schon drei Zähne, die wohl nie ersetzt werden. Franz ist sich vor lauter Zuneigung nicht ganz sicher, ob er weiterhin gerührt sein oder sich langsam unwohl fühlen soll. Das Dorf mag uns. Vor allem unsere drei Kinder, die mehr Canarios als Deutsche sind. Die Herzlichkeit hier ist einmalig, ich liebe diesen Menschenschlag.

Auch Franz hat den Abend genossen.

23. Oktober Ich bin zufrieden. Ich arbeite an dem TV-Exposé, befinde es für gut und schicke es auch ab. Yeah. »Erfolg« gönnt man sich nicht alle Tage, die Unzufriedenheit gähnt schon im nächsten Eck. Ich war also fleißig, während Franz bis elf Uhr schläft und dann anderthalb Stunden zum Aufwachen braucht. Wir fahren gemeinsam zum Einkaufen in den Früchteladen und er teilt mir mit, dass er mir die tausend Euro überwiesen hat. Ich bin happy und erleichtert, denn die Hälfte von dem Geld hab ich ohnehin schon ausgegeben.

Nach dem Mittagessen stellt sich die Frage, wohin wir spazieren. Ich schlage ihm diverse Routen vor, aber die meisten sind zu weit und das lange Autofahren scheut er. Gut, dann fahren wir wieder in den Nachbarort auf die Feria.

Abends sind wir bei Edwin eingeladen. Der Engländer hat das Haus gekauft, in dem Franz einige Jahre die obere Wohnung gemietet hatte. Es wurde sozusagen seine »Scheidungswohnung«, mit Blick auf mein Häuschen. Edwin ist ein sehr netter Brite, der alles, was er macht, super findet. Er redet dermaßen viel, dass ich an seiner Seite regelrecht verstumme. Mit vielen »Ahs« und »Ohs« bewundern wir brav die Umbauten und seine kunstvollen Mosaike. Nach einem gemeinsamen Essen und viel Wein gehen wir erschöpft nach Hause.

Daheim angekommen, ist plötzlich der Teufel der Unzufriedenheit da. Ich weiß nicht, war es die Erinnerung an die Vergangenheit, die F. X. nun aufstößt? Natürlich geht es mal wieder ums Auto, welches Santi noch immer nicht angefasst hat, und ich verstehe durchaus, dass er sich betrogen fühlt. Aber ich stehe nun mal zwischen den beiden. Dann geht's um Ausflüge: Wenn wir auf der Insel eine Stunde lang fahren, dann will er dort auch übernachten. Er will Probereisen und endet immer damit: »Ich zahle!« Ich versuche ihm zu erklären, dass wir das gerne spontan machen können, indem jeder ein Täschchen mit Übernachtungszeug ins Auto schmeißt. Jedenfalls startet eine

9. Eintrag Gestern in meiner alten Wohnung gewesen, in der ich noch zehn Jahre, wenn ich hier war, gehaust hab, nach der Trennung, nachdem mir die Ex einen Tritt in den Hintern gegeben hat. Keine Wehmut, kaum Erinnerung, alles verändert. Airbnb jetzt und ein alter Engländer, der drei Stunden keine einzige Frage stellt, aber durchgehend von sich redet.
Dazu das Problem, dass das Stück - seit geschätzt zehn Jahren - nicht sterben und nicht leben will und mich nicht in Ruhe lässt.
Problem auch mit dem Auto, je kranker der mecanico wird, umso höher wird der Vorschuss, den er noch braucht, um die nötigen Ersatzteile zu kaufen.
Ins Bett gegangen mit der Hoffnung, ich penn schnell weg. Fehlanzeige! Heute fühl ich mich auf Teneriffa erstmals scheiße, unglücklich, deklassiert, erbärmlich. Das Schreiben, einfacher DIE ARBEIT, mir fehlt die Arbeit.
Die Ex reißt sich wirklich den Arsch auf, fühlt sich schuldig wg. dem Auto, ich fühl mich schuldig, weil sie sich schuldig fühlt, sie drückt ein paar Tränen raus, es ist mir so peinlich, dass ich sie zum Weinen gebracht hab (mir fällt mein Vater ein, der zu mir, wenn ich geweint hab, gesagt hat: woanst eben, muasst weniga bieseln!), ich blättere im Handy wg. Rückflug: Es wäre kein Problem.
Aber bald haben wir in D Winterzeit, und hier ist es noch taghell wenns in D schon zwei Stunden stockfinster ist. Deshalb Vorsicht!
Grade den CD-Player „entdeckt" - geht der noch?

fette Diskussion, er langweilt sich hier, weiß auch nicht, was er schreiben soll, er fährt zurück nach Deutschland und so weiter.

Ich fühle mich an die good old times erinnert und an sein oberstes Gebot »Ich darf keine Heiterkeit zulassen«. Dabei hab ich mich voll umgestellt: Bis elf Uhr vormittags bewege ich mich nur im oberen Teil des Hauses, damit er schlafen kann. Ich bin Frühaufsteherin. Ich schalte wegen des Pfeifens in seinem Ohr kein WLAN an und nutze stattdessen die eher dürftige Internetverbindung via Handy. Das Mittagessen wurde auf nachmittags drei bis vier Uhr verlegt. Die Ausflüge sind kurz und knieschonend. Ich stehe ihm als Chauffeuse zur Verfügung, denn den kleinen Renault Clio will er nicht fahren. Und ich treffe keine Freunde. Ich bin also zu hundert Prozent für ihn da. Mit meinen Reisegästen konnte ich problemlos Tagesausflüge machen und die waren teils älter als er. Aber er ist nicht »jeder«. Und er kennt die Ausflüge, ohne je dort gewesen zu sein. Wie kann ich ihm die Schönheit der Insel näherbringen? Ein bisschen Frieden, Heiterkeit und Spontanität.

Ich scheue die Diskussionen mit den Männern, mit Santi und dem Ex, und möchte einfach nur Frau sein und mich des Lebens erfreuen. Amen.

Ja tut er. Kindische Freude.
CDs sind auch noch da. Die Ex hat das kleine Kroetz-Museum hier in Ehren gehalten.
Gut, ich zahl ein bissl Miete, aber Geld allein, das weiß ich inzwischen zur Genüge, macht noch lang kein Leben ...
Wir gehen mit der gegenseitigen Zusage, dass keiner den andern verletzen wollte, ins
Bett.
Schlafen kann ich nicht, mache eine Hirnwanderung nach der andern, ist mir heute eingefallen: Hirnwanderung, nicht Harnwanderung, mit der neuen Tablette lässt mich der „Soach“ in
Frieden.
Ein, zwei Stunden tragen die Hirnfüße, aber wenn es länger dauert, versacke ich im schwarzen Gedankenmüll und klebe fest.

24. Oktober Wir sind uns tagsüber aus dem Weg gegangen. Da stehen noch die gedachten, aber nicht ausgesprochenen Worte in der Küche. Rückzug auf beiden Seiten – er unten, ich oben. Er findet seine alten CDs und hört Musik. Super, vielleicht entspannt ihn das.

Anruf bei der neunzigjährigen Fanny, einer nahen Verwandten, die ich die letzten Monate intensiv betreut und mich gegen den Dschungel der Bürokratie erfolgreich gewehrt habe. Nun ist sie endlich auf Reha, aber in dieser Fachklinik herrschen geradezu diktatorische Zustände. Besuch nur nach Vereinbarung mit Covid-Test und Zertifikat. Meine Tochter wollte sie besuchen und rief am Freitag an – nächster Termin am Donnerstag um elf Uhr. »Ich bin berufstätig«, meinte meine Tochter freundlich bittend. Aber nix da, Pech gehabt. Dann erzählt mir Fanny von der lauten Mitbewohnerin, über die sie sich beschwert habe, wofür sie aber gerügt worden sei. Im Hintergrund fängt die Bettbewohnerin an zu schimpfen und zu schreien. Mir tut Fanny leid. Es ist unfassbar, wie alte Menschen in Deutschland behandelt werden. Ich werde eine Beschwerde schreiben, so wie ich es schon bei der Krankenkasse und den Krankenhäusern tat – mit Erfolg. Es liegt an uns, nicht wegzuschauen. Missstände müssen aufgedeckt werden.

Heutiges Seniorenprogramm: zu Fuß Richtung Playa San Marcos, halbe Stunde hin und halbe retour. Als Asthmatiker hat Franz Angst, dass ihm die Luft ausgeht. Abhilfe ein Schub Cortison. Sein Knie ist sowieso unberechenbar. Es beginnt zu nieseln, als wir uns dem Auto nähern. »Und jetzt fahren wir an den Strand und gehen eine Runde schwimmen. Das tut deinem Knie gut«, sage ich forsch. »Aber es regnet!« »Na und? Das Meer ist warm und heute ruhig genug.« Er widerspricht nicht.

Dort angekommen sind glücklicherweise ein paar Badegäste. Er springt ins Meer und man spürt seine Freude, den inneren Schweinehund zu überlisten und ganz gegen sein Prinzip

10. Eintrag Das Meer ist zu wild zum Baden gewesen, aber guter friedlicher Tag. Nachts geträumt, ich liege auf einem Haufen Riesenläuse, Megawanzen, Quallen, Maden. Es ist ekelhaft, je mehr ich mich bewege, umso mehr werden es. Sie tun mir nichts, sie sind nur da. Geht das jetzt wieder los, trotz Sonne und Meer! Kein literarischer Traum wie: der kastrierte Dichter in seinem krabbelnden Werk. Nein, es ist ein primitiver Juckreiz, der den Rücken wie eine Allergie befällt und mich zum Wahnsinn treibt. (Auch ein Geschenk des wunderbaren Alters.) UND DAS Gemeinste ist, am meisten juckt es zwischen den Schulterblättern, dort, wo man mit der Hand nicht hinkommt. Aber ich schlaf weiter und träum die Scheiße von vorne. Ich wach wieder auf, kleine Panik, welche echten Gesellen sind denn in meinem Bett? Ameisen gibts, Eidechsen auch, Geckos, Fliegen ... Wanzen und Flöhe eher nicht. Ich find im Bett nichts, was nicht hineingehört, stehe trotzdem auf, geh in die Küche und schenke mir einen Whisky ein, einen großen, beschließe: Jetzt schreibst du, wenn du schon wach bist und zur Strafe, und schreib mal was Neues, nicht am unfertigen Stück rumkauen, was Neues, denn eine Wiederholung ist eine Wiederholung ist eine Wiederholung. Aber in meinem Hirn brodelt es nur wie in einem explodierten Zauberkessel. Nach dem fünften Whisky glimmender Hoffnungsschimmer: besser scheitern, genau!

spontan zu sein. Als ich endlich im Meer bin, kommen hohe Ebbewellen und automatisch setzt bei mir der Trigger ein, als ich einmal nicht aus dem Meer kam und für meine Kleinkinder und mich um Hilfe schreien musste, weil uns die Kraft verließ, das Ufer zu erreichen. Die Wellen im Auge paddele ich also schnell Richtung Leiter, mit leichter Panik, sodass der Mann hinter mir im Wasser zu lachen beginnt. Ich muss ausgesehen haben wie die Maus im Rahmhaferl, die dermaßen um ihr Leben tritt, dass aus dem Rahm die Butter wurde. Franz ist happy und seinem Knie hat die Abkühlung gutgetan. Nun ist er richtig gut aufgelegt. Wir gehen noch mal zur Feria de Artesanía und essen Lapas am Stand, wieder mit den netten Nachbarn.

Juckende Zukunft.
Rede dir nicht ein
dass du noch einen Beruf hast -
du hast keinen mehr.
Rede dir nicht ein
dass du noch eine Frau kriegst -
du kriegst keine mehr.
Rede dir nicht ein
dass du noch ein Mann bist -
du bist keiner mehr.
Rede dir nicht ein
dass du noch zählst -
sogar der Tod lässt dich warten.

(Rede dir nicht ein, dass du noch jemals besser scheitern wirst, sogar das tust du unter Niveau.)
Mit dem Gefühl, ICH HASSE ALLE, die Küche, das Haus, die Insel, die Ex, ihre Altlast mit Vorschuss und keinem Auto - und mich, beim Hellwerden ins Bett und endlich gut geschlafen bis Mittag.

25. Oktober Gestern Date mit Kroetz und Santi um dreizehn Uhr. Das heißt, der Dichter muss mal etwas früher ausgehfertig sein. Wir stehen eine Stunde unter dem alten Mercedes. Santi erklärt genau, was alles ersetzt werden muss. Es ist ein Luxus, dieses Auto herzurichten. Dafür, dass der Wagen dreißig Jahre auf dem Buckel hat, schaut er noch ganz gut aus. Beide Männer sind extrem freundlich, lachen und klopfen sich immer wieder mal auf die Schulter. Ich bin neutrale Übersetzerin ohne Meinung. Sie einigen sich auf zweitausend Euro Maximum. Gut so. Das Auto soll nun definitiv diese Woche fertig werden.

Abends fahren wir nach Buenavista und machen einen Hundeerinnerungsspaziergang am Strand. Dass er tags davor fast elftausend Schritte gegangen ist, motiviert ihn ungemein. Dem iPhone sei Dank, es kontrolliert jeden Schritt, ob man will oder nicht. In seinem Fall ist es eine Verjüngungskur, das Knie tut weniger weh.

Jedes Dorf hat seinen Heiligen und er oder sie wird dann eine Woche lang gefeiert. Heute beginnen die Feierlichkeiten in Buenavista zu Ehren von »Ntra. Sra. de los Remedios«. Der Ort ist bunt geschmückt, die Menschen rausgeputzt zwischen Musikgruppen, menschengroßen Puppentänzern, Schaustellern, Buden, geschmückter Kirche, Chor und Gottesdienst, eine blechern tönende Kirchenglocke und ein fröhliches Treiben. So wechseln wir von Feria zu Fiesta und Franz erlebt die Insel neu.

Daheim angekommen warten wir, dass es in Deutschland endlich Mitternacht ist. Unsere Erstgeborene hat ihren vierunddreißigsten Geburtstag. Wir telefonieren eineinhalb Stunden. Ein besonderer Moment der Nähe trotz Distanz. Das gemeinsame Lachen tut uns allen gut.

11. Eintrag Bei der ehemaligen Putzfrau und Freundin der Ex und ihrer Familie vorbeigeschaut. Der Mann arbeitet in den Bananen, wie viele hier. Die Insel ist voll mit Bananenplantagen; riesige Flächen gehören - der reine Feudalismus - wenigen Familien und viele arbeiten sich mit den Bananen der wenigen ab. Er arbeitet Montag bis Freitag ganztags und verdient neunhundert Euro im Monat. Es geht nur, wenn man ein eigenes Haus hat, am besten einen kleinen Garten dazu.
Sie klagen nicht. Sie stellen dir sofort was zum Knabbern hin und ein Glas Wein. Und dann wird geredet. Ich hör zu, wie seit fünfundzwanzig Jahren, und versteh noch immer - nichts, wenn die Ex nicht übersetzt. Heute übersetzt sie gern und „willig", das war nicht immer so.
Als wir herkamen und sie in Windeseile sich selbst aus dem Französischen das Spanische beibrachte, war sie glücklich und konnte brillieren. Dann übersetzte sie immer weniger, am Ende der gemeinsamen Inseltage hatte ich das Gefühl, wenn sie mir überhaupt noch was übersetzt hat, dann mit dem Gestus, wie man einem räudigen Hund einen Knochen hinschmeißt. Und ich hatte zu dieser Ehe-End-Zeit ein Bild vor Augen: der nackte Mann, der in der Eiswand klettert, und die heimlichen Liebhaber der Ex schließen Wetten ab, wann der gehörnte Ehemann runterfallen muss, und lachen sich tot. Dieses scheußliche Gefühl der Sprachlosigkeit kehrte heute zurück zu mir, mit dem ich die Insel letztendlich verlassen hab, für immer verlassen hab.
Warum hab ich nicht Spanisch gelernt?

Ganz einfach: Ich war ein deutscher Dramatiker, der mit seiner deutschen Sprache eine fünfköpfige Familie ernähren musste. Ich war damals froh, dass mir bei dem vielen Spanisch nicht das Deutsche ausgefallen ist wie die Zähne, die auch anfingen, mich zu verlassen.
Damals ging es um was, heute ist das alles Makulatur, aber auch wenn ich nicht Spanisch konnte, verstand ich, dass die Ex die Koffer zu packen begann, um die Ehe zu verlassen ...
Die Altlast braucht noch mehr Geld, um den alten Karren wieder herzurichten, sagt mir die Ex, sagt ihr die Altlast. Es ist alles verrostet usw. Ich bin einverstanden, ich verdien mehr als neunhundert Euro - am Tag.

26. Oktober Etwas schlapp. Entweder es setzt Erholung ein, welche meinen Organismus runterfahren lässt, oder ich hab was. Gestern Vormittag Videogespräch mit dem Team der Integrationsbeauftragten. Wenn mir jemand vor zwanzig Jahren gesagt hätte, dass dies möglich sei, ich hätte ihm den Vogel gezeigt. Die bayerische Regierung bei mir daheim auf Teneriffa. Das »Kino Frauen aller Kulturen« soll neue Standorte bekommen, es seien Gelder übrig. Wie viel blieb offen, auch, ob die ehrenamtlichen Drahtzieher einen Penny abbekommen.

Jeden Tag nun lange Spaziergänge mit F. X. – diesmal die große Meeresrunde, um die sieben Kilometer. Im Anschluss baden. Sein Knie wird täglich etwas besser. Er ist so dankbar, dass er sogar abwäscht.

»Ein Student hat mich angeschrieben, er möchte ›Hilfe, ich werde geheiratet‹ lesen. Ich finde aber nicht, ob es publiziert wurde.« »Kroetz Stücke Band 1. Steht in deinem Zimmer im linken Regal oben rechts.« Er schaut mich verdattert an. Geht in sein Zimmer, findet das Buch, schüttelt den Kopf und sagt: »Tatsächlich. Frau Ringlmayer lebt!« Frau Ringlmayer war mein Pseudonym, wenn ich im Büro für die Kroetz-Dramatik arbeitete.

Das waren gute Tage, wenn er mich so nannte. Ich kam mir in meinem Hausfrauenalltag tatsächlich so vor, als sei ich Teil der Geschäftsleitung eines bedeutenden Verlages. Das Büro, ohne Computer, hatte ein großartiges Ordnungssystem von mir verpasst bekommen. Weltweite Verträge in vierzig Länder der Welt, seine Stücke sind in siebenundzwanzig Sprachen übersetzt. Als die Gesamtausgabe seiner Stücke 1989 erschien und er das erste Belegexemplar der vier Bände erhielt, nahm er das noch in Folie verschweißte Werk, holte vom Schrank die alte Küchenwaage seiner Mutter und legte die Bände darauf. »Zwei Kilo Literatur!«, sagte er stolz. Das hatte Gewicht.

12. Eintrag Bücher, Bücher, Bücher! Alles, was ich gelesen hab, und alles, was ich lesen wollte. Meine „Bibliothek“ hier, vielleicht noch fünf- bis sechshundert Bücher - aber vom Feinsten. Alles Mittlere und den literarischen Ramsch haben wir hergeschenkt, als ich aus der Wohnung auszog und mir die Ex das Zimmer gab.
Der nie zu Ende gelesene ‚Ulysses‘ ist da in der Wollschläger-Übersetzung (die ich zwar „eitel“, aber großartig finde), der wunderbare ‚Mann ohne Eigenschaften‘, alle Brecht-Stücke, von Thomas Mann alle Tagebücher (sind mir lieber als die Romane) usw. usf. ca. zweihundert Reclam-Hefte allein.
Da ich fortgeschritten dement bin (Eigendiagnose), kann ich fast alle Bücher wieder lesen, die ich gelesen hab, von den ungelesenen und überflogenen ganz zu schweigen. Ein Paradies aus Buchstaben.
Juwelen: Ernesto Che Guevaras ‚Bolivianisches Tagebuch‘ mit dem Vorwort von Fidel Castro, Frantz Fanons ‚Die Verdammen dieser Erde‘, Franziska Gräfin von Reventlows Tagebücher (in die Frau bin ich noch immer total verliebt); in die Hände gefallen ist mir auch ein „Märchenbuch“: ‚Hans und Grete‘, Bilder der RAF 1967 bis 1977, von Astrid Proll. Fotos, auf denen die ersten RAFler (die meine klammheimliche Sympathie hatten) als heitere junge Menschen zu erkennen sind. Nicht als vom Staat zur Strecke gebrachte Bestien. Darin finde ich eine Widmung: Für meinen geliebten Mann zum dreizehnten Hochzeitstag! Du bist mein Bestes - ich liebe

Dich! Mth. 5. März 2005. Nur wenige Wochen später reichte sie die Scheidung ein.
Mein Knie wird (mit und ohne Ibuprofen) besser. Die Ex hat auf dem Handy einen Schrittzähler, wir sind sechs bis acht Kilometer unterwegs im Lauf des Tages: Das ist total gut für mich!
Und die Runden werden auch jeden Tag größer.
Heute kein Problem mit dem Knie, aber, wie gestern, verdammt wenig Luft.
Muss ganz schön Kortison einwerfen, sonst verreck ich durch Ersticken.
Ach ja: Fine hat heute ihren vierunddreißigsten Geburtstag. Wir haben schon um 0 Uhr gestern in der Nacht angerufen und zwei Stunden gequatscht und gesoffen. Was sie braucht: viele Portionen Gesundheit und einen guten Job, der ihr Spaß macht und ordentlich bezahlt wird.
Aber wer braucht das nicht?
Für mich ist sie „eigentlich" mein erstes Kind, denn bei ihr war ich von Anfang an ohne Wenn und Aber Vater, auch wenn ich bei der Geburt nicht dabei war, weil ich zu besoffen war, wie so oft.
Als ich in der Früh, verkatert, aber doch, endlich in die Klinik kam, lag die schönste Frau der Welt, pralle Brüste, strahlendes Lächeln, die Haut seidig und braun (ja braun, kam durch die Wehen, glaub ich, gibts hin und wieder) vor mir mit einem schneeweißen Säugling auf dem Arm, und ich sagte: Guten Morgen, du Schöne! Und das Buch, mit einer frech und scheu lachenden Maxi Wander auf dem Cover, das die Ex als Reiselektüre aus Wasserburg mitgenommen hat,

hab ich zu lesen angefangen, weil sies mir leiht.
Will heute weiterlesen, was weiß ich, der alte Kommunist, von den Frauen in der DDR, ach was, was weiß ich überhaupt von den Frauen?
Dazu gestern Max Bruch Violinkonzert, mit Anne-Sophie Mutter, okay, süßlich wie Bärendreck, leicht klebrig, aber herrlich.
Wenn es so weitergeht, kommt vielleicht doch noch eine andere, nämlich gute Stimmung in meine alte Seele hier auf Teneriffa?
Gelassene letzte Tage ...

27. Oktober Der Himmel verfärbt sich rötlich-orange, die Sonne kriecht langsam über den Hügel, das Meer ist ruhig. Afrika. Dankbarkeit. Es ist einfach wunderschön auf dieser Insel mitten im Atlantik. Vierzehn Tage sind wir nun hier und das Auto ist immer noch nicht fertig. Das Leben hat sich an der Seite von Franz verlangsamt. Sich seinem Rhythmus anzupassen ist gewöhnungsbedürftig. Ich bin sicher, es würde ihm besser gehen, wenn er mal früher aufstünde. Das käme auch der Reise zugute, sollten wir diese machen. Check-out ist um zehn Uhr in den Hotels. Aber ich komme hier mit ihm weder zur Bank noch zur Versicherung, die haben schon zu, wenn er endlich »wach« ist.

Das Alter ist bestimmt keine schöne Sache, aber die Lethargie, in der er sich befindet, macht ihn derart träge, dass es manchmal schwer ist, die gute Stimmung aufrechtzuerhalten. Er hat Schmerzen im Knie, dazu Asthma und bekommt somit schlecht Luft. Was ihm aber wirklich die Luft zum Atmen nimmt, ist der Fakt, »nicht mehr schreiben zu können«. Er hat sich als Schriftsteller aufgegeben. Allerdings: Solange ich ihn kenne, hatte er diese Phasen des »writer of no return«. Wenn er dabei trank, wurde er zwar aggressiv, aber irgendwann platzte das Ventil und seine angestaute Kreativität sprudelte wieder. Wenn er nüchtern, ohne Alkohol an sich als Dichter zweifelte, hing er tagelang in einem Stuhl und starrte apathisch vor sich hin. Unsere damals achtjährige Tochter schrieb in ihr Tagebuch: »Wir sind verzweifelt. Papa kann nicht schreiben.« Für die Familie waren diese Tage, Wochen, Monate schier unerträglich. Die Heiterkeit wurde durch den allgegenwärtigen Trauerflor verbannt.

Ich bin froh, dass ich diese Zeit mit ihm erleben darf und dabei meine Vergangenheit so selbstverständlich reflektieren kann. Unwiederbringliche Momente. Und da wir beide die Disziplin des täglichen Schreibens aufbringen, ist's vielleicht ein Aphrodisiakum fürs Hirn?

13. Eintrag Gut drauf! Vorsatz: wie dick es auch kommt, sich aus der Scheiße ans Licht ziehen. Das Gehen geht richtig gut, auch wenn ich „aufwärts" keine Luft krieg. Gut, dass die Ex mit ihrem Speck auch öfter ins Schnaufen kommt ...

Inzwischen gemerkt, dass ihre abrupten Stimmungsumschwünge, über die ich mir bisher nicht so klar war, einen einfachen Grund haben: Hunger. Wenn sie Hunger kriegt, was mindestens fünfmal am Tag vorkommt, und nichts zum Essen hat, wird sie sauer, abweisend, ruppig.

Kaum hat sie was zu beißen, hellen sich die Züge wieder auf.

Vorsatz: wie bei einem Hund immer ein Leckerli bereit haben. Dabei ist klar: Weil sie gern und viel isst, kocht sie gut und viel! Und davon profitiere ich.

Hab das Auto inzwischen von unten gesehen. Steht seit drei Tagen auf der Hebebühne, mir scheint, dass der mecánico sagen will: Schau her, ich tu was, ohne was zu tun.

Die Ex möchte unsere große, letzte Reise (die wir - auch mit drei Kids - schon mehrmals in der Vergangenheit gemacht haben und ich auch allein, als ich das Auto auf die Insel brachte) unbedingt machen. Das freut mich, ich will sie auch machen, wenn ich daran denke, dass in ein paar Tagen die Winterzeit anfängt, grausts mir!

Bald kommt Lena, freu mich drauf. Die Frau Studienrätin ... uff, ich glaub, die hats geschafft.

Für Franz wäre es wahrlich ein Triumph, dieses alte Auto von Afrika nach Deutschland zu bringen. Ich würde es ihm gönnen und wünschen, dass er dadurch neuen Lebensmut schöpft. Er nennt mich übrigens immer noch nicht beim Namen, sondern ich heiß jetzt »Schatz«. Interessant, die Gewohnheit. Wie beim Klodeckel, der bleibt auch oben.

Gestern waren weder Baden noch Spaziergang mit ihm möglich. Also »Ausflug« in eine wunderbare Gärtnerei. Er schlendert dort durch wie »Kroetz im Wunderland«. Ich kaufe Erde, Dünger, ein paar Pflänzchen und Holzpaletten für unter die Pflanzentöpfe. Er zahlt. Glücklich schleppe ich meine Beute zum Auto. »Danke! Siehste, andere Frauen freuen sich über Parfüm, Make-up, Schuhe und ich mich über Holzpaletten und Erde. That's the difference.«

28. Oktober Es geschehen noch Zeichen und Wunder: Er ist um zehn Uhr aufgewacht, hat gut geschlafen, ist blendend aufgelegt und zarte zwei Stunden später sind wir schon auf dem Weg zur Bank. Er mit Sakko, und ich hab mir Stöckelschuhe angezogen. Das hat schon Tradition. Ich kann mich erinnern, dass Franz in Altenmarkt grundsätzlich einen Anzug trug, wenn er auf die Bank ging. »Sonst geben sie mir kein Bargeld.« Dabei wurde er in der bayerischen Dorfbank geradezu hofiert, selbst dann, wenn er in zerrissenen Jeans aufgetaucht wäre.

Hier ist das anders. Die Bank gibt sich sehr feudalistisch dem Volk gegenüber. Vorgestern wollte ich nur schnell mal Geld abheben. Automat kaputt. Ich gehe in die Filiale zum Schalter und will hundert Euro. Der behäbige Spanier nimmt meine EC-Karte, tippt und sagt dann: »Ihre Daten sind nicht aktualisiert.« »Doch, sind sie schon.« »Ich brauche Ihren aktuellen Pass.« »Den habe ich im Online-Banking aktualisiert.« »Das hat das System nicht angenommen. Einen Moment bitte.« Er steht auf und geht ins Büro zum Direktor. Hinter der Glasscheibe sehe ich ihn gemütlich reden. Meine EC-Karte liegt auf seinem Schreibtisch und ich kann nicht weg. Es dauert zehn Minuten, bis er wieder da ist. »Hören Sie, ich wollte nur schnell Bargeld abheben und keinen Staatsakt daraus machen«, sage ich ungeduldig.

Ich denke mit Schrecken ans vergangene Jahr. Da musste ich mein Residente-Konto in ein Non-Residente-Konto umwandeln, weil man in der EU keine zwei Wohnsitze haben darf. Warum auch immer. Jedenfalls dauerte dieser Vorgang Wochen. Quasi einmal pro Woche hatten wir einen Termin und ich nahm meine Tochter mit, die perfekt Spanisch spricht. Carmen, eine begnadete Bankangestellte, brachte so viele Würmer in die Umwandlung des Kontos, dass mein Geld eingefroren wurde und ich keinen Zugriff mehr hatte. Sie erklärte meiner Tochter allen Ernstes: »Bei dieser Nummer können Sie

14. Eintrag Heute - wir wollen zur Bank mein Konto auflösen - hat die Ex High Heels angezogen. Erinnert mich an früher, als sie nur mit Stöckelschuhen rumlief.
Der Arsch ist ziemlich breit geworden; aber über den Stöckeln wackelt er immer noch recht appetitlich. Ich erinnere mich und lache, erinnere mich, wie rasend eifersüchtig ich war, dass dieser Arsch mal jemand anderem gehört. Habe die Blicke gezählt, mit denen sie andere Männer angelächelt hat, und wenn so ein anderer Mann nur zwei Zentimeter größer war als ich (was bei meinen 1,74 öfter vorkam), war ich neben eifersüchtig auch noch gleich ein paar Tage depressiv ...
Das Alter ist ein Massaker, claro, aber die Gelassenheit des game over ist auch nicht das Schlechteste. No woman, no cry dröhnte es auf Kreta 1981 aus allen Lautsprechern, während mich A. dort zur Verzweiflung brachte ... es soll Männer geben, die nicht eifersüchtig sind, die das einfach nicht kennen: EIFERSUCHT, sind die so sicher, so selbstbewusst, nach dem Motto: Die kommen alle wieder, ich bin der Größte? Oder ist es ihnen einfach egal, hat Geschlechtsverkehr für sie keine besondere Bedeutung, wollen sie eine Frau gar nicht besitzen mit Haut und Haar und Hirn und allen Löchern, sondern nur - ja was - mit andern benutzen? Nach dem Motto: Ein Stück Seife wird durch Benutzen weniger, aber eine Frau nicht.
Primitiv? Klar, aber ich war nicht nur frech und schüchtern, sondern auch primitiv.

anrufen und erhalten Auskunft in Ihrer Sprache.« »Spanisch ist meine zweite Muttersprache«, antwortete meine Tochter trocken und blieb hartnäckig. Doña Carmen bekam jedes Mal Flecken im Gesicht, wenn wir die Filiale betraten. Genauso wie die Metzgerin in Altenmarkt, gleich neben der Bank, die die Wimmerl immer bekam, wenn Roy Black bei ihr einkaufte. Es war im wahrsten Sinne des Wortes an ihrem Dekolleté abzulesen, wenn er da war. Die Wirrungen der Bank waren derart kompliziert, dass wir uns auch noch eine offizielle Übersetzerin mitnahmen. Dann ging es plötzlich und ich konnte wieder über mein Konto verfügen. Ich war derart fertig, dass mir bei der Überprüfung am Automaten nicht mehr der PIN einfiel. Jetzt bloß keine eingezogene Karte. So ein Scheiß!

»Haben Sie Ihren Pass dabei?« Ich schiebe ihm den Ausweis zu und schaue auf die Uhr, der Metzger schließt in zehn Minuten. »Hola«, ruft der Bankdirektor und klopft mir auf die Schulter. »Na, wieder mal auf der Insel?« Yeray, ein braun gebranntes Windei mit weißen Zähnen, das gerne irgendwelche »Ofertas« aus dem Ärmel schüttelt. »Und arbeitest du? Sie ist Schauspielerin«, sagt Yeray zum behäbigen Spanier, der immer noch mit meinem Schweizer Pass und dem Scanner beschäftigt ist und nur ein desinteressiertes »ah, sí« hervorbringt. Aktualisierung ist vollendet. Ich erhalte endlich das Bargeld, EC-Karte und Pass und renne zum Metzger. Der hat geschlossen.

Heute: Franz und ich kommen in die Bank in Icod, Nachbarort in die andere Richtung, um einen Termin zu vereinbaren. »Bevor Sie Ihr Konto auflösen können, müssen wir Ihre Daten aktualisieren«, sagt die freundliche Dame. Ich hatte so was befürchtet. Immerhin haben wir einen Termin und wissen, was wir am kommenden Mittwoch machen werden: einen Familienausflug zur Bank. Mit unserer Tochter, die zu Besuch kommt. Es kann sich nur um Stunden handeln.

Wir gehen weiter zur Optikerin. Ohne Maske dürfen wir

Oder ist Eifersucht nur eine Droge, die spitz macht?
Kann sein, kann nicht sein. Ich hab doch meine Frauen in meinem Gedankenlabyrinth auch genussvoll mit andern Männern kopulieren lassen und daraus eine nicht unerhebliche Kraft für den tatsächlichen Geschlechtsverkehr gesogen.
Während ich sie fickte, hab ich im Hirn einen andern ficken lassen und zugeschaut.
Vielleicht lags daran, dass ich so eifersüchtig war? Alter Mann auf krummen, jungen Gedanken – heiter! Und das alles, weil die Ex mal wieder Stöckelschuhe anhat!
PS: Auf diesem Gedankenweg heute ins Meer und wieder zu kraulen angefangen.
Ein bissl gehts!

das Geschäft nicht betreten. »Dreihundertfünfzig Euro Strafe«, sagt Marisol. Wir haben keine Masken dabei. Also geht sie mit uns vor die Tür. Franz friemelt seine Brillen aus der Tasche und reicht sie ihr. Er hatte sich auf eine Brille gesetzt, die andere hatte mit Klebeband verstärkte Bügel, ob sie da was machen könne. Ich übersetze. Geradezu angeekelt gibt sie ihm die Brillen zurück, nein, da könne sie nichts machen, schüttelt den Kopf, die Gläser seien zudem verkratzt. Ich gebe zu, die Brillen von Franz sahen erbärmlich aus, aber der Kroetz wäre nicht der Kroetz, wenn er lieb gewonnene Dinge nicht bis zum letzten Atemzug benutzen würde.

29. Oktober »Mein eigenes Ich rennt auf vier Füßen davon.« Ich weiß nicht, warum mir dieser Satz ausgerechnet heute früh eingefallen ist, aber das Bild amüsierte mich. Während mein Körper in der gesamten Umstellung hängen bleibt, springt ein agiles kleines Ich aus dem Körper heraus, dreht sich einmal frech um und läuft los, auf Nimmerwiedersehen.

Ich hab verschlafen. Um neun Uhr ein Videocall mit einem Produzenten, erst kürzlich kennengelernt, der auf das »Junge-Oma-Thema« ansprang. Viertel vor neun. Fuck. Kaffee, Renovierung meines Äußeren in Sekundenschnelle. Geschafft. Wir reden zwei Stunden und erfinden die Geschichte rund um eine Oma. Die Kreativität läuft, wir beide haben Spaß, natürlich unter Berücksichtigung der deutschen TV-Auflagen.

Dann starte ich, mit einem wieder gut aufgelegten Dichter, die Expedition »Teneriffa«. Wir wollen um Mitternacht unsere Tochter abholen und machen einen Ganztagesausflug. Ich schleppe vom Badezeug über Decken, Erste-Hilfe-Täschchen, Sonnencreme und Wanderschuhe alles zum Auto, wollen ja spontan auf alles vorbereitet sein. Wir starten die Tour auf dem Pfad unserer Anfänge und fahren zum kleinen Häuschen in den Bergen. Das Auto stöhnt. Das Haus hat sich nicht verändert, nur führt heute durch einen Teil des Gartens die neue Schnellstraße.

Ungläubig stehen wir da und versuchen uns zu erinnern. Wie unser Sohn die steile Treppe heruntergeflogen ist, ohne sich zu verletzen, er war schon immer ein Kamikaze-Künstler, oder sein erster Fieberkrampf und unsere Tochter schrie »Mama, ich glaub, er hat in die Steckdose gegriffen!«, weil der ganze kleine Körper von einem Zittern erschüttert wurde. Die Idylle bei Sonnenschein und die unendliche Verzweiflung bei Nebel, der Panza de burro (Eselsbauch), einer Wolke, in der wir wochenlang steckten. Die Wäsche trocknete nicht mehr vor lauter Feuchtigkeit und schimmelte. Es dauerte Monate,

15. Eintrag Stimmung ist gut - die Ex hat einer Filmfirma eine Idee angeboten: junge Omi ist kein altes Eisen oder so ähnlich - gibts noch nicht im dt. Fernsehen? Ich weiß es nicht, aber man scheint interessiert, was die gute Laune hebt.
Meinen Segen und viele gute Wünsche hat sie: Wär weniger Jammern, weniger Geldsorgen und - nach all dem, was sie so in den letzten Jahren versucht hat - auch „gerecht", wenn sie auch mal drankäme und Eigenes machen könnte.
Gestern Abend beim Musikhören noch im ‚Herrgottschnitzer' gelesen: Was dasteht, steht da, genau, und es sollte stehen bleiben. Das ist das Lesefazit. Vielleicht löse ich mich hier von den krampfhaft epileptischen Umklammerungen des Textes, um ihn bis zum Abwürgen zu verschlimmbessern usw. Vielleicht lass ich ihn frei - ja, das wäre es: Lass den Text frei und fertig.
Leicht gesagt, schwer getan, versuch ich ja schon seit Monaten und - ja - Jahren.
Bin immer noch froh, dass ich von Pasing weg bin. Hör lieber der Ex zu, als in Pasing in der Küche vor mich hinzustarren und um 17 Uhr Nachrichten und ‚Hallo Deutschland' zu schauen und um 18 Uhr ist es finster und mein Hirn schon plattgehauen.
Ich weiß schon, dass ich mich in eine Sackgasse hineinmanövriert hab, das weiß ich sehr gut. Ich weiß auch, dass ich da nicht mehr rausgefunden hab und vermutlich auch nicht mehr rausfinde. Drum hoffe ich ja auch oft ganz real auf

bis wir kapierten, dass in nur fünfzehn Minuten Entfernung Teneriffa im Sonnenschein badete.

Erinnerung auch mit Blick auf die Telefonmasten. Wir fahren die kleinen Gassen weiter und nach San José de los Llanos. Ich zeige ihm einen Märchenwald. 2007 war hier ein großer Waldbrand, aber die kanarische Kiefer ist eine Überlebenskünstlerin. Aus den verbrannten Stämmen sind wieder mächtige grüne Kronen gewachsen. Er ist begeistert. Wir wandern eine halbe Stunde hin und eine retour. Sein Knie macht mit. Es riecht nach Alm und meiner Kindheit. Waldboden.

Nach dem Spaziergang fahre ich mit Franz zu einem wildromantischen Hotel. Ein Geheimtipp. Im alten Innenhof gibt's Kaffee und Kuchen. Franz' Gesicht sagt »hier möchte ich bleiben«. Klar, jeder Ort, der ihm Abwechslung bringt, wird zu seinem vorübergehenden Zuhause. Ein Hoch auf die (von mir geplante) Spontanität. Es ist schwer, ihn loszueisen, aber weiter geht's Richtung Süden, nach Tajao. »Hässlich hier«, sagt er, als wir die Autobahn verlassen, »ich mag diese kargen Steinhaufen nicht.« »Wart ab.« Der Fischerort liegt fernab des Tourismus zwischen Sandsteinen. Einfach wunderschön. Er revidiert seine Aussage und könnte sich nun vorstellen, hier zu wohnen. Sein weiteres Zuhause für die nächsten zwei Stunden. Wir gehen essen und bestellen Fisch für zehn Personen und verspeisen für neun. Übersatt fällt mir auf, dass mein Geldbeutel fehlt. Sofort läuft ein Film, beklaut worden zu sein. Etwas schwierig, wenn kein Schwanz dir begegnet, aber das Hirn macht's möglich. Gott sei Dank liegt der Geldbeutel im Auto, sodass die vielen kleinen Bilder sich nicht weiter überlappen.

Wir fahren weiter nach El Médano. Hier findet er es nun richtig grässlich. Aber unser Anfangsort. Ich hab viele Erinnerungen, er fast keine. Ich erzähle ihm von unseren asthmakranken Kindern, der »Bild«-Schlagzeile »Maria Schell ist pleite« am Strand und wie ich am liebsten vor lauter Scham

den Tod, als Abwechslung (stimmt sogar). Aber - vielleicht geht es hier wirklich besser, die ganze ekelhafte deutsche Brühe fließt doch nicht ganz so ungebremst. Die Kanaren gehören schon zu Afrika, schon der Gedanke schafft im Kopf Erleichterung und „Entklammerung“.

den Kopf in den Sand gesteckt hätte. Ich hab die Zeit in der Nase.

Weiter zum Flughafen und unsere Tochter abholen. Gemeinsam heim. Um zwei Uhr früh ins Bett. Probereise geglückt.

30. Oktober Umstellung: aufs vorübergehende Leben zu dritt. Unsere Sandwich-Tochter genießt es, einmal Papa und Mama für sich zu haben.

Aufs Konzert von Liedermacher Melendi in Santa Cruz. Mit seinen Liedern hab ich Spanisch gelernt. Es ist nicht ausverkauft und somit angenehm zu stehen, zu tanzen und sich mitreißen zu lassen. Ich genieße den Abend mit meinem Mädel. Ein Kontrastprogramm zu den letzten Tagen und huch, auf Kommando »jung« zu sein, während »Papa allein zu Haus« ist. Derweilen ich meine steifen Knochen versuche durchzuschütteln, erhalte ich eine SMS von Lisa Fitz:

»Liebe Marie Theres, ich sehe gerade unseren Kroetz als Brandner Kaspar. Bitte richte ihm einen schönen Gruß aus, wenn du ihn siehst, und sag ihm, das war eine geniale Leistung. Hätte er leicht gegen diverse Weltstars bestehen können, alles so wahr & echt, da sticht er Hundertschaften von deutschen Schauspielern aus. Respekt! – und ein Bussi an ihn – und an dich auch, Lisa«

Im Brandner Kaspar spielte ich eine Minirolle. Traudl, Ehegattin im Himmel, gedreht am ersten Jahrestag unserer Scheidung. Viele Gedanken halten sich am Rhythmus der Musik fest und springen durch meinen Kopf. Witzig, urbayrische Erinnerung meets meine spanische Evolution.

16. Eintrag Hier hab ich angebaut und ernte jetzt Erinnerungen, Leben angebaut und dornige Erinnerungen? Besuch in La Vega, der Anfang, 1996, auf dem Berg, im Norden, unser erstes Haus auf Teneriffa. Großer wilder Garten, Bäumchen, die wir fleißig gegossen haben, ringsum die Wasserkanäle, auf denen wir gegangen sind, die Palme als „Leuchtturm“, die Straße so steil wie im hintersten Osttirol (Heimat meiner Mutter) kein Feldweg, drei kleine Kinder, zwei davon mit Asthma, kein Spanisch, ein Fiat Punto als Leihwagen, ein stinkendes Gasöfchen, das Stinken mit Heizen verwechselt hat, eine Schlafkammer mit drei Betten für fünf Menschen, Schimmel und viele schwarze Würmer. Dazu der ungenießbare Wein vom Nachbarn und die bei jedem Wölkchen „mucho agua“ schreiende Nachbarin.
Der Schulweg, der Blinde, der vierzehn Kinder gezeugt hat (oder nicht?!), es schwirrt und schwirrt in meinem Kopf.
Es war keine leichte Zeit in diesem verdammten feuchten Bergdorf am Nordhang des Teide, die Fine, die die Lehrerin weinend heimbrachte, sie geht erst wieder in die spanische Dorfschule, wenn die andern Deutsch gelernt haben, die Erfahrung von kanarischer Herzlichkeit, erste Freundschaften, es gibt ein Leben out of Rosenheim. Und ich hab dort in zwei wüsten Jahren drei GUTE Stücke geschrieben, die Ex war noch meine Frau mit Haut und Haar und ich zwar hysterisch hypochondrisch, aber grade deshalb (vermutlich) gesund und sehr potent.
Heute führt eine neue Autopista direkt durch den

Garten, das Dorf, das Grün. Und es stinkt nach den vorbeifahrenden Autos.
Weiterfahrt über Erjos in den Süden, Lena vom Flughafen abholen. Die Ex fährt (gut!), ich schau und denk nach: War da oben in La Vega noch alles okay oder nicht? Wann hat die Ehe zu bröckeln begonnen, also bei ihr zu bröckeln begonnen? Da schon? Wann, in der allerersten Nacht, Quatsch. Wann?
In La Vega hab ich Leben angebaut und ernte nun Erinnerungen? Hauptsächlich Fragen. Fragen an ein Leben, das sich schließt wie eine Auster, immer weiter von mir wegrückt, sodass ich nicht mal mehr mich fragen kann, wie es denn wirklich gewesen ist vor fünfundzwanzig Jahren ...
Ach ja: noch in ein Fischlokal gefahren und zwei Stunden gefressen, herrlich. Im Alter bleibt wenig, aber fressen und saufen geht immer noch - oder immer besser sogar?
Erschöpft und zufrieden mit Lena heimgekommen. Endlich ist sie ein „Einzelkind"! Sie will es genießen, unsere Studienrätin, bissl blass, bissl dünn, aber lachend!

31. Oktober Lisas SMS hat ihn gefreut. Sein Hals wurde länger, um von oben herab die Welt zu betrachten. Ein Zuckerl zum Frühstück. Auch wenn ich das Töchterchen genieße, die Umstellung nagt an mir. Was bin ich nun? Mutter und Hausfrau und Ex-Gattin. Gerne zu Diensten. Ich falle automatisch in alte Muster. »On ne naît pas femme: on le devient.« Dieser Satz von Simone de Beauvoir springt mir immer wieder durch den Kopf: Man wird nicht als Frau geboren, man wird es. Man wird dazu gemacht.

Ich versuche nun Dichter und Tochter zu Ausflügen zu bewegen. Wir schaffen es nach einigem Widerstand in den drei Kilometer entfernten Ort ans Meer, denn unsere Tochter mag nicht auf den Spuren ihrer Kindheit wandeln. Immerhin. Die Eltern schwimmen, die Tochter bleibt am Strand sitzen. Im Anschluss einen Kaffee an der Plaza. Wir spielen Karten wie die Alten.

Abends kümmere ich mich um meine Pflanzen. Während ich Unkraut jäte und Läuse jage, beobachte ich meinen seelischen Zustand. Die Konstellation Familie bringt, weiß der Kuckuck warum, Unsicherheit. Ich verharre in Verstellung. Ich bin jetzt über vierzehn Tage auf der Insel und habe noch keine Freunde gesehen. Auch telefoniere ich kaum mit jemandem. Es ist eine Form von Rückzug. Dabei hab ich alle Freiheiten. Und trotzdem. Kein Wunder, dass es innerhalb der Ehe irgendwann explodieren musste. Anpassung ist nicht empfehlenswert. Frauen aller Arten: Bleibt schön unabhängig, vor allem auch im Hirn. Weiter ist interessant, dass die beruflichen Fragezeichen vermehrt aufpoppen. Irgendwo auch logisch. Zwischen dem erfolgreichen Rentner und der jungen Studienrätin kommt man sich mit seinem Hausfrauenlatein etwas überflüssig vor.

Ich stecke die Hände tief in die Erde, bis sich Stückchen unter die Nägel schieben und einen leichten Druck ausüben.

17. Eintrag Das sind doch gute Nachrichten, wenn man sonst nix hat: Liebe Marie Theres, ich sehe gerade unsern Kroetz als Brandner Kaspar.
Bitte richte ihm einen schönen Gruß aus, wenn du ihn siehst, und sag ihm, das war eine geniale Leistung. Hätt er leicht gegen div. Weltstars bestehen können, alles so wahr und echt. Respekt! - und ein Bussi an ihn - und an dich auch. Lisa ... Liest mir die Ex heute früh beim Kaffee vor.
Sie und Lena waren gestern noch in einem Rockkonzert mit einem heimischen Sänger und ich war daheim und in mein Stück vertieft, bzw. hab ich nachgedacht, warum ich es keinen Millimeter vorankrieg. Zwischen mir und dem Text ist eine unsichtbare Wand, die ich nicht mehr durchdringen kann.
Denke: Ich hab vor ein paar Jahren aufs falsche Pferd gesetzt: die Schauspielerei an den Nagel gehängt und nur noch schreiben „gewollt“, mit dem Ergebnis, dass ich alles konnte, bloß nicht mehr schreiben. Umgekehrt wärs besser gewesen: diese Scheißschreiberei an den Nagel hängen und wieder als Schauspieler arbeiten. Das Nichtmehrschreibenkönnen hat mich so depressiv gemacht, dass ich auch nix mehr spielen konnte/wollte. Tut mir immer noch leid, dass ich den Hackl im BR-Tatort nicht gespielt hab, weil ich im Total-Sumpf stand. Und mir nichts, gar nichts mehr zugetraut hab. Angst hatte vor der Rolle, so wie ich ja auch oft Angst hab, nur zum Bäcker zu gehen und mir ein paar Brezn zu kaufen, vorher schon das Geld herrichte, damit es beim

Sich erden. Ich könnte jetzt ja Urlaub machen, oder? Das machen andere Menschen auch. Einfach mal runterkommen.

Sonnenaufgang. Wir haben Kalima. Es wird heiß. Die Luft ist bräunlich gefärbt. Ich liebte diesen Wüstenwind. Neuerdings erlebe ich ihn aber eher als Bedrohung. Klimawandel und die Welt tanzt in Strümpfen.

Zahlen keine „Probleme“ gibt - welche denn um Gottes willen, du krankes blödes Arschloch, welche?
So, gestern wieder mal zerschlagen und niedergeschlagen den PC zugeklappt und im Bett gelegen mit der Frage: Warum tut mir Gott das an, aber diese Frage auf den Herrgottschnitzer und morgen verschoben und sehr gut geschlafen, genau.
Morgen leben, schreiben, scheitern - üben!
„Das Leben ist gefährlich, aber es übt kolossal!“, heißt es in der ‚Affäre Blum‘ von R. A. Stemmle und „life is today tomorrow never comes“ hatten die Hippies an ihre Höhle gepinselt auf Matala, wohin sie dann die A. „verschleppten“ und mir die Hörner wuchsen ...

1. November Strahlend schönes Wetter, das Meer lädt zum Baden ein und meine beiden wollen nur eins: shoppen gehen. Ich kaufe, also bin ich im Doppelpack. Mir ist leider gar nicht danach. Meine erneuten beruflichen Tiefschläge liegen mir im Magen. Nichts will klappen. Eine Welt der Unverbindlichkeiten. Ich hab diesen Sommer bis zum Abwinken für wenig Geld gearbeitet. Einsatz ohne Unterstützung, ich hing vor dem Computer und machte Booklets, Plakate und Webseiten, bis zur Erschöpfung. Gearbeitet, um zu gefallen. Um mehrere Monate einen Job und Sicherheit zu haben und meine Region18-Events voranzutreiben – mit Sponsor. Ich prostituierte mich als Werbeträgerin und stand hinter einer Firma, die mich gar nicht will. Ich könnte kotzen.

Woher rührt dieser ewige Missbrauch, der mir ständig widerfährt? Es muss ja an mir liegen, oder? Weil ich immer mit Leidenschaft an die Dinge gehe? Es gibt Vereinbarungen, schriftlich. Ich kann ja nicht jedes Mal den Rechtsanwalt einschalten, oder doch? Jedenfalls bin ich echt niedergeschlagen, wieder mal für den Müll gearbeitet zu haben. Working poor.

Ganz klar, dass ich nicht die geeignete Shopping-Partnerin bin. Sie könnten ja alleine fahren, aber meine Tochter fährt nur mit Automatikgetriebe und Franz möchte mit seinem Mercedes fahren. Der steht aber noch immer bei Santi in der Werkstatt. Jedes Mal, wenn man vorbeifährt, hängt das Auto auf der Hebebühne und hat abwechselnd die Motorhaube auf oder zu. Wahrscheinlich nur, um uns zu demonstrieren, dass er an dem Auto arbeitet. Angeblich fehlt ein Ersatzteil. Die schönen Reisepläne zerbröseln in meinen Händen. Dazu auch die Freundschaft zu Santi, der mich einfach hängen lässt.

»Gott ist ein Kaufhaus. Die Messe hat begonnen«, sagt meine Tochter frech beim Betreten des Alcampos. Die zwei haben sichtlich Spaß und ich ziehe eine Fresse und hoffe, doch noch an den Strand zu kommen, die Badesachen sind ja im

18. Eintrag Einkaufsbummel mit dem „Einzelkind für eine Woche" in Puerto. Ich kaufe den Damen schicke Unterhosen und je einen Mantel.
Die Unterhosen sind Seide, die Mäntel (von ZARA) Plastik, eigentlich.
Die Stimmung ist zuerst sehr gut, dann schwankt sie, die Ex grummelt was von Niederlagen, die sie erlitten hat heute früh (irgendwelche Absagen für Lesungen wohl) und ich frage nicht zu viel, sonst wird es gefährlich.
Lena ist sehr gut drauf, die Frau Studienrätin benimmt sich wie eine Zwölfjährige und rennt von einem Laden in den nächsten, probiert alles Mögliche und kauft nix (außer Mantel und Unterhosen von mir).
Die Ex zieht einen unsichtbaren Depressionsschleier hinter sich her. Ihr Gesicht ist unnatürlich rot und Lena hat Angst, dass sie unvermittelt zu weinen beginnt.
Lena und ich haben eine Vermutung: vielleicht ist das Altwerden für schöne Menschen viel schlimmer als für Normalos. Lena sagt: Wir haben da kein Problem, Papa. Sie findet sich nicht schön und mich auch nicht und beides stimmt. Die Ex war schön, und, wie sie selbst vor Kurzem sagte: Schönheit war selbstverständlich.
Jetzt ist es schon lang nicht mehr selbstverständlich, sie ist nicht mehr schön, sie ist aufgegangen wie eine Dampfnudel, Falten auf dem Busen, Falten sogar auf der Nase, grantig und alt geworden. Eigentlich kein Problem, sie schaut immer noch ganz gut aus. Aber wenn man mal richtig schön war, wenn mal

Auto. Nix da, es wird geshoppt, gegessen und Kaffee getrunken. Natürlich wird meine Niederlage thematisiert, aber auch durch »Ich hab gesundheitliche Probleme und muss zum Urologen« getoppt. Bei Gesundheit hält man schnell den Mund. Während ich mit einer Freundin telefoniere, besorgt meine Tochter Unterhosen für sich und mich und der Vater lädt uns ein. Höschen vom Ex, wie witzig. Ein fescher Mantel für vierzig Euro. Ich lasse mich verführen und mich auch auf das gleiche Modell wie meine Tochter einladen. Hundert Prozent Polyester made in Kambodscha. Ich denke an die Kleiderhalde in der chilenischen Atacama-Wüste, in der täglich zwanzig Tonnen Altkleider landen. In Kenia nennt man diesen Textilmüll »vergiftete Geschenke«.

Wir sind alle drei recht umweltbewusst und trotzdem machen wir diesen Konsumismus mit. Fuck. Der Reichtum kam zu schnell auf die Insel. Der Weg vom Esel zum Mercedes war zu kurz. Ein Glas Nutella war vor fünfundzwanzig Jahren eine Seltenheit. Es gab die kleinen »Ventas«, die Kramerläden, aber keine Supermärkte. Heute erstickt die Insel im Müll. Schluchten werden zu gigantischen Mülldeponien. Es stinkt bestialisch. Das Abwasser wird weiter ins Meer geleitet. Die kanarische Regierung muss dafür »nur« hohe Strafen zahlen. Das kommt dennoch günstiger, als Kläranlagen zu bauen. Fünf Millionen Touristen kommen jedes Jahr auf die Inseln. Ein ekliger Gedanke. Und im Sommer der braune Spülsaum am Strand.

In den Sechzigerjahren wurde beim Hausbau ein Loch in die Erde gegraben und eine brennende Kerze hineingehalten. Ist die Flamme ausgegangen, war's ein gutes Zeichen, ein Zeichen für Durchzug. Hier wurden dann die Abwasserrohre verlegt. Das Schmutzwasser wird durch das Vulkangestein gefiltert – so sagt man. Auch das Abwasser meines Hauses geht direkt ins Vulkangestein. Wir verwenden kein Klopapier und

klar war, wenn ich „erscheine“, dann bin ich eine kleine Sensation, man sieht mich, man bewundert mich, man findet mich toll, geil, sensationell usw. und wenn dann das Alter, die müde Drecksau, dich zugerichtet hat, wie es ihm eben passt, dann schaut kein Schwanz nach dir auf der Plaza und kein Mann und kein Hund: Du bist unsichtbar geworden – und man muss schon sehr lang schauen, bis man hinter den Ruinen des Alters die verflossene Schönheit erkennen kann. Niemand macht sich die Mühe, claro.
Mir ist sie noch immer recht, wäre mir recht, wenn wir uns nie getrennt hätten, die Gewohnheit hätte das Tier Alter schon in Zaum gehalten. Aber wir sind uns fremd, nicht so fremd wie Fremde, aber doch. Nur ich erkenne unter den Ruinen die verflossene Schönheit? Keine Ahnung, jetzt spielen wir Canasta und beruhigen uns von diesem sonderbaren Tag, der eigentlich fröhlich gewesen wäre ...

keine chemischen Substanzen. Alles biologisch. Aber wir sind wohl die Ausnahme.

Neuer Tag, die Sonne scheint und es ist Feiertag. Heute ist auf alle Fälle Natur pur angesagt. Schön.

2. November Natur pur beschränkt sich auf die Pflanzentöpfe auf meiner Azotea. Es ist heiß und sonnig. Meine beiden Stubenhocker wollen das Haus nicht verlassen. So mache ich eben weiter und ärgere mich ein wenig, nicht einfach kurz zum Baden gefahren zu sein.

Die tausend Euro, die ich vom deutschen aufs spanische Konto überwies, kamen nach zehn Tagen wieder retour. Angeblich stimmte meine IBAN nicht. Also darf ich erneut zur Bank und nach der Fehlerquelle suchen. Dass diese Dinge immer mir passieren müssen, als sei ich ein Tollpatsch. Madre mia.

Ich koche auf, Scampi und Pulpo. Essen ist mein Luxus. Und es schmeckt beiden, Franz grunzt vor Vergnügen vor sich hin, er war schon immer mein bester Esser.

Ein Tag daheim hat seine Vorzüge, abends kann ich die beiden doch noch überreden, an den Strand zu gehen. Das Wasser ist herrlich, so salzig, ich fühle mich federleicht. Es ist warm. Mit dreiundzwanzig Grad zu warm für diese Jahreszeit. Der raue Atlantik zeigt sich heute mild, als sei es der Chiemsee. Zu meiner Überraschung geht Franz nun doch auch ins Wasser – und es tut seinem Knie wieder gut.

Wir spielen Canasta. Irgendwann kippt die Stimmung. Es geht wieder mal ums Auto, das noch immer nicht fertig ist, und um meinen Satz, den ich mit Augenzwinkern sagte: »Sei nett zu mir, sonst lasse ich dich an einer Autoraststätte stehen.« Ui, das hätte ich besser nicht gesagt. »Das ist MEIN Auto und ICH zahle die Reise.« Jaja, money makes the world go round, denke ich mir und gleich geht's weiter mit der Schelte. »Und nicht, dass du dich morgen in der Bank aufführst und deine Wut auslässt. Es geht um MEINE Kontoauflösung.« »Ich hab bei deinen Belangen immer nur übersetzt. Das kann ja morgen unsere Tochter übernehmen«, antworte ich. »Du streitest mit jedem und nervst mit deinen Erzählungen.« Jaja, ist ja gut. Ich

19. Eintrag Die Ex zwingt mich praktisch jeden Tag - mit roher Gewalt sozusagen -, einmal ins Meer zum Schwimmen zu gehen. Und wenn ich - wie heute Abend - mit dem Pullover runter an den Playa gehe, das Wasser ist noch sehr warm (dreiundzwanzig Grad, na ja, einundzwanzig), und nur einmal raus und wieder zurück schwimme: Es ist herrlich, die alten Knochen blühen auf, und das verrostete Hirn atmet durch. Ich wär allein viel zu faul, aber mit ihr gehts. Ansonsten ist die Stimmung heute wieder kippelig: Die Ex hat sich vom dt. Konto tausend Euro hierherüberwiesen. Und das kam nicht an, sondern wurde nach einer Woche wieder zurückgeschickt. Uff! Das wäre, da das Geld wieder zurück auf ihr deutsches Konto überwiesen wurde, jetzt kein Verlust - unter vernünftigen Menschen, möchte man sagen -, ist aber bei ihr Anlass für Wut und Frust: Was machen die mit meinem Geld, lassen die das eine Woche für sich arbeiten z.B. Oder? Oder? Oder? Ich sag: Na ja, wenns Millionen wären, aber bei tausend Euro ... Das ist die falsche Schublade, sie giftet mich direkt an: Das ist doch egal, obs fünf sind oder fünf Millionen, es geht doch ums Prinzip, kapierst du das nicht, so blöd bist du doch nicht?
Sie kann sich „einsingen“ auf ein Thema und das scheppert, flötet, leiert, schmettert, flüstert, furzt, rotzt und schreit sie dann eine lange Ballade vor sich hin und auf den andern drauf, und wenn ich weghör, wird sie total sauer, und wenn ich zuhör, verwechselt sie mich mit der

streite nur dann, wenn ich die Schnauze voll hab. In dieser von Männern dominierten Welt ist das ohnehin ein Kampf gegen die Windmühlen der weiblichen Doña Quichota. Und wenn man seit drei Wochen bei Doña zu Besuch ist, sollte man auch ihre Unpässlichkeiten ertragen, wenn der restliche Service stimmt, möchte man meinen.

Aber selbstkritisch hinterfragt: Warum passiert mir immer das Gleiche? Welchen ureigenen Mustern erliege ich? Die mich regelmäßig zum Fallen bringen bzw. zum Fallengelassenwerden?

Only God knows, und der ist ein Kaufhaus.

Bank, auf die sie schimpft - man entkommt dieser verbal-narzisstischen Kakophonie nicht.
Zur persönlichen Sicherheit checke ich immer wieder mal aufm Handy Flugverbindungen nach Alemania und bin erleichtert: Es fliegt was, es fliegt was, wenns sein müsste.
Dass wir nicht mehr verheiratet sind, nimmt das Dynamit aus diesen Minikrisen, wir sind ja sozusagen freiwillig beisammen, ich bin ihr Gast, von ihr eingeladen, hoffentlich vergisst sie das nie ...
Sie kann im Verlauf endloser Quasseltiraden alle ihre gebrauchten und verbrauchten Gesichter widerspiegeln: Mal schaut sie aus wie damals vor dreißig Jahren, ein Schmetterling fliegt durch ihr Gesicht, in der Wut lächelt sie, ich glaube mich zu erinnern an meine größte Liebe ...
Dann ähnelt alles, Gesicht, Körperhaltung, Stimme ihrer Mutter. Die alte, von Manie und Wahnsinn zerstörte Frau Schell kriecht aus dem Grab in Kärnten und macht sich hier in Garachico am Küchentisch breit.
Fazit: Ich bin froh, dass ich nicht mehr verheiratet bin, und froh, dass ich zurzeit hier bin, mit ihr, bei ihr und Lena, und froh, dass jeden Tag Flieger nach München fliegen - schöne alte Tage ...

3. November Am Morgen reservierte Stimmung zwischen den Ex-Ehepartnern. Dann Lob für die Köchin. Wiedergutmachung hintenrum, das altbekannte Spiel. Ich glaub, ich bin echt nicht mehr beziehungsfähig. Mit meiner Tochter zur Bank. Großer Andrang, Monatsanfang. Der Direktor sieht uns durch die Scheibe und fängt uns gleich an der Tür ab. »Mama, der hat aber Angst vor dir.« Ich zeige ihm den Ausdruck mit der Rücküberweisung wegen der »falschen« IBAN. Kontonummer ist korrekt, bei ihm kam nichts an, sie hätten auch nichts retour gesandt, ich soll es noch mal probieren. Der Sparkasse schreibe ich am Nachmittag. Rückruf mit identischen Worten. Keiner der Bankmänner kann sich den Verbleib des Geldes erklären: »Versuchen Sie's erneut.« Ist doch merkwürdig: Da zahlt die ganze Welt kontaktlos und bei einer Überweisung im traditionellen Sinn kann kein Mensch nachvollziehen, wo der Fehler liegt.

Banktag mit F. X., ein Familienausflug. Kontoauflösung. Meine Tochter übersetzt. Trotzdem möchte er mich dabeihaben.

Schönstes Wetter, die Badetasche prophylaktisch ins Auto gepackt. Haha, ich bin doch eine alte Optimistin. Nein, bevor wir an den Strand gehen, möchte er seine Sachen zu Hause abliefern, er hat jetzt alles dabei. »Kann in meine Handtasche, auf der bleib ich hocken«, erwidere ich. Nein, da fühle er sich unwohl. Interessanterweise spricht er dabei seine Kindheit an. »Je älter ich werde, umso mehr übernehme ich die Ängste meiner Mutter. Was hat sie mich gequält mit ihrer Aufregung, wenn wir im Sommer nach Lienz fuhren.« Er spielt ihre Hektik nach, man könnte meinen, sie säße vor mir.

Alternativprogramm: shoppen. Diesmal Lebensmittel. Beim Supermarkt treffen wir Naira, die den monatlichen Großeinkauf macht. Hundertvierundsiebzig von neunhundert Euro Verdienst sind weg. Ihr Mann und sie würden gerne für eine

20. Eintrag Rätseln, warum gegen Abend unsere Stimmung abfällt. Die Studienrätin meint, wir griffen automatisch beim Dunkelwerden zur Weinflasche und das tue der Laune nicht gut.
Das mache uns dumpf und sentimental. Für mich ist eine Flasche Rotwein normal, warum soll die Ex nicht zumindest eine halbe Flasche trinken.
Seis drum, hin und wieder verwechselt uns die Frau Studienrätin mit ihren Kindern in der Schule, muss man aushalten. Dabei spielen wir wieder - ich verliere immer - Canasta.
Schwierig wird es, wenn die Ex von echten oder vermeintlichen Niederlagen überrollt wird.
Die abgesagten Lesungen, die tausend ominös retournierten Euro und jetzt plötzlich neu: der HEIMATKANAL, der gottverdammte Heimatkanal.
Was das ist? Ein auf der untersten Ebene von Privatfernsehen operierender Spartenkanal, der das zum hundertsten Mal abnudelt, was andere beschissene Privatsender vor zehn Jahren ausrangiert haben. Ich kann schon kotzen, wenn ich das Wort Heimatkanal nur höre. Sie haben dort Verabredungen mit der Ex nicht eingehalten.
Die Schelltochter sollte das „neue Gesicht des Heimatkanals“ werden (ob sie kapiert, was das für eine zweischneidige Ehre ist, weiß ich nicht), aber sie wird es nicht, sondern ein anderes Gesicht wird es, und das ist eine Schweinerei, ein Bruch von Vereinbarungen, Tücke gegen Vertrauen und wenn es der (mündliche) Vertrag hergibt, geht sie vor Gericht, und die Presse schaltet sie auch ein usw. usf.

Woche im Süden der Insel Urlaub machen, aber die Unterkünfte sind so teuer, mehr als zweihundertfünfundsechzig Euro darf es nicht kosten. Hallo Realität.

Nach Essen und Siesta Abendspaziergang in Garachico und no news von Santi. Das Auto und die Badetasche – never ending story and running gag. Nicht Fisch, nicht Fleisch. Undefinierbare Tage.

Ich freue mich auf den Ausflug ins Anaga-Gebirge. Dem Himmel ganz nah.

Und wieder kann ich mich verhalten, wie ich will, im Laufe der alkoholisierten Suada werde ich leibhaftig zu diesem Scheißheimatkanal und auch wenn sie über mich drüber und an mir vorbei schimpft, es trifft mich, denn der Schuldige, der Boss vom Heimatkanal, sitzt nicht bei uns am Küchentisch.
Wenn die Ex erst mal in Fahrt ist, ist es schwer, sie zu bremsen, genau wie früher, aber der Wein hilft und wir vertagen die Vernichtung des Heimatkanals auf morgen und gehen ins Bett. Lena will heute Nacht todesmutig! bei der Ex schlafen, im Riesenbett ... Nach zehn Minuten kommt sie runter und sagt, sie schlafe doch nicht bei der Mama, weil die schon nach einer Minute zu schnarchen angefangen habe.
Vorsatz: Wir brauchen auf der Reise in jedem Fall zwei Zimmer, was mit Airbnb vermutlich geht, im Hotel aber teuer wird. Keine Ahnung, wie man das löst, unabhängig davon, dass das Auto immer noch in der Werkstatt steht und dort weiter vor sich hin rostet.
Der zwielichtige mecánico de automóviles schickt via Ex Fotos von Teilen, die er ausgewechselt hat, und so wie die Ex das anpreist und mir weismacht, was er trotz Krankheit alles tut, ist für mich endgültig klar: Der mecánico ist eine ihrer vielen Altlasten, und kann sein, diese Altlast ist immer noch aktiv ...

4. November Früh wach. Wieder strahlend schönes Wetter. Dank tagelanger Ankündigung klappt es auch mit der Abfahrt um zehn Uhr. Franz würde »dort«, wo auch immer das sein mag, übernachten, also packe ich neben der Badetasche auch noch ein Täschchen für mich. Tanken, den Sprit »darf« ich verrechnen. Merci Chérie. Wir fahren nach La Laguna und nehmen dann die kurvige Straße ins Anaga-Gebirge. In Las Mercedes kommen wir am Flüchtlingslager vorbei. Im vergangenen Jahr wollte ich die afrikanischen Flüchtlingsfrauen interviewen, die im ehemaligen Frauengefängnis untergebracht sind. Auf der Suche nach Freiheit kamen sie nach Europa und landeten im Knast. Die Flüchtlingswelle war kaum für die Canarios zu bewältigen. In die EU jenseits der Insel dürfen die Geflüchteten nicht weiterreisen. Ich bekam kein Interview.

Wir stoppen an einer Bar, meine Tochter muss auf die Toilette. Das Gesicht von Franz ist angesichts der Fahrzeit angespannt. Wir sind schon eine Stunde unterwegs. Im Lokal, das auch frische Kaktusfeigen, Bananen und Kartoffeln anbietet, Vogelgezwitscher. »Kommt das vom Tonband?« Der Gesang klingt so unwirklich schön. Ich gehe in den Raum. Zwei Minikäfige oberhalb der Tür zur Küche. Zwei Vögelchen, die nicht zusammen sein dürfen, zwitschern um ihr Leben. Hilfeschreie, die wunderschön klingen. Der Mensch ist grausam. Eine Bestie.

Wir fahren zu einem Aussichtspunkt, den ich, pardon, schön finde. Allerdings finden auch alle anderen Touristen das Plätzchen schön. Ich stoppe, wir steigen aus und die Stimmung von Franz verfinstert sich. Steinerne Miene. Wahrscheinlich denkt er, die dumme Henne verwechselt mich mit ihrer Reisegruppe! Die dumme Henne wäre ich. Wir fahren weiter durch den Lorbeerwald und kommen an Cruz del Carmen vorbei, ein beliebtes Ausflugsziel, eine »Fressmeile« im Wald. Viele Autos am Straßenrand.

21. Eintrag Das Klima ist heute ausgesprochen „buchisch", Lena hat gerade Jane Austens ‚Die schöne Cassandra', sämtliche Jugendwerke, zu Ende gelesen (die Hauptwerke kennt sie natürlich fast auswendig) und noch beim Frühstück mit Annie Ernaux' ‚Erinnerung eines Mädchens' angefangen, und die Ex hat eine jetzt schon herrlich riechende Ochsenschwanzsuppe auf dem Herd, und sogar die spanische Bank hat sich brav von meinem hiesigen Restvermögen getrennt und es nach Bayern transferiert, nur von dem Schriftsteller - Dichter - Dramatiker - Franz Xaver Kroetz gibt es auch hier keine Spur im Sand, obwohl der Sand nur aus Steinen besteht.
Ich weiß es nicht ich weiß es nicht ich weiß es nicht - wie, wo, warum ich meinen lebenslangen Kumpel, den Dichter K. verloren hab, wo und wie er unter die Räder gekommen ist, in welchem Krankenhaus er liegt, auf welchem Friedhof er döst, in welcher Betonschublade (die Friedhöfe hier) er klopft - er ist weg, das macht mich seit zehn Jahren kaputt. Wenn ich was von mir lese, ist es, als würde ich von wem andern was lesen: Was geht das mich an? Soll „er" doch seine Geschichte, sein Stück, sein blödes Gedicht schreiben oder nicht schreiben:
Mir gehts am Arsch vorbei. Neid und Bewunderung für all die Untoten (von Handke bis Jelinek, von Walser bis weiß der Teufel wer), die bis ins hohe und höchste Alter ihre Buchstaben scheißen und bündeln und veröffentlichen und dann von vorn anfangen mit dem Scheißen, Bündeln und Veröffentlichen. Ich bin ein toter Dichter,

Franz schaut wieder auf die Uhr. »Keine Sorge, dort, wo ich dich hinbringe, ist es wunderschön«, zwitschere ich fast so wie das Vögelchen im Käfig. Er reibt sein Knie, die Fahrerei ist ihm zu lang. »Ich will was sehen, ich will aussteigen«, sagt er ungehalten. Bitte schön, ich stoppe den Wagen, wohl wissend, dass das Örtchen hinter der nächsten Kurve beginnt. Er steigt aus. Chinamada, ein Höhlendorf in atemberaubender Landschaft. Wir gehen voraus, er kommt langsam nach. Besorgt frage ich Herrn Miesepeter, ob er schlecht Luft bekommt? »Ihr behandelt einen, als ob ich schon halbtot wäre. Fragt nicht mehr, ich sag's schon, wenn es nicht mehr geht.«

Ja gut, dann werde ich mich ab jetzt darauf berufen. Die letzten drei Wochen waren halt Knie, Asthma und Prostata ein Dauerthema. Alt werden ist irgendwie scheiße. Und die »Altenpfleger« bekommen den Unmut zu spüren. Jung sterben, und das so spät wie möglich, sagten schon die alten Griechen. Ihm gefällt aber das eigenwillige Dorf – Schwein gehabt –, in dem jede Fassade nur einen Meter breit ist.

Weiter geht's zum kulinarischen Highlight nach Taborno. Mitten in der Pampa führt ein französischer Dreisternekoch das Restaurant. Ein französisches Drei-Gänge-Menü vom Feinsten für einundzwanzig Euro. Die Auswahl auf der Speisekarte reicht vom schwarzen Schwein über Lamm, Rind und Ente bis Känguru. Die Speisekarte zu übersetzen ist eine Herausforderung. Die Einrichtung ist im Stil der Dorfkneipe geblieben, ebenso wird das edle Essen auf primitiven Tellern serviert, auf solchen, die ich nicht in meinem Schrank haben möchte.

Das Essen und ein Gläschen Wein heben unsere Stimmung. Nun macht es ihm Spaß und er lädt uns ein. Ich schlage einen kleinen Spaziergang vor. Ich kenne den Weg, hab die Wanderung öfter gemacht, die Strecke müsste er gut schaffen. Der Ausblick aufs Gebirge ist außergewöhnlich. Nach dem Aus-

ein mausetoter, und wenn ich keine ordentliche Rente hätte, würde ich Grundsicherung oder wie das heißt brauchen.
Denke oft und schmerzlich: Wann hat das eigentlich angefangen, dass ich mich von mir, von meinem Innersten (denn Schreiben war mein Innerstes) getrennt hab, bzw. dass wir getrennt wurden, durch was, durch wen, wie, warum? Keine Ahnung, ich weiß nur, dass ich schreiblos in Pasing war und schreiblos bin auf Teneriffa ...
Ach ja, der Schlafgott meints gut mit mir: Hab, den täglichen Verzweiflungen zum Trotz, heute Nacht sehr gut geschlafen, Amen!

sichtspunkt geht ein kleiner Weg durch den Lorbeerwald. Verdammt, da geht es doch weiter runter, als ich in Erinnerung hatte. Er geht tapfer mit Pausen. Es dauert. »Gleich hinter der Kurve geht's links wieder retour«, rufe ich und denke, fuck, wann hat die verdammte Kurve ein Ende? Ein kleines Stück aufwärts und nun sehe ich den »Heimweg«. Oh nein! Ein Minipfad führt durch eine Wiese und rechts geht's in die Tiefe. Mit seinem Knie können wir den Weg unmöglich gehen! Aber je mehr ich versuche, ihn mit Entschuldigungen zur Umkehr zu bewegen, desto mehr erwacht der Tiroler in ihm. Er steigt die Felsen zum Weg wie ein Gamsbock ab, während ich mich ängstlich von Stein zu Stein hangle. Ich bekomme Schnappatmung. Einerseits durch meine eigene Höhenangst, andererseits durch mein schlechtes Gewissen, den kniekranken Mann auf diesen Weg gebracht zu haben. Während sich in meinem Kopf die schrecklichsten Szenarien abspielen, die hätten passieren können, findet er es wunderbar. Allerdings bekommt er keine Luft mehr. Ich atme auch erst auf, als wir wieder sicheres Terrain unter den Füßen hab. Hier im »Ananas-Gebirge«, wie meine zwei es umbenannt haben, sind Krieg, Klimawandel, Konsum weit weg. Natur pur und wenig Mensch – wie friedlich.

Dem Adler wachsen die Schwingen im Flug. Trotz Wanderung und vollem Bauch geht es weiter nach La Laguna. Die Universitätsstadt strotzt vor Leben. Hier macht mir sogar das Shoppen Spaß. Wir schlendern durch die alten Straßen mit den schönen herrschaftlichen Häusern, Bars und Geschäften. Franz würde gerne übernachten. Hier eine Bleibe zu finden, macht mir mehr Arbeit, als gemütlich heimzufahren. Das versteht er nicht ganz, wo er doch zahlen würde. Trotz Heimfahrt ist er vom Ausflug begeistert.

»Ich habe so eine Wut auf den, ich könnte ihn in der Luft zerreißen. Da hätte ich nicht auf dich hören sollen. Von wegen,

er repariert das Auto zuverlässig.« Richtig, wir fuhren eben an Santis Werkstatt vorbei. Das Auto hängt auf der Hebebühne, wahrscheinlich wachsen dem Mercedes auch schon Flügel. Das Blöde ist nur, dass Santi Franzens Wut nicht mitbekommt, sondern nur ich, deren schlechtes Gewissen genährt wird, einen Freund empfohlen zu haben.

Reisen ist nix für Feiglinge und schon gar nicht im Winter. Wir dürfen gespannt sein.

5. November Neuer Tag, neues Leben, Kultur pur. Konzert im Auditorium. Vater und Tochter wollen bei unserem Ausflug in Santa Cruz übernachten, ich bin gern dabei. Eine Wohnung im Stadtzentrum wird gebucht.

Mit Schwung packe ich den Müll ins Auto und knöpfe mir nach der Entsorgung Santi vor, der auf meine Nachrichten nicht antwortet. Entschlossenen Schrittes betrete ich die chaotische Werkstatt. Santi steht am Arbeitstisch und schleift ein verrostetes Teil. »Warum lässt du mich so hängen?«, frage ich wütend. Er schiebt seine Brille mit seinen bärigen, ölverschmierten Fingern hoch und schaut mich an. »Ich arbeite nur noch an diesem Auto. Alles ist verrostet. Kaum hab ich eine Stelle repariert, tut sich woanders eine neue auf. Dazu kommt, dass ich seit einer Woche durchgehend Durchfall habe, am Sonntag war ich sogar deswegen im Krankenhaus und hab mittlerweile fünf Kilo abgenommen.« Er listet alles auf, was er bis dato gemacht hat. Ich fotografiere, dokumentiere und will mir die Fachausdrücke merken. Die Arbeit wird den Kostenvoranschlag übersteigen.

Mein innerer Konflikt wächst und somit auch der Leidensdruck. Zwei manipulative Männer, die an meinem seelischen Zustand herumschrauben und sämtliche Triggerstellen bedienen. Der eine mit Krankheit und Ausreden und dem ewigen »nächste Woche hast du das Auto« und beim anderen ist das Donnerwetter bei »höheren Kosten« und Unzuverlässigkeit schon vorprogrammiert.

Und genauso kommt es zu Hause. Ich versuche Franz die Dokumentation des Fortschritts zu zeigen. »Das interessiert mich nicht. Wie teuer kommt es?« Und schon prasselt es auf mich nieder, dass er nur die vereinbarte Summe zahle und keinen Cent mehr, dass das eh rausgeschmissenes Geld sei und wir die Reise nicht machen werden, da er bereits Ende November in Deutschland sein muss. Mir laufen die Tränen über die

22. Eintrag Im Anaga-Gebirge, der etwas „abseits“ liegende, vielleicht schönste Teil der Insel. Die Ex ganz wild darauf, uns alles zu zeigen bzw. zu sagen. Sie hat ja schon vier Touristengruppen auf Teneriffa betreut, wie sie immer wieder sagt, und sie auch ins Anaga-Gebirge geführt.
Da diese Gruppen vornehmlich aus alten Touristen bestanden, werden ihre Oldies unser fester Reisebestandteil, auch wenn wir nur aus ihr (sechsundfünfzig), mir (sechsundsiebzig) und Lena (dreißig) bestehen: Pass auf, da vorn geht es steil runter, unser Fünfundachtzigjähriger wär beinahe abgestürzt, ich konnte ihn gerade noch auffangen / schaffst du das oder sollen wir umkehren? / jetzt schnaufst du aber, da vorne ist eine Bank, ruh dich aus / du hast einen roten Kopf, willst du einen Schluck Wasser? / hast du das Kortison dabei? / da ist ein Klo, danach kommt so schnell keines mehr / soll ich mit dem Auto herfahren (vom Parkplatz) und dich abholen? / lauf mir nicht weg, sonst verirrst du dich, ich bin gleich wieder da / du musst einfach mehr Wasser trinken so wie ich / usw. usf. Als die Ex mich endlich so weit hat, dass ich mir schwerstbehindert, hundertjährig, rollstuhlbedürftig, blind, lahm und halbtot vorkomme, raffe ich mich zu einer kurzen, wütenden Erklärung auf und verbitte mir diese blödsinnige Sorgen- und Hilfslitanei. Ich stelle fest, dass das eine Form von Markieren, Denunzieren und Ruinieren ist, es dient nicht mir, es hilft dir, deine Überlegenheit, deine

Wangen, die junge Marie Theres ist da, die sich in die Rolle vor über zwanzig Jahren zurückgedrängt fühlt. Verdammt, es ist weder mein Auto noch mein Geld. Es kotzt mich an, Mittlerin zu sein. Tränen aus Verzweiflung, dass ich mich wieder einlullen hab lassen und nun die Suppe auslöffeln muss.

Wenn die Olle heult, kann man ja wieder etwas beschwichtigen und etwas »Schuld« von ihren Schultern nehmen. Vielleicht hat sie ja auch Sorge um ihren Freund? Erst wird das Vis-à-vis in die »Fühl-dich-scheiße-Position« manövriert, als kleine Streicheleinheit fürs eigene Ego, und dann gönnerhaft das »alles wieder gut« darübergeschleimt. Mann fühlt sich gut und zurück bleiben Narben.

Die Sonne scheint, die Straßen sind lebendig. Wir parken in der Hauptstadt. Das Parkhaus ist mit uns in die Jahre gekommen. Wir suchen die Hausnummer unserer Mietwohnung. »Wie du das früher alles geschafft hast, mit drei kleinen Kindern?«, sagt F. X. hinter mir. »Die ganzen Reisen, ohne Internet und Handy, während ich an meinem neuen Stück geschrieben hab. Da hast du schon viel geleistet.« So ein Lob besser spät als nie.

Eingecheckt in einer sehr idyllischen Bleibe. Vater und Tochter bekommen das Doppelbett, ich das Schlafsofa. Wir ziehen durch die Straßen. Meine Tochter erinnert mich an meinen Ex-Lover, den ich direkt nach der Trennung hatte. Sie erzählte, dass er eine verbogene Gabel reklamierte und deswegen beim Essen von Anfang an sauer war. »Du hast versucht auszugleichen und je mehr du es versucht hast, desto unangenehmer wurde die Situation«, sagte sie. »Da wusste ich: No, Buddy, wir zwei werden niemals Freunde.« Anfangs konnte ich mich nicht erinnern, aber dann stiegen Bilder wie in einer Luftblase aus Schlamm und Morast auf. Ich hatte mir als neuen Lebenspartner den gleichen Typ Mann in Grün ausgesucht. Plötzlich sehe ich die Gabel mit der abstehenden Zacke vor

„Jugend“ (du altes Arschloch), deine Gesundheit zu zelebrieren; es ist eine Art letzter Sieg über mich, den du mit Hilfe meines Alters erringst und gnadenlos ausspielst. Lass das, sonst kehr ich um und nehm ein Taxi und fahr zum Flughafen. (Es gibt hier kein Taxi und keinen Flughafen.) Aber es wirkt trotzdem, die Ex (und auch die Tochter) hören auf, mich so gnadenlos selbstsüchtig alt und blöd zu machen, bis sie selbst ganz jung sind und ich verreckt bin ... und wir beschließen, dass wir weiterwandern, aber ohne hysterisch kassandröses Gewinsel. Und die Stille, die der Ex das Maul für kurze Zeit stopft, tut gut ...

mir, sein jähzorniges Gesicht, die Schlinge um den Hals und meine flötenden Töne, das alles zu überspielen, damit die Kinder nichts mitbekommen.

Hier kann man sich Konzerte noch leisten, fünfundzwanzig Euro die Karte. Gustav Mahler und Alban Berg stehen auf dem Programm. Und zum ersten Mal in meinem Leben erlebe ich eine Dirigentin, Shiyeon Sung erscheint im Frack. Das Konzert beginnt, F. X. schließt die Augen und meine Tochter stupst mich an. Mimisch deutet sie mir an, dass er gleich einschlafen wird, indem sie den Kopf mit offenem Mund nach hinten fallen lässt. Von ihrem eigenen Bild erheitert, bekommt sie einen leisen Lachkrampf und steckt mich an. Wir lachen beide, ohne zu wissen, warum, Tränen laufen uns über die Wangen, während die Musik unsere Seelen streichelt. Entspannung pur, wäre da nicht die Dame neben uns, die just immer in den leisesten Stellen zu husten beginnt.

Das Konzert war wunderbar. Auch Franz hat es gut gefallen. Es ist eine laue Sommernacht im November.

6. November Ich hab in der Stadtwohnung bis neun Uhr geschlafen. Das Plätschern der Stimmen in der Straße hat mir Geborgenheit vermittelt. Gemütlich.

Mit meiner Tochter zum Frühstücken auf den Markt. Als wir zurückkommen, steht F. X. frisch geduscht und gebügelt da. Nein, er hat nicht gut geschlafen, es war zu laut, außerdem hätte ich geschnarcht, die Zimmertüre hätte die Lautstärke nicht gedämpft. Ich Schnarchmonster! Dabei schnarche ich nur, wenn ich im Stress bin und anscheinend auch nur bei meinen Kindern oder Franz. Egal, jedenfalls ein guter Grund sich vormittags schon mal schuldig zu fühlen.

Nach einem Spaziergang durch die Stadt fahren wir an die Playa de las Teresitas. Es beginnt zu nieseln und außer mir will niemand ins Wasser, das mit vierundzwanzig Grad aber wärmer ist als die Luft. Ich genieße die Auszeit, lasse mich rücklings treiben und höre dem Steinerollen auf dem Meeresboden zu, während meine Augen dem Spiel von Sonne und Wolken folgen. Wie geil, der Friede sei mit dir, ach quatsch: mit mir!

Auf dem Rückweg stoppen wir in Puerto, Fischsuppe essen in einem urigen Lokal. »Hier würdet ihr nie hineingehen, aber man isst fantastisch«, rufe ich den beiden zu. »Stimmt, da hätte man eher Sorge, eine Fischvergiftung zu bekommen«, meint Franz beim Anblick des Lokals. Als Musik spanische Schlager aus den Sechzigerjahren. Eine andere Welt. »Schon allein bei der Musik fühle ich mich um dreißig Jahre jünger«, meint Franz mit einem Schmunzeln. Santiago, der Wirt, will jedem seine Cazuela verkaufen. Zu Recht, der Eintopf schmeckt köstlich.

Zum Schluss geht's wieder mal ums Geld: Die Tochter will zahlen, weil sie gut verdient, F. X. will über mich zahlen lassen und meint: »Die Mama wird uns auch wieder einladen können, wenn sie mal wieder arbeitet und verdient.« Mama kann euch heute schon einladen, schließlich nage ich nicht am Hungertuch! Ich bezahle also, meine Einladung.

23. Eintrag Mal wieder auf ein geliebtes Buch gestoßen: Zadeks ‚My way', toll, wie der geniale alte Jude erzählen konnte. Für mich der absolute Höhe- und Endpunkt dessen, was Theater leisten kann: seine ‚Lulu': geniales Stück, geniale Inszenierung! – mehr geht nicht.
Später Fischessen, sehr gut, aber sauteuer und wer zahlt? Die Frau Studienrätin oder ich?
Ex muss nicht zahlen, da sie momentan nichts verdient: Du zahlst wieder, wenn du was verdienst, sag ich und mein es – na ja nett, lieb, freundlich!
Scheiße, wieder in die Scheiße getreten, sie findet diese Bemerkung unnötig, ja beleidigend – denn sie tut ja sonst genug für uns, es ist ihr Haus, in dem wir wohnen, sie chauffiert uns, sie kocht für uns, sie zeigt uns die besten Lokale und Plätze auf der Insel, denn sie hatte schon vier Touristengruppen hier, die alle super zufrieden waren usw. Pause, sie weint.
Ich könnte mich köpfen, ausradieren, hängen, schlachten ... so was Blödes, kann ich nicht einfach den Schnabel halten? Ich entschuldige mich, ich lobe sie, lobe, lobe, aber das macht es nur schlimmer. Sie hat sich bereits einen Mitleidsvorsprung herausgeredet, den hol ich nicht mehr ein. Ich kann mir mein Lob und meine Entschuldigung sparen: Sie ist beleidigt und bleibt es, hört aber auf zu weinen.
Ich bin verzweifelt, die Tage werden mühevoller, mal schauen, was noch kommt!? Die Tochter ist Sonderpädagogin und hat mit Gehörlosen zu tun. Nimm dir ein Beispiel, Papa, sagt sie, meine

»Veronica Ferres fragte mich, da man in der Branche redet, du würdest finanzielle Nöte haben, ob ich dich als Ex unterstützen würde. Ich antwortete: na ja.« Dazu machte er eine wackelnde Handbewegung. »Würde ich aber tun, wenn nötig.« Oh Mann, diese Gönner und dazu ein Satz, der einem das Gefühl gibt, vor der ganzen Branche bloßgestellt zu werden. Diesen Monat jähren sich zwanzig Jahre Hausfrauenrevolution und am Dilemma hat sich nichts geändert: nicht erwerbstätig ist gleich ohne Honorierung ist gleich nicht messbare Leistung. Ich klopfe mir auf die Schulter: Drei Kinder großgezogen, gesund und alle was geworden, zwanzig Jahre Dichter ausgehalten, vierundzwanzig Stunden am Tag und seit wiederum zwanzig Jahren mich in diversen Berufen immer neu erfunden, dazu soziale Projekte, wie das »Kino Frauen aller Kulturen«, auf den Weg gebracht. Schubladenbilder als »Tochter, Nichte und Ex von«, die mich ein Leben lang begleiten. Zwischen Glamour und Nichts.

Auf dem Heimweg will Franz bei der Apotheke stoppen, er will Ohrstöpsel für die Reise kaufen, weil ich so schnarche. Jetzt. Wir waren aber heute schon in einer Apotheke, die wir nicht betreten konnten, da dort noch Maskenpflicht herrscht. »Franz, je mehr Druck du mir machst, desto lauter schnarche ich. Außerdem sind wir doch gar nicht auf Reisen«, antworte ich schon etwas angesäuert. »Ich wollte die Reise mit den Kindern machen, nicht mit dir.« Hä?

Daheim angekommen, ziehen wir uns alle drei zurück. Reserviertheit heißt die Parole. Am nächsten Morgen kommt meine Tochter zu mir und kichert vor sich hin. »Mama, der Papa versteckt seine Zahnpasta vor uns hinter dem Bilderrahmen auf dem Waschtisch.« Ja, die von ihm mitgebrachte Mundpflege war schon immer ein Heiligtum, das es zu beschützen gilt.

Leute quatschen nicht die ganze Zeit und sind trotzdem gut drauf.

7. November Meine Tochter ist begeistert. Die Samen einer köstlichen gallischen Melone ließ sie tagelang trocknen. Vor vier Tagen setzte sie ein paar ein und baute aus dem Boden einer Wasserflasche ein Gewächshaus. Sie rechnete mit drei Wochen, bis die Samen treiben würden. Heute, am Tag ihrer Abreise, bringe ich ihr das Töpfchen. Zwei kleine Pflänzchen sind innerhalb von vier Tagen entstanden. Ein Wunder der Natur. Sie jubelt und begrüßt jede einzeln. Ich bewundere »mein Pflänzchen« und ihre Freude. Ein schöner Moment der Dankbarkeit.

Franz möchte nicht mit in den Süden fahren, und ich bin froh, eine Auszeit zu haben. Wir setzen den Vater in Icod ab, damit er heimspazieren kann, und ich fahre erst zur Tankstelle. Es fehlt verdammt viel Luft im vorderen Reifen. Der Gedanke, gleich zwei Autos bei Santi zur Reparatur zu haben, löst in mir umgehend Wallungen aus. Wir schaffen es aber in den Süden. Ein kurzer Abschied von meinem Mädchen mit inniger Umarmung. Guten Flug!

Ich fahre nach El Médano, um meine Freundin Julia zu treffen, achtundzwanzig Jahre alt, Weltenbummlerin und aus Liebe auf Teneriffa hängen geblieben. Eine besondere junge Frau und Ersatztochter, wenn ich auf der Insel länger ohne meine Kids auskommen muss. Sie reiste mit ihrem gelben Bully bis hierher und hat eine Hippie-Philosophie, die ich bewundere. Sie braucht kaum Geld, jammert nie und macht aus wenig viel. Trotz toller Ausbildung und Beruf zieht sie den Job in einem Callcenter vor. »Ich arbeite drei Tage die Woche und verdiene achthundert netto, der Rest ist Leben.« Das gibt mir Zuversicht. Mit achthundert Euro und wenn alle doppelten Kosten wegfallen würden, käme ich auf der Insel auch über die Runden. Ob ich irgendwann ganz auswandern soll?

Es tut gut, einen ganzen Nachmittag am Strand zu sitzen und zu quatschen, kurz Urlaub zu machen und bei sich selbst sein zu können. Bei Sonnenuntergang fahre ich heim.

24. Eintrag Wir wollen zu einem Konzert (Gustav Mahler und Alban Berg) nach Santa Cruz fahren und ich bestehe darauf, dass wir dann auch dort übernachten.
Ich lade ein, eine Wohnung im Zentrum mit zwei Schlafzimmern. Lena und ich schlafen in einem Zimmer, die Ex allein im andern.
Nicht jedes Airbnb-Apartment, das zwei Zimmer haben soll, hat zwei Zimmer. Bis in die Morgenstunden ist der Straßenlärm dominant, als der endlich nachlässt, bahnt sich etwas anderes den Weg durch die geschlossene Tür und durch die Mauer, die keine Mauer ist, sondern eine tapezierte Bretterwand, und die reagiert wie ein Resonanzboden und schickt ein gnadenloses Schnarchen ... und mein kriegskranker Vater (beide Weltkriege mitgemacht), der jede Nacht geschnarcht, gelitten, gekämpft und getötet hat, taucht auf und sein Ungeist fährt mir durch den Körper. Ich musste bei ihm schlafen, meine Mutter hat nie ein Zimmer mit ihm geteilt.
Sei nicht hysterisch, sag ich zu mir, schnarchende Menschen haben keine ruhige Minute im Schlaf und sterben früher.
Ich höre nicht hin, ich lenke mich ab, aber das nützt nichts, sie beherrscht mit der Schnarcherei alles, ich hoffe, flehe, bete, dass sie aufhört, dann hoffe, flehe und bete ich, dass sie erstickt, aber den Gefallen tut sie mir auch nicht, sie sägt und sägt und sägt, überschlägt sich, stürzt röchelnd ab, man denkt, das wars, jetzt ist sie tot, aber sie fängt sich wieder, fängt von vorne an und schnarcht wie ein

Er sitzt in seinem Zimmer und schreibt. Die Schreibmaschine rattert. Ich störe nicht weiter und verziehe mich automatisch nach oben.

Später begegnen wir uns in der Küche. Franz ist gut gelaunt, er hat den ganzen Tag geschrieben, Spaziergänge gemacht, gut gegessen und sagt bestens aufgelegt: »Ich bin fest entschlossen, wir machen die Reise.« Dabei erzählte mir meine Tochter während der Autofahrt, dass er nach Flügen gucke.

»Super«, antworte ich, »zur schlechtesten Jahreszeit, in Kriegszeiten mit dem höchsten Benzinpreise machen wir uns auf den Weg mit einem uralten Kübel. Wenn wir da nichts zum Schreiben haben, ist uns nicht mehr zu helfen.« Er holt sein Manuskript. »Neunzehn Seiten«, sagt er. Ich komme auf die gleiche Zahl. »Je schonungsloser wir berichten, desto lustiger wird es«, er macht eine Pause, »für den Leser.«

Abends im Bad bin ich erstaunt: Die Zahncreme steht vor dem Bilderrahmen. Ah, daher weht der Wind, das gute Teil wurde vor »Kinderhänden« in Sicherheit gebracht.

Das Meer ist wild. Wenn ich an die zweitägige Überfahrt denke, wird mir jetzt schon schlecht. Reisekaugummi notiere ich auf einen Zettel. Merkwürdig, dass die Zweier-Kombi leichter funktioniert.

Holzfäller, der einen Bergwald im Akkord fällt.
Irgendwann denke ich (wie hundertmal in der Ehe): Ich bring sie um, aber man tut es nicht, es ist ja strafbar. Man zählt den Rhythmus mit, denkt: Jetzt kommt gleich nach dem Crescendo der Absturz in die Stille, die kurze, da steig ich ein, da müsste es gehen zwischen Abschwellen und einem neuen Anlauf, da muss ich die Lücke erwischen und einschlafen, ihr „entschlafen" sozusagen, weil ich schneller bin.
Aber ich bin nicht schneller, ich verpass ein ums andere Mal den Einstieg in den Ausstieg und ich geh geräuschvoll pissen; sie fährt kurz auf und sagt mit schneidender Stimme: Musst du denn alle fünf Minuten aufs Klo, nimmst du deine Pillen nicht mehr, dreht sich um und schnarcht weiter.
Ich würde sie gern schütteln, stoßen, anrempeln, anschreien, aber das trau ich mich nicht, wir sind schließlich geschieden, sie ist eine freie, souveräne Person, außerdem nützt es nichts, es hat noch nie was genutzt.
Auf die morgendliche Frage der Ex, wie hast du geschlafen bei dem Lärm (Straßenlärm meint sie), hätte ich sagen müssen: Gut, sehr gut, alles okay, ich liebe es, beim Einschlafen Menschen zu hören, da fühlt man sich zugehörig, beschützt – sage aber: na ja, der Straßenlärm war das eine, aber du hast wieder mal furchtbar geschnarcht, und ich wäre beinah wahnsinnig geworden.
Die Ex schaut mich hasserfüllt an. Sie ist von der Aussage, nein Anklage getroffen, pikiert,

beleidigt, wenn ich Pech hab, weint sie beim Frühstück schon - aber sie kriegt die Kurve: Nicht einer meiner Liebhaber (ich schätze fünfzig plus X) hat sich jemals darüber beschwert, dass ich schnarche, wenn, dann hat man es als aparte Eigenart gewertet, stößt sie hervor und wird - die alte Lady! - rot.

Lena und ich schauen uns an und merken: Das ist ein so gewichtiges Argument, dagegen kommen wir nicht an.

Aber das Konzert war wirklich schön und Töne sind Töne, man muss ihnen nur ohne Vorurteile begegnen.

8. November Vollmond, und ich stehe um zwei Uhr morgens senkrecht im Bett. Das Licht ist dermaßen intensiv, dass es mich juckt, einen Spaziergang im Mondschein zu machen. Ich denke an den Paragliding-Tandem-Flug, den ich mit dem Ex-Lover mal machte: vom Teide, Izaña, von zweitausendvierhundert Meter nach Puerto de la Cruz bei Vollmond. Atemberaubend schön. Tränen der Freude. Ich konnte es einfach nicht fassen, so etwas erleben zu dürfen. Es war Dezember und die Straßen waren weihnachtlich geschmückt, Minichristbäume aus der Vogelperspektive. Ich fühlte mich wie Superwoman. Fliegen scheint ein Urgefühl zu sein und vermittelt einem so was wie Freiheit. Auch das Landen am Strand, aufregend. Definitiv mein schönstes Vollmonderlebnis – unvergesslich.

Er ist wie ausgewechselt. Freundlich, zuvorkommend, zufrieden. Nach dem Essen wäscht er sogar ab. Er wirkt glücklich und findet den Schreibmodus wunderbar. Keine Spur mehr davon, dass er sich ein Flugticket buchen will. »Und die Reise können wir vor Weihnachten eh nicht antreten«, meint er scherzhaft zu meiner Tochter am Telefon, »Santi braucht seine Zeit.« Ich hatte ihn heute mehrfach aufgefordert, Santi und sein Auto in der Werkstatt zu besuchen, um den Druck zu erhöhen. »Nein, heute nicht, lieber morgen.«

Woher dieser plötzliche Sinneswandel? Hat er den Schreibstau ähnlich wie Verstopfung durch ordnungsgemäße Verdauung und Entleerung beseitigen können? Waren die paar Stunden »Kroetz allein daheim« genug, um die Gegenwart zu reflektieren? Hat er den deutschen Wetterbericht samt Novemberblues studiert? Oder kam vielleicht ich mit einer Flower-Power-Ausstrahlung vom Beach retour? Ich lief nämlich den ganzen Tag im om-Modus durchs Haus. Mir war es plötzlich reichlich wurscht, wie ich künftig mein Geld verdiene, noch hab ich eins und das Leben ist heute. Life is today, tomorrow never comes.

25. Eintrag Heute allein hier; die Ex bringt die Studienrätin zum Flughafen und ich muss nicht mit, darf hierbleiben. Ein Haus, in dem man gelebt, geliebt und gelitten hat, ein Haus auch, in dem man versagt hat, anders kann man es doch nicht nennen: wenn die Frau nichts anderes im Sinn hat, als diese Ehe abzuschütteln wie eine Krankheit, einen falschen Film ... Und man ist da, man kann sich nicht in Luft auflösen.
Bin ungern allein in dem „fremden“ Haus.
Muss raus!
Beschlossen, ich geh heute einen „gefährlichen Weg“: an den Lavafelsen kleben die kleinen, dünnen Steige, weiter hinten beginnen die verbarrikadierten Bananenfelder derer, denen die ganze Gegend gehört. „Gehört“ durch Raub und Diebstahl von den Guanchen, aber das ist schon lang her. So wie die katholische Kirche hier ein üppiges Dasein führt, lebt auch der Feudalismus prächtig weiter.
Ein längerer Spaziergang beginnt mit der Frage: mit oder ohne Ibuprofen 600? Nimms mit, es kann nicht schaden und beruhigt dich. Mit oder ohne Handy? Nimms mit, es kann nicht schaden.
Der „gefährliche Weg“ gehört zu den Wegen, die man früher, als man noch laufen konnte, ohne auch nur eine Sekunde nachzudenken, gegangen ist, vollgekifft, angesoffen, mit zwei Hunden und drei Kindern, wobei man das Jüngste tragen musste. Ein Weg, läppisch einfach für einen gesunden Mann mit zwei gesunden Beinen. Aber jetzt? Die Deklination von geschwundenem Selbstvertrauen, das bis zur Selbstverachtung

Herrlich, diese selbstverständliche Unabhängigkeit. Interessanterweise, das fällt mir immer wieder auf: Glück lässt sich nicht beschreiben. Wenn wir uns über jemanden ärgern oder uns in Sorgen ertränken, wie leicht schreibt sich der Frust von der Seele. Aber wehe, es geht einem gut! Da schweigt man und genießt und verhält sich ganz unauffällig, damit das Glück nicht Reißaus nimmt. Also hinterfrage auch ich nicht die guten Momente, es tut gut, dass die Seele sich mal leicht anfühlt.

Am Abend machen wir die große Bananenrunde. Franz geht sich heute schwer, aber immerhin ist er gut drauf – man kann nicht alles haben. Mit allen drei Kindern telefoniert.

Und das Meer tobt mit gigantischen Wellen, so sehr, dass die Fensterscheiben in meinem kleinen Häuschen erzittern.

Vollmond, ich bin hellwach, gut aufgelegt und beschäftige mich mit dem digitalen Nachlass, den es zu erstellen gilt, mitten im Leben, während ein Baby-Gecko in meinem Schlafzimmer auf Mückenjagd geht. Geckos bringen bekanntlich Glück. Eben!

reicht: „Es kann ja was passieren, pass auf, hilfloser alter Mann, du bist bald 77 (schöne Schnapszahl) und wenns dich einmal hinhaut auf ein spitzes Lavasteinchen mit dem Knie, kann sein, du kommst nicht mehr hoch wie eine umgedrehte Schildkröte und brauchst zumindest ein Handy, um die Ex anzurufen. Sie weiß ja immer Hilfe, auch wenn die mit dem „da siehst du mal, wenn du mich nicht hättest“ beschwert ist.
Nicht nur ich, auch der Weg ist alt geworden, ich find ihn kaum noch; nicht nur mich braucht niemand mehr, den Weg auch nicht. Er ist nur noch für geübte Augen erkennbar, er ist zugewildert und verdreckt, man verwendet ihn wohl auch als Müllkippe. Wie wir uns ähneln!
Rechts steil rauf und links steil zum Meer runter, wenigstens schwindelfrei muss man sein, auch eine Disziplin, die selbstverständlich war. Aber ich schaff die „kritischen“ zwei, drei Kilometer, ohne einmal danebenzutreten und – ja! – ohne einmal Angst zu haben.
Ich fühle mich wie ein Vogel, frei und glücklich, als hätte ich den Nanga Parbat bestiegen, allein und ohne Sauerstoff. Nicht mal ein Fischer ist mir begegnet. Da überholt mich einer, der diesen ganzen Weg gejoggt ist; schnell und leichtfüßig und vermutlich ohne Ibuprofen, Handy und Nachdenken. Ein gesunder Mensch eben!
Ich bleib stehen und lass ihn vorbei, er grüßt sogar noch und ich schau ihm nach: dass ich nie wieder ein gesunder Mensch sein werde, dass nichts besser, aber alles schlechter wird, raubt

mir das grade entstandene Vogelfreigefühl und ich denke, wenn schon Vogel, dann sollte ich vielleicht den Steilhang „runterfliegen" und das Elend hätte ein Ende ...

Ich bin besiegt, schon wieder besiegt.

Die Ex kommt heim und fragt, wie es mir geht: Wunderbar, und dir?

9. November Erstens kommt es anders und zweitens als man denkt. Als ich in die Küche komme, sitzt Franz total erkältet da. »Mich hat's erwischt«, sagt er mit triefender Nase. »Das war bestimmt die hustende Dame im Konzert, die dir ihr Virus spendiert hat«, antworte ich. »Hast du einen Test da?« Ja, den hab ich und denke mir, dass da eher der Hypochonder nach Bestätigung schreit. Tief steckt er das Stäbchen in die Nase und rührt darin um bis zum Schüttelreiz. Als zertifizierte Testerin (für zehn Euro online ergattert) stecke ich das Stäbchen in die hochgiftige Flüssigkeit und träufle fünf Tropfen auf den Testerstreifen. Zwei überdeutliche Striche: Covid-19.

Ich mache meine griechische Wolkensuppe, die alles hat, was der Körper so braucht – Vitamine (Karotten), Kohlenhydrate (Reis), tierisches Eiweiß (Suppenhuhn, Eier) und heißes Vitamin C durch mindestens sechs Zitronen. Diese Suppe ist immer angesagt, wenn einer von uns krank ist, egal ob Grippe oder Magen, und hilft auch bei einem kräftigen Kater.

Ich lernte diese Suppe von der Ehefrau meiner Jugendliebe, dem Pianisten Nicolas Economou. Wir führten eine Art »Ehe zu dritt«, allerdings war die Ehe zerrüttet. Es war aber großartig, durch ihn in jungen Jahren die klassische Musik zu entdecken. Musiker wie Martha Argerich und Gidon Kremer waren bei ihm zu Gast. Er passte in mein Männerschema: älter, dominant, mit Aura, Alkoholiker und Genie mit einem Hauch von Wahnsinn. Ein Genie musste her, so suggerierte es mir meine Mutter, und leiden müsse man in Beziehungen auch. »Dans l'amour, il faut des larmes, dans l'amour, il faut donner«, sang Edith Piaf herzzerreißend. Es war das Lieblingslied meiner Mutter und auch ihr Motto. Ohne Tränen und Hingabe gibt's auch keine Liebe. Punkt basta aus. Und somit war nicht nur ihre Abhängigkeit, sondern auch meine Co-Abhängigkeit besiegelt.

Sie liebte die »Auswahl« meiner Männer und hätte jeden

26. Eintrag Das Alter macht das „Ich“ so porös, kaum belastet man es ein bisschen, schon bricht es ab.
Und es wächst nix mehr nach, das ist der entscheidende Punkt, wenn man jung ist, erleidet man Niederlagen, vielleicht mehr als im Alter, wenn man sie sowieso schon vermeidet, aber sie kleben sich nicht an einem fest, sie werden vergessen, verdrängt, verwunden, bis sie verschwinden und was Neues wächst. Du siehst heute verdammt scheiße aus, sagt der Spiegel einem jungen Menschen und der sagt: Okay, mag ja sein, aber gestern sah ich toll aus und morgen werde ich wieder toll aussehen; alten Menschen (zumindest mir) wächst nach der Niederlage nichts Positives mehr nach, im Gegenteil, der Verfall rückt weiter vor und wenn er dein Zentrum erreicht hat, bist du tot?
Schön wärs!
Ich hab doch heuer im Frühling und Sommer, als ich beim Schreiben nur blutige Niederlagen erlitten habe, das Leben als Konsequenz eingestellt: keine Freunde mehr, kein Kino, kein Theater, keine Kollegen, kein Konzert, nicht mal spazieren gehen, nur noch dasitzen und vor mich hinstarren. Die Ex sagt: Das war die schlimmste Zeit mit dir, als wir noch verheiratet waren, wenn du nur noch dagesessen bist und vor dich hingestarrt hast! Das gab es also auch schon früher, als ich noch jung war, na ja, jünger? Na klar, seit ich dich kenne, sitzt du rum und starrst vor dich hin, hast du mal darüber nachgedacht, was das für eine junge

gerne für sich beansprucht – und auch geküsst. Am meisten war sie von Franz begeistert. »Wenn's den Franzl zwei Mal geben tät, einen davon würde ich heiraten.« Und das war keine Koketterie. »Mami, manchmal hab ich Sorge bei den zwanzig Jahren Altersunterschied«, sie unterbrach mich: »Du musst dir keine Sorgen machen! Wenn dir was passiert, kümmere ich mich um den Franzl.« Auch ihre allerletzten Worte galten ihm und nicht mir. Ich pflegte sie acht Tage lang im Krankenhaus. Aus ihrem Mund kam nur Lallen und Stöhnen, etwa wenn man ihr die Windel wechselte oder sie umbettete. Acht Tage saß ich an ihrem Bett, erzählte viel und machte meinen Frieden mit ihr. »Mami, heute ruft dich der Franzl an«, sagte ich und reichte ihr den Hörer. Da kam etwas Feuer in die leblosen Augen, und als sie seine Stimme hörte, sagte sie klar und deutlich: »Servus, mein Schatzi, wie geht es dir?« Ihre letzten Worte in meinen Ohren. Als ich das Krankenzimmer verließ, liefen mir die Tränen übers Gesicht. Vierzehn Tage später schlief sie friedlich ein in ihrem Haus auf der Alm.

Und just dieses Haus wird nun vom Adoptivsohn meines Onkels verkauft. Im achtminütigen Werbevideo wird ihr Sterbebett als besonderes Highlight angepriesen. »Das ist schon … ja was denn? Eine Tragödie oder eine brutale Farce«, meinte Franz, als er das Video sah.

Ich hab jetzt zwei Geckos im Schlafzimmer. Die Knopfaugen und die runden, dicken Pfötchen. Einfach süße Tiere. Der Druck mit dem Auto ist raus. Das Schicksal hat die Handbremse angezogen. Das werde ich aber nicht Santi verraten – morgen sind's vier Wochen, dass er an dem Auto schraubt.

Frau bedeutet; ihre Stimme wird laut: UND ICH WAR EINE JUNGE FRAU mit einem alten Mann, der vor meinen Augen verfault ist, und trotzdem geliebt werden wollte, je mehr er verfault ist, umso mehr wollte er geliebt werden, und ich habe dich geliebt, bis ich nicht mehr konnte, bis ich der flüchtenden Liebe nicht mehr hinterhergekommen bin. Es gibt einen Punkt, wo man nicht mehr kann, kapiert, alter Mann? NICHT MEHR KANN, ich hab nicht mehr gekonnt, schreit sie und dann schweigt sie übergangslos und mein Kollege August Strindberg hätte seine helle Freude an uns.

Ob der auch Schreibblockaden hatte und verfault ist bei lebendigem Leib? Was hat der gelitten, bis er sein ‚Plädoyer eines Irren' (dieses Buch liebe ich!) rauskotzen konnte, mit der ja heute noch unmöglichen öffentlichen Anklage, dass seine Siri von Essen durch einen schlecht genähten Dammriss bei der Geburt eines der drei gemeinsamen Kinder sexuell „beschädigt" wurde ...

Schriftsteller sind Irre, ich gehöre sicher auch dazu, und das arme Auto wartet immer noch auf der Hebebühne und rostet vor sich hin. Die Ex meint, vielleicht warten wir so lange, bis ihm Flügel gewachsen sind, und dann fliegen wir damit weg ...

10. November Meterhohe Wellen. »Das ist gut, das Meer reinigt sich«, sagt der Fischer zu mir. Ich will wissen, wie es zu dem aufgewühlten Ozean kommt, durch den Vollmond? »Na«, winkt er ab und kaut auf einem Stöckchen herum, »das hat nichts mit dem Mond zu tun. Das ist der Wind. Die Stürme peitschen das Meer auf.« Es ist total windstill. Erst mit den Nachrichten realisiere ich, dass vor Florida ein Hurrikan tobt. Die Kanaren liegen auf demselben Breitengrad, der Atlantik zwischen uns.

Mein Kranker ist wirklich krank. Franz schläft viel. Er wirkt total erschöpft. Ich gehe zu Santi, um nach den Fortschritten zu fragen. Der empfängt mich diesmal freudig, denn, so der Anschein, ein Ende der Reparaturarbeiten ist in Sicht. Er zeigt, was er alles am Auto gemacht hat, und erzählt, wie schwierig es war, Ersatzteile für den Mercedes aufzutreiben. Ich halte die Evolution in Bildern fest. Am Freitag wollen wir zum ITV fahren. Franz möchte nicht mal die Fotos sehen. Er rotzt und hustet vor sich hin.

Auch bei mir bleibt irgendwie die Zeit stehen. Deutschland rückt in die Ferne. Ich telefoniere mit der Sekretärin der Münchner Bürgermeisterin. Es geht ums »Kino Frauen aller Kulturen«. Am Tag zuvor hatte ich ein weiteres Videomeeting mit dem Team der Integrationsbeauftragten. Was ich von neuen Standorten halten würde? Geld wäre vorhanden. Allerdings müsste es noch in diesem Jahr ausgegeben werden. Vielleicht könnte man eine Gala-Abendveranstaltung machen? Ich versuche zu erklären, dass Gala und mein Sozialprojekt einfach nicht kompatibel sind, und gebe Beispiele, wie man das Geld sinnvoll investieren könnte. Man melde sich, da müsse erst mit der Finanzstelle gesprochen werden.

Nun, am Telefon mit dem Bürgermeisterbüro, höre ich, dass die Stadt München so gar keine Mittel hat, mein Inklusionsprojekt zu unterstützen, aber Frau Bürgermeisterin würde

27. Eintrag Man weiß nicht genau, wann beim „Gegner" der Hass wieder die Augen aufmacht, den er sich angefressen hat im Lauf von Trennung, Schmerz und Trauer und der sich nach der Scheidung schlafen gelegt hat. Manchmal ist es auch umgekehrt, die abgestorbene Liebe jault noch einmal auf.

Wir waren doch in Santa Cruz in dem Konzert und da waren wir von musikbegeisterten Mumien umzingelt, die alle gehustet haben, und eine von diesen Mumien muss mir Corona angehängt haben.

Auf dem Spaziergang gestern ging es los: Atemnot, raue Kehle, zitternde Knie und fortwährende Erschöpfung.

In der Nacht dann neununddreißig Fieber, brennender Kopf, verstopfte Nase (total verstopft, hat mich an meine Kokszeit erinnert) und in der Früh ein Schnelltest, der zwei fette Linien zeigt, vermutlich ist es das dritte Mal, dass ich Corona hab.

Und jetzt passiert das Unglaubliche, das Liebliche: Die Ex kümmert sich um mich, als wäre sie frisch in mich verliebt (ich kann es nicht anders beschreiben), sie strahlt eine so liebenswürdige Hilfsbereitschaft aus, dass mich das in gute frühe Zeiten katapultiert. Es freut sie, dass ich Corona hab; nicht weils mir schlecht geht, sondern weils ihr gut geht, wenn sie helfen kann. Schon lang hab ich den Verdacht, wenn ich mir in all meinen Liebes-Lebens-Lagen mehr helfen hätte lassen, anstatt immer alles alleine hinkriegen zu wollen,

gerne zu einer Vorstellung kommen. Auf die Gala vielleicht und zusammen mit der Integrationsbeauftragten? Das wäre doch ein schönes Foto. Wie schwierig es ist, ehrenamtliches Engagement aufrechtzuerhalten, davon können sich die da oben keinen Begriff machen. Steuergelder werden zum Jahresende noch schnell aufgebraucht, sonst gibt es im nächsten Jahr nix. Wir reden hier nicht von hohen Summen. Aber ob ich fünftausend Euro in eine Gala stecke oder für die gleiche Summe zwei Jahre lang einmal monatlich Müttern und Kindern einen kostenfreien Kinobesuch ermögliche, macht für mich einen Unterschied.

Am Nachmittag kommt meine Freundin Paula zu Besuch. Sie bringt wunderbare Äpfel und Tomaten mit. Ich gebe ihr eine volle Tüte mit Kleidern und alte Holzpaletten zum Einheizen mit. Wir machen einen langen Spaziergang und beobachten die wilden Wellen mit teils meterhohen Fontänen.

Als wir zurückkommen, sitzt Franz an der Schreibmaschine und tippt. »Ach, das ist ja schön«, sagt Paula, »eine echte Schreibmaschine.« Ihre Begeisterung wird durch sein »du redest Scheiße« umgehend gestoppt. Mir ist das peinlich. Gut, der große Dichter wurde gerade in der Zeremonie des Schreibens gestört, aber muss man deshalb einem anderen Menschen gleich mit dem Arsch übers Gesicht fahren? Die Kroetz'sche Sprache ist rau. Ich schiebe Paula Richtung Küche und raus aus der Peinlichkeitszone. Sie hat es ihm nicht übel genommen. Ich erinnere mich an früher, als meine beste Freundin mich nicht besuchen durfte, wenn er schrieb. Also traf ich sie immer auf der Plaza vor dem Haus.

Beim Verabschieden lädt ihn Paula zu sich in die Berge ein. Franz ist wie ausgewechselt, freundlich und nimmt die Einladung gerne an. Mir fällt ein Stein vom Herzen. Es scheint ihm besser zu gehen. Er trinkt ein Glas Whiskey und ein Glas Wein. Die Medizin, auf die er vertraut.

wär ich als Don Juan viel erfolgreicher gewesen. Aber um schwach sein zu können, muss man schon verdammt stark sein.
Die Ex kocht für mich eine griechische Suppe, das Beste gegen Erkältung, ich kriege sündteure Coronatabletten (Stück für einen Franken), Wadenwickel und Stirnwickel, es ist alles so fürsorglich, dass man es mit Liebe verwechseln könnte - so dumm bin ich nicht, vor zwanzig Jahren war ich ihr schon eine Ewigkeit zu alt, und ich bin nicht schöner, besser, netter geworden, aber ich genieße diese zufrieden lächelnde Frau mit all den Pillen, Wickeln, Tuben und Inhalaten UND ihrer Leidenschaft für - nicht mich, aber „fast" für mich, und danke Corona, dass es mir ein so angenehmes Déjà-vu beschert hat.

Ich gehe schon um neun Uhr ins Bett und nehme ein Mondbad. Sein Licht erfüllt den Raum. Es hat etwas Geheimnisvolles. Mein ganzer Körper fährt runter und ich schlafe viel – um die elf Stunden pro Nacht. Die Ruhe vor dem Sturm? Das Meer schlägt unermüdlich an die Felsen und wühlt mit einem tiefen Grollen den Meeresboden auf. »Wo verstecken sich eigentlich Fische?«

11. November Sonne, wildes Meer und in mir der Putzteufel. Ich liebe es, mit Schwung das Haus auf Vordermann zu bringen. Musik erfüllt mein Ohr und ich schrubbe im Takt. Franz ist zwar noch verschleimt, aber auf dem Weg der Besserung.

Während ich mit den Pflanzen rede, Hausecken inspiziere und notiere, was alles gemacht beziehungsweise besorgt werden muss, springen mir Gedanken durch den Kopf. Wie meine Zukunft aussehen, ob und welchen Mann ich mir vorstellen könnte, welche beruflichen Möglichkeiten es gäbe? So, als würde ich meinen Körper verlassen und ganz neutral auf mich herabschauen. Ach, Marie Theres.

Zwischendrin checke ich die Mails. Ein netter Programmleiter schreibt, der vor anderthalb Jahren ein Buch bei mir bestellte. Erst war ein Exposé erwünscht, dann eine Gliederung. »49:43 – Knochen zum Nagen« sollte es heißen. Ich quälte mich wochenlang mit der Gliederung. Endlich abgeschickt, kam postwendend die Absage – Hausfrauenrevolution, Frauenthemen, passen nicht in den Verlag. Hä, warum hab ich dann die Anfrage erhalten? Das ist so, als würde man beim Metzger ein vegetarisches Gericht bestellen. Fünfhundert Euro Aufwandsentschädigung konnte ich raushandeln. Seitdem hab ich nichts mehr von ihm gehört. Nun erhalte ich eine Mail: Seine Frau habe zwei Theaterkomödien geschrieben, ob ich vermitteln könne, die Stücke anbei. Eine nicht gefragte Autorin und arbeitslose Schauspielerin soll vermitteln? Meint er das ernst?

Als ich vor Jahren mein Schell-Buch bei einem großen Verlag unterbringen wollte, sagte die Programmleiterin, die es dann nicht genommen hat, zu mir: »Das muss umgeschrieben werden. Man muss die Unterröcke der Fanny riechen können!« Ich machte eine Pause. »Warum um alles in der Welt soll man in die Unterröcke meiner Urgroßmutter riechen können?« Franz meinte dazu: »Das ist so, als ob man einen Hund in die

28. Eintrag Auf die realen sechsundsiebzig Jahre hat Corona jetzt noch mal gefühlte zwanzig Jahre draufgepackt: Ich fühl mich rundum scheiße, und ich will mich scheiße fühlen; nur der Tsunami an Hilfsbereitschaft der Ex hat nicht nachgelassen. Sie will morgen sogar nach Icod fahren und mir einen bequemen Liegestuhl für die Azotea kaufen, damit ich mich in die Sonne legen kann (mit und ohne Fieber) und dann im Sarg wenigstens eine gute Farbe hab.
Ich steh vor dem Spiegel und es graust mir. Corona hat mir den letzten Rest Leben aus dem Gesicht gewischt und wenn es wahr ist, dass man in Wirklichkeit fünfmal so hässlich, fett, alt usw. ist, wie man sich im Spiegel sieht, dann will ich nicht mal als ich geboren worden sein, lieber als Eichhörnchen, die sind appetitlich bis ins hohe Alter. Klar, das sind jetzt total infantile Greisengedanken, aber wenn ich krank bin, bin ich grundsätzlich beleidigt, und das so lang, bis ich wieder gesund bin.

Jagdgründe schickt mit dem Wissen, dass dort kein Wild vorhanden ist. Eine Gemeinheit, dass mit Autoren immer noch so umgesprungen wird.«

Was habe ich mit dem Buch alles erlebt. Es war ein Auftragswerk. Ich machte eine Reise durch fünf Länder und bekam erst danach den Vertrag. Im Vertrag stand zum Honorar »Zweite Rate nach Manuskriptannahme«. Aber das Manuskript wurde nicht angenommen. Die Sekretärin des Verlegers sagte zu mir am Telefon: »Jetzt sehen Sie es doch endlich ein, Frau Kroetz Relin, Sie sind nun mal keine Autorin.« »Sorry, aber ich lebe von meiner Schreiberei«, antwortete ich trocken. Nach einer Odyssee landete ich bei einem anderen Verlag und es wurde ein Fiasko. Als ich bei den ersten TV-Shows auftrat, um das Buch zu promoten, war es noch gar nicht auf dem Markt – lieferbar in drei bis sechs Wochen. Viereinhalb Jahre schrieb ich daran. Ich hätte die Lebenszeit auch anders nutzen können. Immerhin hat die Familie so einen Überblick über die Verwandtschaft, ihre Wurzeln und den fehlenden Geruch der Unterröcke.

Wir spazieren durch Garachico. Franz will unbedingt bergauf gehen, seinen Körper, seine Grenzen spüren. Ich versuche ihn zurückzuhalten. »Mach das nicht. Covid-19 ist anstrengend.« Aber er ist und bleibt ein sturer Esel. Alles geht gut, wir gehen essen. Ziegenfleisch. Sehr schmackhaft.

Wir telefonieren sehr lange mit unseren Kindern. Sie erkundigen sich nach ihrem Daddy per Videocall. Es ist merkwürdig, der andere ist da, das Auge nimmt ihn / sie wahr, aber es fehlt der Geruch, die Berührung. Wie wird diese neue Form der Kommunikation die nächste Generation beeinflussen? Als ich siebzehn Jahre alt war, machte ich ein Fotoshooting mit einem französischen Fotografen in Triest. »Es wird nicht lange dauern, da mache ich Fotos, drücke auf einen Knopf und die Fotos sind innerhalb von Sekunden in Paris.« Ich starrte auf

seine Hasselblad und zeigte ihm den Vogel. Er hatte recht behalten.

Heute vor sieben Jahren hab ich das Rauchen aufgehört und dazu ein weiteres Kapitel meines Win- und Losertums begonnen.

Mein Kopf brummt, ich glaube, jetzt geht es bei mir los.

12. November Sieben Jahre Nichtraucher. Zwei Jahre später, nachdem ich innerhalb von neunzig Minuten das Laster ablegen konnte, machte ich in derselben Praxis ein Coaching, um meine »Erfolgsblockaden zu lösen«. Ich wurde vom Chef behandelt. Während der Sitzung fragte er mich, ob ich nicht »Nichtrauchercoach« werden will. Deal: Er bildet mich aus, ich schreibe mit ihm ein Buch darüber. Warum nicht? Ich saß einen Monat lang in den Sitzungen und schrieb mit. Im Monat darauf führte ich die ersten Coachings alleine durch, einen Monat später war ich meistens allein in der Praxis. Die Menschen fühlten sich bei mir sehr wohl und ich glaube, meine Erfolgsquote war recht hoch. Mir war aber unheimlich, so ganz ohne Zertifikat und für einen Apfel und ein Ei zu arbeiten. Als ich den Chef darauf ansprach und meine Ausbildung und ein Zertifikat forderte, flog ich raus. Ich hab in dieser Zeit viel gelernt, trotzdem stand ich wieder mal mit leeren Händen da.

Kopfweh ohne Ende. So als ob der Schmerz von innen heraus den Schädel sprengen und in vier Teilen wie eine Knospe aufklappen würde. Ich habe Angst, bei Kopfschmerzen zu erbrechen. Also liege ich und schlafe viel. Franz ist nett, hilfsbereit und kocht mir Basmatireis. Er bittet mich, einen Test zu machen, der ist aber negativ. »Kranksein hat doch auch was Gemütliches«, meint er. Aber mein Leben hat sich in den letzten fünf Wochen derart verlangsamt, dass mein Prosit auf die Gemütlichkeit etwas lebendiger und heiterer ausfallen könnte.

Neuigkeiten von Santi: Das Auto bekommt nun den Auspuff, dann geht's zum ITV. Ich nehme an, dass unsere Warterei am Montag ein Ende hat. Wir gehen spazieren. »Nein«, erklärt mir Franz, »ich werde jetzt keine Reise durch Spanien machen. Im Winter! Kommt ja gar nicht infrage! Außerdem muss ich irgendwann nach Deutschland und du kommst mit.« Die Freude übers fertige Auto hält sich in Grenzen. »Ich fliege nicht im Winter nach Deutschland, das ist mir zu kostspielig. Super,

29. Eintrag Ich merke, dass wir, obwohl wir viele gemeinsame Erinnerungen haben, keine gemeinsamen Erinnerungen haben. Wenn das Gespräch auf eine gemeinsame Erinnerung kommt, rutscht sie instinktiv vom Wir ins Ich. Sie hat das Haus gekauft, sie ist nach Teneriffa gezogen, sie hat das und das entschieden, sie hat dem Kind das Leben gerettet, sie hat es von Anfang an gewusst, sie hat gesagt und gemacht usw. - der Plural wird verdrängt vom Singular und so wird das gemeinsame Leben zu einer One-Woman-Show. Wenn ich in ihrem Erinnerungsnarrativ vorkomme, dann als Trottel, der nix gecheckt hat und immer falschlag. Sie selbst hat nie irgendwas falsch gemacht, ihr fehlt jede Form von Selbstkritik, auch in der homöopathischsten Dosierung.
Schlimm ist das nicht, ich muss nur im Gespräch die Richtlinien beachten: Entweder weiß sie es oder, was selten vorkommt, sie weiß es nicht, aber dann interessiert es sie auch nicht.
Es geht immer und nur um sie. Basta.
Sie war ja auch bis vor Kurzem „alleinerziehende Mutter mit drei Kindern“, das hat sie erst aufgehört zu behaupten, als eins unserer erwachsenen Kids gefragt wurde, ob es denn den berühmten Papa überhaupt kenne ...
Das macht unser Gespräch einseitig, denn man kann ihr nur zuhören, ob sie redet oder schnarcht, man ist von der Bühne in den Zuschauerraum verbannt. Wenn ich etwas in unsere - pardon - „ihre“ gemeinsamen Erinnerungen einwerfe, werde ich zurechtgewiesen, verbessert und rausgeschmissen.

dann darf ich hier dein Auto fahren«, antworte ich enttäuscht, nachdem ich alles dafür tat, dieses Roadmovie lebendig werden zu lassen. Es geht die alte Leier von SEINEM Auto und SEINEM Geld los und wir können ja die Reise im Frühjahr machen. »Franz, ich kann nicht ewig zur Disposition stehen. Ich brauche einen neuen Job und weitere Entscheidungen stehen an.« Aber das versteht er nicht oder will es nicht verstehen. Ich hab mich fünf Wochen nach ihm gerichtet, damit diese Reise klappt – das wäre sozusagen mein Honorar gewesen. Schreiben ist Luxus.

Ein Königreich für ein wenig heiteren Leichtsinn. Aber je mehr ich darüber nachdenke, wird mir klar, dass mein Ex vor dem Trip im Winter Angst hat und darum mit verbalen Keulen schlägt, mild im Vergleich zu früher, aber huhu, Geld ist Macht.

Egal, ich werde mich wieder mit dem abfinden, was sein soll. Was anderes bleibt mir eh nicht übrig. Durch das tägliche Schreiben ist vielleicht meine Wortblockade gelöst. Auch das wäre mir recht.

Meine beste Freundin ruft mich an und gibt mir die Post durch. Ihre Stimme klingt dünn. Ihr Cousin, achtundfünfzig, hat sich letzte Nacht erhängt. Vor einem Jahr wurde ihm der Job gekündigt. Davon hat er sich nicht mehr erholt. Ein Gesellschaftsopfer. Wie heftig.

Der Himmel färbt sich im Abendrot und das Grün der Palmen- und Bananenblätter ergänzt das idyllische Bild. Wie dankbar bin ich, so privilegiert sein zu dürfen. Ich gehe schon um sieben Uhr ins Bett. Nun mit Grippe.

Außer dem pluralen Tod unserer Erinnerungen gibt es Gutes zu berichten: Mein beschissenes altes Körperchen, gestern noch zum Tode verurteilt, hat sich wieder mal auf die Hinterfüße gestellt und es geht mir heute schon wieder recht gut. Mir fehlt die Studienrätin, die wieder in München ist. Ich hab mit ihr heute eine Stunde lang per Videocall telefoniert und es war schön! Wir haben zwar nicht so viele gemeinsame Erinnerungen, aber sie lässt mich rein, wenn wir welche haben.

13. November Mir geht's nicht gut. Unangenehm der kalte Schweiß und die Kurzatmigkeit. Ich putze trotz Unwohlsein mein Schlafzimmer, so als würde ich die Viren wegschrubben wollen. Santi ruft an. Das Auto würde gut fahren, nur erhitzt sich die Benzinpumpe und die muss ersetzt werden. Ich atme tief durch und sage ihm, dass ich mit Franz reden werde. Oh Mann, ist mir das alles unangenehm. Franz steht in der Tür und schaut aufs Meer. »Aber natürlich soll er das ersetzen. Irgendwie bin ich Santi richtig dankbar, dass wir so lange aufs Auto warten mussten, es waren fünf wunderbare Wochen hier!«

Da soll sich einer auskennen. Gestern hatte er eine Abneigung gegen den Typen, »der ist mir zu fett mit seiner Autostory«, heute ist er ihm dankbar. Ich krieche den Berg hoch Richtung Werkstatt und bekomme kaum Luft. Santi zeigt mir alle Fortschritte am Auto. Ich stehe darunter und mache brav die Ahs und Ohs, schließlich ist auch er ein Macho, der gelobt werden will. »Um die Benzinpumpe kaufen zu können, brauche ich die fünfhundert Euro. Ich hab kein Geld mehr auf dem Konto.« Fuck, daher weht der Wind. Also krieche ich wieder den Berg runter, diesmal, um Franz zu einer Überweisung zu bewegen. Ich fühle mich in meine Hausfrauenzeiten zurückversetzt, als jeder Cent diskutiert wurde und seine Berechtigung brauchte. Aber ich hab Glück, Franz ist nach wie vor gut drauf, versteht und überweist das Geld. Erleichterung. Ich koche und wische in der Küche, die Stühle auf dem Tisch.

Während ich die Hausarbeit erledige, steht er wild-romantisch in der Tür und denkt nach. Der große Dichter. »Ein Künstler, auch wenn er nichts tut, tut etwas.« Dieses Zitat von Jan Hoet wurde uns zum Leitmotto, ich habe es sogar in eine Salatschüssel gravieren lassen, zum ewigen Gedenken.

Wir gehen kurz an den Strand, ich brauche Salzwasser in der Nase. »Du zwingst mich zum Baden und jedes Mal ist es wun-

30. Eintrag Also mir gehts wieder gut, dafür ist die Ex heute krank: Kopfweh, Schwindel, Durchfall und Atemnot. Sie wackelt in der Früh die Treppe von ihren Gemächern runter und schaut wirklich scheiße aus. Der Coronatest schlägt bei ihr nicht an, natürlich kann sie es trotzdem haben, denn kaputt ist sie und tut mir leid. Ich versuche mich so nützlich wie möglich zu machen, was auch gelingt. Sie kriegt ein Ibu 600 und ich mache ihr einen salzigen Basmatireis, den sie mit einem Bio-Joghurt isst. Beides bleibt drin! Aber es ist heute sehr still im Haus, ungewohnt still.
Im Haus der Ex gibt es keinen Fernseher und heute fehlt er mir zum ersten Mal. Ich kann also weder die Nachrichten noch ‚Brisant‘ oder ‚Hallo Deutschland‘ anschauen, und ich kann auch all die langweiligen, hirntoten Krimis nicht sehen, mit denen ich mir sonst die Zeit vertreibe, wenn sie mir auf den Kopf fällt. Ich versuche mir einzureden, dass mir das guttut, und ich will eigentlich nicht nach Pasing und nicht zum Fernsehen, ich will, dass sich die Ex bald wieder erholt und mir auf die Nerven geht. Ist sie mir lieber als die öffentlich-rechtliche Gebührenkacke, die tagein, tagaus über uns ausgeschüttet wird? (Die Privaten schau ich sowieso nicht.) Heute ist die fünfte Woche mit der egomanen Ex, aber hab ich nicht eine gute Zeit mit ihr hier verbracht und Pasing erscheint mir dagegen wie: „was Besseres als den Tod findest du überall ...“

derschön«, sagt er. Heute hat er seinen positiven Tag. Ich schwimme im Meer, aber mein Körper signalisiert mir, dass das zu viel ist. Ich komme schwer über die Leiter aus dem Wasser und bin kurzatmig, mir ist schwindlig. Wir fahren heim. Ich trage die Tasche ins Haus, da sitzt er im Patio und trinkt ein Schlückchen Wein. Ach so, in der Küche waren noch die Stühle vom Rauswischen auf dem Tisch, deswegen der Ortswechsel! Ich muss lachen und sag's ihm auch. Ertappt. Er lacht zurück und meint (liebevoll) »Arschloch«. Ich bin gar kein Fan von Liebkosungen dieser Art.

Ich koche, wir essen. Gespräche. Die Vergangenheit klopft an. Franz will wissen, wann der Untergang meiner Mutter begann. Mit dem Verkauf ihres Hauses in Heberthal 1990. Ihre manische Depression wurde mit Geld gefüttert. Es folgte der Selbstmordversuch 1991. Danach ging es dank Behandlung ein knappes Jahr aufwärts, bis 1992 meine Tante Immy starb. Da nahm sie die Krankheit wieder in Beschlag und nach dem Tod meiner Großmutter ging ein Licht nach dem anderen bei ihr aus: Neun Jahre war sie bettlägerig, sechzehn kleine Schlaganfälle.

Franz wusste nicht, dass meine Mutter und mein Onkel meine Tante Immy zwangen, sich den Künstlernamen »Editha Nordberg« zuzulegen, denn »zwei berühmte Schells sind in der Familie genug«. Ähnlich wie sie bei mir sagten, ich solle die »Goldene Kamera« nicht annehmen, meine Leistung sei nicht dementsprechend gewesen. Die Gespräche hangeln sich von einem Verblichenen zum nächsten. Als es um meinen Papa geht und ich eigentlich von meiner kindlichen Qual erzählen will, bricht der Dialog ab, aus irgendeinem banalen Grund. Ich muss auch nicht viel darüber reden. Es ist vorbei und trotzdem da. Ich sehe mich im Kindesalter, das erste Mal im Alter von drei Jahren, nackt vor meinem Vater stehen, der mich malte. »Akt stehen« hieß die Parole und ich sollte sein »Model« sein.

»Das ist Kunst«, höre ich meine Mutter sagen, »freue dich, dass du von einem großen Künstler festgehalten wirst.« Mir war kalt, mein kleiner Körper zitterte und war dermaßen angespannt, dass ich meinen großen Zeh aufstellte. Das fand mein Vater neckisch und hielt auch diesen auf Papier fest, als er »Dutti« und »Pflaumi« zeichnete. »On ne naît pas femme: on le devient.«

Gehe heute schon um halb sieben Uhr schlafen. Die Krankheit hat mich im Griff.

14. November Ich sammle alles. Nein, nein, ich bin kein Messi, trotzdem kann ich mich von alten Wegbegleitern nicht trennen. Und es ist egal, ob es sich dabei um Socken, Tassen, Steine und Muscheln aller Art, Ehemänner, Zettelchen, SMS-Nachrichten, die schrecklichsten Fotos, uralte Steuerunterlagen, Briefe und Postkarten, gebrauchtes Geschenkpapier, Mails oder ehemalige Lover handelt – jede Art von Vergangenheit hat seine Berechtigung und kann irgendwann mal wieder nützlich sein. Außerdem, alles, was ich mal ins Herz geschlossen habe, landet nicht so einfach auf dem Müll. Diese Leidenschaft hat den Vorteil, dass ich ein irrsinniges Archiv besitze und fein chronologisch darauf zugreifen kann. Anderseits, wer hätte das gedacht, schleppe ich so Unmengen an Altlasten mit mir rum. Kein Wunder, dass ich wie der Sprung in der Platte immer wieder an denselben Stellen hängen bleibe. Ich bewundere Menschen, die einfach alles zurücklassen können, wenn's um den Neuanfang geht, bei mir artet das immer im Drama aus. Andererseits empfinde ich diese Art Mensch als »kalt«, ist natürlich Quatsch, es ist sinnvoll, ab und zu Psychohygiene zu betreiben – innerlich wie äußerlich.

»Das tägliche Schreiben tut doch gut«, meint Franz, »man hat das Gefühl, etwas getan zu haben.« Ich mache eine zweifelnde Kopfbewegung. »Für dich vielleicht. Ich bin Autorin aus Notwehr geworden.« Denn ich erschrieb mir den Beruf vor zwanzig Jahren, um unabhängig zu werden und mir die Scheidung leisten zu können.

Heute gibt's die Vergangenheitstour in seine Richtung. Wie geht es wohl seiner Cousine Lina, zweiundneunzig? Ich denke schon seit Tagen an sie. »Jetzt rufen wir ihre Tochter an!« Er winkt ab. Nein, nicht jetzt. Ein andermal. Da klingelt das Telefon. Sie ist dran, die Freude groß. Ein Teil von Lienz schwappt direkt nach Teneriffa. Sie hätte ohnehin an uns gedacht, da sie mit Tante Mitzis Karten Canasta gespielt hätten. Tante Mitzi

31. Eintrag „Ich muss weiter, meinem Gott hinterher, wenn ich nicht aufpass, entwischt er mir, und ich find ihn nicht mehr“, lallt mein Herrgottschnitzer und rennt blinden Auges durch die Welt.
Der Herrgottschnitzer und der liebe Gott haben sich beide verpisst, sind die Klippen runtergestürzt, in den Wellen verschwunden und ersoffen.
Ich weiß nicht, ob man das erleben muss:
Man sitzt vor einem Manuskript, an dem man schon jahrelang gesessen hat, in diesem Frühling und Sommer bis zur massiven Depression - und man stellt nach ein paar Wochen Pause, Entwöhnung von Pasing und einem dämlichen kaputten Leben fest: Was du da geschrieben hast, ist ein Schmarrn, nichts als ein Schmarrn.
Problem: Da mir schon so lange nichts Neues mehr einfällt, kann ich mich von dem Schmarrn auch nicht lösen.
Gestern Abend wieder mal in meiner „Bibliothek“ rumgeschaut: Tschechows ‚Iwanow‘ in die Finger bekommen und sofort den ersten Akt gelesen.
Es ist eine wunderbar leichtfüßige Dramaturgie, einfach hinskizziert denkt man, ohne den Figuren auch nur die geringste Gewalt anzutun, öffnen sie sich und geben sich preis, dabei verraten sie alles, weil sie kein Geheimnis haben, nur eine sentimentale Hoffnung, sie sind so löchrig wie ein Schweizer Käse, nicht existenziell, sondern einfältig.
Da spielt ein Dramatiker genial mit seinen Figuren, und ich hab eine brennende Sehnsucht

war meine Schwiegermutter. Sein Gesichtsausdruck wird mild. Der Tiroler Dialekt ist heimatlich. Auf die Frage, wie es ihr gehe, antwortet sie: »Die Mutti ist dement, aber sie ist lustig.« Der Sprachwitz von Franz' mütterlicher Seite war und ist einmalig. Klar, deutlich, humorvoll und rau. Als ich blutjung und hochschwanger mit ihm und seiner Mama im Defereggental zu Besuch war, begrüßte sie ihn in der Früh mit »Servus, alter Sack«.

Ich versuche im Anschluss, Lina selbst zu erreichen. Ihre Vierundzwanzig-Stunden-Hilfe sagt ihr, eine Dame sei am Telefon. Das war für eine Demenzkranke wohl der falsche Hinweis. »Wer ist denn nun dran?«, fragt sie mit fester Stimme wie eh und je. Die Verbindung ist schlecht. »Der Franzl will dich sprechen.« Nach der fünften Wiederholung bittet sie, morgen noch mal anzurufen. Franz hat sich mittlerweile aufs Klo verkrümelt. Ich weiß, dass solche spontanen Anrufe an seiner Seele kratzen. Er möchte die Erinnerung unversehrt. Andererseits, wenn er sie noch mal sehen will, dann jetzt. »Danke«, sagt er leise zu mir, in Gedanken versunken. »Wir können auf der Heimfahrt über Lienz fahren. Was meinst?«

Abendspaziergang in Los Silos. Ich habe es aufgegeben, große Erkundungstouren vorzuschlagen, er möchte auf alten Pfaden wandeln. Sein Knie ist wesentlich besser geworden, auch sein Asthma besser. Zukunftsmodell: »Reha mal anders mit Marie Theres«? Haha, mache ich gerne und bestimmt wieder ehrenamtlich.

Auf ein Bier und einen Kamillentee, mir geht es noch immer nicht gut, reden wir über meine berufliche Aussichtslosigkeit, darüber, eventuell meine Wohnung in Bayern aufgeben zu müssen. Die Story mit dem Losertum und ständiger Neuerfindung kennen wir ja schon. Es wäre ein Leichtes für ihn zu sagen: »Ich bin da für dich, wenn du Unterstützung brauchst.« Träfe ja keinen Armen, zumal ich bei der Scheidung auf den

danach, dass ich auch mal ein Dramatiker war, und dass ich mal spielend schreiben konnte. Nicht, dass ich mich mit Tschechow vergleiche, natürlich nicht, ich weiß, dass ich nur ein Würstchen bin, aber ich spüre doch die Kraft, die einer großen Wurst innewohnt, und adaptiere sie, ohne dass ich mich verwechsle und aus der Bedeutungslosigkeit auftauchen würde. Ich lese auch am liebsten Biografien, das zuzugeben ist mir peinlich.

Bin wieder ganz gesund. Heute nach dem Kaffee Spaziergang zur Absturzstelle, wo Ferdi fünfundzwanzig Meter die Klippen runtergefallen ist und das wenig verletzt überlebt hat, dann am Meer entlang, ein paar Fischerboote drauf, die Wellen flach und lieblich, ein paar Badende am Playa, die Eidechsen rund um mich rum, wenn ich stillsitze, und eine große, ja große Ruhe in mir.

Dann sucht und findet mich ein dickes altes Tier, dem es auch wieder besser geht, und platscht sich neben mich - und es ist schön.

Als sie mich vor fast zwanzig Jahren verlassen hat, ging ein paar Jahre lang meine Welt unter und meine Sonne war schwarz. Vergessen, vorbei! Wie dumm müsste man sein, jetzt, wenige Stationen vor dem Tod, der großen Liebe ein paar Schatten vorzuwerfen.

Versorgungsausgleich verzichtet hab. Das kann er aber nicht. Lieber sagt er dann, dass unsere Kinder mich unterstützen könnten, die verdienen ja alle gut. Ich habe zeitlebens nie einen Cent Schulden, nicht mal einen popeligen Kredit gehabt und hab immer für mich selbst sorgen können. Insofern käme ein Hilferuf nur dann, wenn's wirklich nicht anders ginge. Und diesen Punkt erreiche ich hoffentlich nie. Er wäre sicher für mich da, wenn's denn sein müsste, aber stillschweigend und unverbindlich.

Seitdem ich weiß, dass die Reise voraussichtlich nicht stattfinden wird, rattert mein Hirn lauter neue Möglichkeiten ab. Es rattert gut. Apropos, da muss ich dem Produzenten gleich mal schreiben, was denn nun aus dem Junge-Oma-Exposé geworden ist. Seit drei Wochen will er die gemeinsam erfassten Ideen aufgetippt haben. Ach, wie ich mein Glück kenne, hat er mich als potenzielle junge Oma schon zu Grabe getragen, geht mit dem Stoff hausieren und besetzt dann Veronica Ferres.

Was Bodenständiges wäre schön. Sparte egal. Hauptsache ein klein wenig kreativ und verrückt. So, dass die Leidenschaft Spaß macht.

Heute um neun Uhr ins Bett. Ich steigere mich. Langsam geht es mir besser.

15. November »Du bist die charmanteste Druckmacherin, die ich kenne«, sagt mir der Produzent, über meine SMS amüsiert, »heute Abend hast du den Text.« Ein guter Tagesanfang und ein Hauch von Hoffnung. Mir geht es besser. Aktiv räume ich die beiden Patios auf und beginne zu renovieren.

Santi ruft mich an. Das Geld sei noch nicht auf seinem Konto und so kann er die Benzinpumpe nicht kaufen. Tja, was soll ich ihm sagen? Etwas später steht er auf der Plaza vorm Haus. Ich winke ihm von der Terrasse aus zu, mit Fragezeichen und Fingerreiben, »¿y que?« Er kommt zum Haus. »Kaffee?«, frage ich. Er nickt. In der Küche sitzt der soeben aufgestandene Kroetz. Es ist halb elf. »Santi steht vor der Tür und kommt auf einen Kaffee rein.« »Ja klar, ist ja dein Haus«, sagt er mürrisch. Ich erhoffe mir ein Gespräch zwischen den beiden Herren. Aber nix da. Kaum erscheint Santi in der Tür, hat F. X. K. seinen theatralischen Abgang. »Er ist nicht gut auf mich zu sprechen«, meint Santi. Nein, das Geld ist noch nicht da und er hat nur noch acht Euro einundvierzig auf seinem Konto. Um mir das zu beweisen, loggt er sich im Online-Banking ein und hält mir das Display unter die Nase.

»Er ist wieder weg«, sage ich zu Franz, nachdem Santi seinen Kaffee getrunken und mir »viel Glück« gewünscht hat. Wie geht mir diese Situation auf den Sack! »Wofür braucht er denn das Geld und warum hat er keins? Das ist ein Betrüger!«, schließt Franz aus den Ereignissen und auch mir kommt das alles mittlerweile spanisch vor. »Vielleicht kann er nirgendwo mehr auf Pump kaufen?« Ich habe null Ahnung. In Franz' Kopf mutiert Santi zu meiner »Altlast«, mit dem ich ein Verhältnis hatte. Ich kann hundertmal beteuern, dass ich gar nicht auf die Idee käme, mit dem Typen was anzufangen. »Ist nicht schlimm, wir sind ja geschieden«, meint er. Ich dumme Gans war in der gesamten Ehe treu, ein Lover hätte bei drei Kindern auch rein zeitlich nicht reingepasst, musste mich aber gegen seine »Ver-

32. Eintrag Gestern, spät abends, ich beim Schreiben, sie eigentlich schon im Bett - sie geht früh schlafen und steht früh auf, ich umgekehrt -, stand die Ex noch mal vor der Tür mit dem Handy: Unsere Älteste, die sich jahrelang nur als Vollzeitmutter artikuliert hat und jetzt aus Küche und Co. rauswill, hat einen, wie es scheint, sehr guten Vertrag bei einem Medienunternehmen abgeschlossen, was wir alle schon wissen und uns freut!
Ich interpretiere, dass die Ex vielleicht einfach noch mal bei mir vorbeischauen will, was sehr nett ist.
Da ich nur einen Stuhl und einen Tisch und ein Bett hab, biete ich ihr den Stuhl an, aber sie dekoriert sich schnaufend (sie hats noch auf der Lunge, Rest von Covid) auf dem Bett.
Wie sie so daliegt, und wir telefonieren und telefonieren mit der Ältesten - ruht mein Blick mehr und mehr auf ihr; fröhlich und erinnerungsversoffen denk ich, dass das mal mein Maß aller Dinge war, mein persönliches Glück und Unglück, mein Motor und meine Panne - alles eben.
Jetzt, wie sie sich auf meinem Bett räkelt, erinnert nicht mehr viel an das verführerische Maß aller Dinge, sie ist jetzt eher die Masse aller Dinge (meine Masse aller Dinge).
Dieses Wortspiel erheitert mich wie ein guter Witz, nicht zynisch, überhaupt nicht, eher „lebensbetagt“, Lauf-der-Welt-mäßig.
(Und damit geht ein Mann als Mann in Rente.)
Es ist erst ein paar Monate her, dass ich weiß,

mutungen« verteidigen. Seine sexuellen Fantasien zur Untreue wurden mir zur Qual. Drama war, als er in meinem Kalender schnüffelte und zwei Tage ohne Eintrag fand. Daraus schloss er, dass ich – haha, als alleinerziehende Mutti – in seiner Abwesenheit just in diesen zwei Tagen einen Lover hatte. Ein Eifersuchtsdrama. Männer!

Und der Zipfel in der Werkstatt erzählt wiederum, dass ein Nachbar im Dorf behauptet, er und ich seien ein Paar. Passt mal auf, ihr halblangen Machos, ich würde nie mit einem aus meinem Dorf vögeln, ich bin ja nicht total wahnsinnig. Überhaupt, wegen dem bisserl Sex kommt mir kein Mann mehr ins Haus!

Dieses Scheißauto möge nun endlich fertig werden und dann auch fahren! Ich hab nämlich das dumpfe Gefühl, dass bei der ersten Teide-Tour der Wagen mit den vielen neuen Ersatzteilen auf zweitausendachthundert Meter am Pass verreckt. Und dann?

Aber bitte hervorheben und Gedenktafel montieren: Der Kroetz hat heute sein Zimmer aufgeräumt, geputzt und rausgewischt. Wow. Das kam so überraschend, dass ich gleich mal zur Nachbarin auf einen Kaffee bin.

Die Badetasche ist wieder im Auto. Ich würde so gerne kurz ins Wasser, aber das ist ihm zu kompliziert. Also nur Spaziergang in Puerto an der Küste. Die Gespräche vom Vortag scheinen einzusickern und nun wird auch ihm klar, dass mein Gejammer beruflicher Art durchaus eine Berechtigung hat. Er müsse in vierzehn Tagen zurück nach Deutschland, ins Büro und wegen seiner inneren Uhr, »und du kommst mit«. Ich schüttele den Kopf. »Noch mal: Ich bin superhappy, dass ich den Winter hier sein darf und somit Geld spare. Ich kann dir aber ein betreutes Fliegen organisieren, wenn's nur darum geht, nicht allein zu reisen.« »Ja dürfte ich denn hierbleiben oder wiederkommen?« Ich schlucke. »Schon, aber da müssen wir

dass ich keine Frau mehr will, wirklich weiß. Mit dem rostigen Werkzeug, das mein Körper inzwischen ist, kann man keine gute Arbeit abliefern und es macht auch keinen Spaß, mit rostigem Hammer rostige Nägel in rostiges Fleisch zu schlagen.
Ich krieg mich auch nicht mehr auf die Reihe, zum Beispiel am Playa, wenn ich nur meine Knie auspacke, diese unförmigen Klumpen, vergeht mir die Lust auf mich.
Ich glaub, bis ich siebzig war, hielt ich mich eigentlich - ja klar, der Spinner! - für jede Frau für ein gutes Angebot, und als die letzte „feste", die dreißig Jahre jünger war, mir einen Heiratsantrag machte, war das für mich einerseits selbstverständlich und andererseits ganz klar, dass ich nicht heirate, weil ich - eigentlich - zu jung bin. So spuckt das beschädigte, biologische Narrativ dem Mann ins Hirn, und die Zeit fällt über die Jahre her, und der Wind macht aus dem Leben die Ruinen, die man Erinnerungen nennt.
Alles klar, my boy?

einen Deal finden.« Franz konnte nie allein sein. Er hatte immer eine Frau an seiner Seite. Und die letzten Jahre war unser Sohn für ihn da. Eine Männer-WG. Die steht nun auf der Kippe, da Sohnemann frisch verliebt. Also rechnet er eins und eins zusammen, welches doch wieder zwei ergeben könnte. Ich erfülle ihm gerne ein paar schöne Wochen und ich bin sicher, dass auch ich froh darüber sein werde, diese gemeinsame Zeit erlebt zu haben. Aber ich habe meine Unabhängigkeit so zu schätzen gelernt und möchte diese nie mehr hergeben.

Wir fahren in den Einkaufstempel, der mittlerweile festlich geschmückt ist. Weihnachten aus allen Poren. Mir ist übel. Wir machen den Einkauf, wichtig: guter Wein und guter Whisky, ein paar Lebensmittel und Fisch. Einen ganzen Bonito del Norte, eine Art Thunfisch. Zweieinhalb Kilo für fünf Euro. »Ich bleibe hier«, jubelt F. X. »Jetzt ist Bonito-Zeit, darum ist der Fisch so günstig. Sie kommen immer in Schwärmen«, erkläre ich. Bonito-Zeit? So ein Quatsch, die ist normalerweise im August. Wir haben aber jetzt November! Die ganze Welt spielt verrückt und der Klimawandel wird uns den Nacken brechen.

Mir ist nach wie vor nicht gut. Was auch immer bei mir Schweißausbrüche und Unwohlsein auslöst, ich hoffe, es bald überstanden zu haben.

16. November Na bitte, geht doch. Der Produzent hat einen Anfangstext geschickt, an dem wir beide nun schreiben können. »Oma to go«, der Titel fällt mir spontan ein. Franz findet ihn gut und der Produzent auch. Gekauft. Innere Begeisterung. Puzzleteile. Geschichten erfinden.

Heute geht es mir besser. Auch Franz ist gut drauf. Mit Energie erledige ich viel Liegengebliebenes. Es hat sommerliche Temperaturen, bedingt durch Kalima, den Wüstenwind, der heiße Luft und Sand aus der Sahara bringt.

Am Nachmittag rufen wir noch mal F. X.' Cousine an. Sie versteht wieder schlecht, aber als sie mich und auch Franz erkennt, ist die Freude groß. »I hör eich schlecht, zuvui Berge san zwischen uns.« Ja, die Berge spielen in der Kroetz- wie der Schell-Familie eine große Rolle und sind selbst auf Teneriffa mit dem Teide, nicht ganz einem Viertausender, ständig präsent. »Wann kemmts es mal nach Tirol, is a schee.« »Wir kommen dich besuchen, Lina«, brülle ich ins Telefon. »Ja? Kemmts, bevor I g'storben bin. I bin oild aba lustig. Lina wartet.« Wir sind beide berührt nach dem Gespräch und ich nehme mir fest vor, sie regelmäßig anzurufen.

Wann bekommen Kleider eigentlich Beine? Das frage ich mich seit fünf Wochen. Denn seine Schmutzwäsche landet immer auf der untersten Stufe der Treppe, die in den ersten Stock führt. Dort steht die Waschmaschine. Besonders prekär sind die Unterhosen. Immer wieder starte ich einen Test, halte es dann doch nicht aus und trage mit spitzen Fingern das gute Teil nach oben.

Es ist viertel vor sieben. Santi wollte eigentlich um achtzehn Uhr da sein, damit wir zur Zulassungsstelle fahren. Auf meine Anrufe reagiert er nicht. Endlich ruft er zurück. Er habe Probleme mit dem Auto und dann erzählt er mir alles Mögliche und ich verstehe nur »Papas« – also nix. »Komm doch in die Werkstatt.« Wütend gehe ich außer Haus. Franz kommt eben

33. Eintrag Die Reise rückt „fernwärts“; das Auto ist immer noch nicht fahrbereit, dafür steht die Altlast vor der Tür und will weitere fünfhundert Euro haben, damit er bei Mercedes eine neue Einspritzpumpe kaufen kann, er zeigt der Ex seinen Kontoauszug mit 4,28 Euro drauf.
Sie haben einen schwer beschreibbaren, aber total intimen Umgang miteinander - wie ein altes Ehepaar. Wenn ich dann sage: Hey, kein Problem, deine Altlast kriegt die fünfhundert, aber ich will auch endlich das Auto, weist sie die „Altlast“ entschieden zurück: Nie und nimmer habe sie etwas mit ihm gehabt, wäre nicht im Traum auf die Idee gekommen usw.
„Hast du den mal Fleisch essen sehen?“, kommt als endgültiger Beweis: „Wenn der Fleisch isst, vergeht dir alles!“
O.K., gelobt sei das Alter (ausnahmsweise mal)! Die Ex kann mit dem ganzen Dorf, der ganzen Insel und mit ganz München dazu was gehabt haben oder NICHT, das ist wichtig!, auch das „oder nicht“ geht mir am Arsch vorbei. Der einstmals umkämpfte, geliebte Arsch geht mir am Arsch vorbei! Das entspannt - uns beide! Ich, mit allen Minderwertigkeitskomplexen der Welt gesegnet, war nicht nur rasend eifersüchtig, ich war geradezu EIFERSUCHTSRASEND! Ich habe in den Spiegel geschaut und mir gedacht: Diese schöne Tochter von Maria Schell hat sich geirrt und sie wird bald draufkommen! Na ja, es hat rund fünfzehn Jahre gedauert, bis sie gemerkt hat, dass sie keinen strahlenden Baby Schimmerlos,

super entspannt vom Spaziergang retour. »Komm mit, es geht um dein Auto«, fauche ich ihn an. Nein, er will nicht. »Ach Scheiße!« Schnaubend stapfe ich den Berg hoch. Santi steht mit dem ausgebauten Tank da. Der ist verrostet. Es läuft eine bräunlich stinkende Soße aus dem Tank. »Ich verstehe nicht, wie man ein Auto ohne Benzin in einer Garage abstellen kann!« Mein Schwiegersohn oder mein Ex sind die Verantwortlichen in seinen Augen.

Ich fotografiere und filme wieder – heute: die Tankreinigung. Dann gehe ich mit einem kurzen Adios wieder bergab. F. X. sitzt bedröppelt in der Tür. »Ich reise morgen ab.« Er tut mir leid. »Nein, sorry, ich stehe nur zwischen euch und das geht mir mittlerweile tierisch auf den Senkel.« Und dann versuche ich ihm die neuesten Informationen im therapeutischen Ton zu vermitteln. »Ich hätte einen Herzkasperl bekommen, ein Auto ohne Sprit in eine Garage zu stellen.« Es hätte mich auch gewundert, wäre so gar nicht seine Art gewesen. Wir sitzen beide am Küchentisch und fragen nun Mr. Google, warum ein Tank rosten kann. Tankstellenbenzin hat ein Haltbarkeitsdatum von maximal zwölf Monaten und zerfällt danach. Flüchtige Bestandteile verdunsten, Teerbrocken bleiben zurück, der Rost im Tank entsteht durch Kondenswasser. Wasser ist schwerer als Benzin und sammelt sich an der tiefsten Stelle. Das hätte der Mechaniker wissen müssen, möchte man meinen. »Der sentimentale Wert dieses Autos ist auf null gesunken. Am besten, wir verkaufen es«, meint Franz. Immerhin haben wir es geschafft, den Konflikt friedlich zu lösen. Prost. Verbündete, gemeinsam gegen Santi. Oje, die arme Socke. Und das arme Auto. Ein Drama mit Hauptdarstellern wider Willen.

sondern einen kokainkranken, alt werdenden Dichter geheiratet hat. Genau, und die nicht zugegebene Altlast kriegt die fünfhundert Euro und das Auto die Benzinpumpe?
Da fällt mir ein: Die Ex hat, als sie jünger war, gern und viel mit ihren Chancen geprahlt und auch mit den entsprechenden Abenteuern, seit sie alt ist, streicht sie alles Diesbezügliche weg. Ist das üblich?
Mein Corona habe ich wirklich überwunden, was die Ex hat, wissen wir nicht. Sie ist morgens fit und gegen Abend zerfällt sie und geht noch früher schlafen. Nach einiger Zeit schleich ich rauf und höre, ob sie schnarcht oder ruhig schläft. Schnarchen ist ungesund. Und wenn man sowieso total erschöpft ist, erst recht. Aber heute schläft sie friedlich, und ich bin beruhigt.

17. November Tusch und Trommelwirbel: Es ist geschafft! In der Früh schreibe ich eine Mail an Santi mit meinen ergoogelten Weisheiten, ohne Vorwurf, gebe aber deutlich meinen Unmut zu verstehen. Sein Anruf folgt prompt. Ui, was für ein Gewitter geht über mir nieder – ich bin ihm mit meinen Recherchen eindeutig an seine Ehre gegangen. Ich nehme den Hörer vom Ohr, und als er seine Predigt vollendet hat, sage ich nur, »melde dich, wenn wir zum ITV fahren«.

Nachdem die Kreativität durch Streitigkeiten verpufft ist und meine »Oma to go« noch warten muss, will ich kurz nach Garachico auf die Post und zum Einkaufen. Wie es mir gelingt, Franz bereits am frühen Morgen, also um zwölf Uhr, aus dem Haus zu locken, weiß ich nicht, aber er setzt sich gut aufgelegt ins Auto. Ein kleiner Spaziergang, nein, bitte nicht die gleiche Runde. »Lass uns über San Pedro gehen.« Er ist einverstanden. Wir gehen den Berg hoch, den die Kamele mit den Heiligen Drei Königen am 5. Januar runterkommen. Das ist immer ein theatralisches Spektakel mit Komparsen, Musik, Trommelwirbeln, Fackeln und vor allem glänzenden Kinderaugen. Diese Tradition ist so schön, dass bei unseren Kindern das Christkind weichen musste, und selbst meine Enkeltochter rennt, seit sie laufen kann, den Kamelen hinterher.

San Pedro ist ein verschlafener Ortsteil, dessen Häuser am Felsen kleben. Es ist heiß, der Himmel blau, Bilderbuchwetter. Die kleine Kirche ist offen. »Lass uns da reinschauen«, sage ich zu Franz. Als wir die Kirche betreten, sitzt dort wie eine kleine Heilige – Candelaria. Candelaria war die Lehrerin unserer Kinder in der kleinen Schule neben unserem Haus. Sie unterrichtete die Vorschulkinder, die erste und die zweite Klasse in einem Raum, jede Klasse hatte eine eigene Tafel. Es gab keine Bücher, die Kinder mussten alles selbst schreiben und malen. Candelaria hat lange, glatte und ganz akkurat geschnittene Haare und ein zierliches Gesicht. Sie wirkt so gar nicht autori-

34. Eintrag Es zieht sich. Mein Traum (na ja!?), wie weiland Ernest Hemingway im Auto durch Spanien zu reisen, rückt allmählich in den Winter, denn sollte der Mercedes jemals fertig sein, dauert es noch einige Zeit, bis wir wegkönnen. Wir wollen das Auto auch erst mal auf der Insel fahren (zum Beispiel zum Teide hinauf), um zu sehen, ob es nicht nur kostet, sondern auch fährt.
Wir kommen also, wenn überhaupt, nicht vor Ende des Monats weg. Dann fahren wir aus der Wärme in die Kälte ...
Heute Abend hätte die Ex mit der Altlast nach Tacoronte zum TÜV fahren sollen, sofern das Auto fährt - tut es aber nicht. Die Altlast hat das Auto „weil der Tank leer war" mit zwanzig Litern betankt, mit dem Ergebnis, dass das Auto gar nicht mehr läuft. Er vermutet, dass das Auto leer in die Garage gestellt wurde, was man nicht darf, wenn es länger steht. Aber ich bin mir sicher, dass ich das Auto auf jeden Fall halb voll in die Garage gestellt hab, und im Internet kann man mühelos nachlesen, dass sich Benzin im Tank in viereinhalb Jahren in seine Bestandteile zerlegt, verdunstet oder weiß der Teufel was und eine rostige Brühe wird. Deshalb muss man den Tank reinigen - VORHER; dann bräuchte es auch keine neue Einspritzdüse oder weiß der Teufel was, sondern sauberes Benzin, sofern jetzt nicht sowieso alles im Arsch ist. Die Ex geht mit einigen Internetseiten bewaffnet zur Altlast, aber der glaubt dem Internet nicht. Der Tank war leer und deshalb die rostige Brühe, Benzin löst

tär, hatte aber ihre Zwerge durch Liebe im Griff. Ihre Art hat meine zwei Kinder so sehr geprägt, dass sich beide für den Lehrerberuf entschieden haben.

Ich setze mich in die Bank von Candelaria. Ihre Freude ist groß, als sie mich erkennt. Ich winke Franz herbei. Auch er freut sich übers Wiedersehen. Ein großes Stück bunter Vergangenheit ist bei uns allen präsent.

Wir ziehen weiter und Candelaria bleibt noch lange in unseren Gedanken. Vorbei an einer herrschaftlichen Finca, die ein Bordell gewesen sein soll und nun dem Verfall überlassen wurde. Ich bin ein paar Mal in diesem Haus gewesen, es war immer ein klein wenig unheimlich, aber ein wunderbares Anwesen, in dem die Zeit stehen geblieben ist. Ein Mann kommt uns entgegen, er wirkt, als sei er aus einem Bild der Sechzigerjahre gepurzelt: Die pomadisierten Haare zur Seite gekämmt, das weiß-braune Kurzarmhemd frisch gebügelt, dazu eine hellbraune Hose mit Gürtel und braune Lederschuhe. Der Mann passt so gar nicht in unsere Zeit und ich frage mich: Wo kommst du her, wo willst du hin? Er grüßt und geht eiligen Schrittes davon.

Wir wandern weiter und kommen nach anderthalb Stunden wieder ins Örtchen zurück. Ein Bier auf der Plaza, Kurzeinkauf und es geht heim. Santi ruft an. »Fährst du jetzt mit zum ITV?« Ich zögere kurz. »Du hast gesagt, du zahlst Sprit und Abnahme«, sagt er in meine Pause hinein. »Ja, ich bin in fünf Minuten bei der Werkstatt.« »Du bist mir aber nicht böse, wenn ich nicht mitkomme?«, fragt Franz zögerlich. Nein, bin ich nicht. Immerhin ist ihm heute bewusst, dass ich seine Autostory im Alleingang mache.

Ich steige in den Mercedes, Santi fährt los. Wir fangen wieder an zu diskutieren, über den Rost im Tank und die vielen Unannehmlichkeiten. Der Wagen fährt einwandfrei und liegt gut in den Kurven. Ich bin anhand seines flotten Fahrstils

sich nicht auf, sofern es da ist. Dabei bleibt er.
Hemingway in seinem geliebten Hongkong-Jackett mit seinem Chauffeur Adamo und dem Lancia unterwegs in Spanien oder - leicht abgewandelt: Franz Xaver Kroetz in seinem geliebten Gardasee-Jackett vor seinem kaputten Mercedes in Garachico ...
Man kann nicht alles haben, und ich rege mich, wundere mich selber! nicht auf. Ich bin gesund, kann mit oder ohne Ibu fünf Kilometer laufen (Schrittmacher auf dem Handy der Ex), schlaf albtraumlos und zufrieden, auch wenn die Kunst, mein Stück, das Theater und die Reise in immer weitere Ferne rücken.
PS: Die Münchner Akademie der Schönen Künste, deren Mitglied ich bin, auch wenn ich noch nie dort war, veranstaltet eine neue Reihe: „Schreiben fürs Theater“, morgen ist die erste Veranstaltung, vielleicht kann ich via Livestream was erfahren, was ich noch nicht weiß.

leicht angespannt. »Santi, wir wollen doch alle Frieden.« Und das will er auch. Das Gespräch entspannt sich.

Beim TÜV angekommen, halten wir beide die Daumen, dass keine Mängel auftauchen. Eine kurze Zitterpartie wegen der Abgase, aber dann, hurra! erhalten wir die Plakette. Ich rufe Franz an, er freut sich und ich lade Santi zum Essen ein.

Als ich heimkomme, versuche ich Franz doch noch zur Reise zu überreden. Nein, es war nie sein Traum, die Reise mit dem Auto. Außerdem ist Spanien zwar schön, aber doch nicht so, dass man das alles noch mal sehen müsste. »Mit dem Auto würdest du mitkommen. Aber fliegen würdest du nicht?«, fragt er mit großen Augen. Ich bejahe Ersteres und verneine Letzteres. Irgendwie süß, er will einfach nicht alleine reisen.

18. November Kleider haben doch Beine. Denn sie wandern ja auch ganz automatisch frisch gewaschen und ordentlich zusammengelegt wieder von oben nach unten. Ich lerne nie aus, stelle ich schmunzelnd fest. Während ich die Wäsche runtertrage, denke ich an die eben erhaltene Mail des Büros der Integrationsbeauftragten. Dies teilt mir mit, dass sie aufgrund der Vorgaben der Vergabestelle nun leider keine grundsätzliche Förderung aussprechen können, auch nehmen sie Abstand von weiteren Standorten, aber sie würden je zwei Vorstellungen in den aktuellen Orten sponsern und die Integrationsbeauftragte käme dann zu einer Vorstellung vorbei. Und so wurde von der ursprünglichen Summe eine Null gestrichen und es bleiben maximal siebenhundert Euro übrig. Sehr schlau gedacht, das ist kostengünstiger und fürs Foto reicht es. Tja, das hat man nun davon, wenn man nein zur Flüchtlingsgala sagt. Was muss ich auch immer so sozial angehaucht sein?

Als ich in die Küche komme, sagt Franz entschlossen: »Wir machen die Reise.« Ich nicke – heute so, morgen so. »Jetzt fahr erst einmal mit deinem Auto«, antworte ich. Aber heute hat er einen Plan: keine Großstädte, nur kleine Orte. Die mautfreie Strecke. Und natürlich nicht an der Küste entlang. Querfeldein bis hoch ins Baskenland. Auf den Spuren Hemingways.

Auch das ist mir recht und ich meine zu wissen, warum er das vorschlägt. Denn er hasst Großstadtverkehr und Parkplatzsuche. Schon bei unserer ersten, noch kinderlosen Reise konnten wir Porto nicht besuchen, weil er keinen Parkplatz fand. Also schaute ich nur beim Vorbeifahren sehnsüchtig auf die Küstenstadt. Das ist bei den kleinen Orten anders. Sehenswürdigkeit ist die Kirche am Marktplatz. Punkt. Mehr gibt's dort nicht. Sicher auch lustig.

Paula lädt ein zu Apfelkuchen und Wanderung. Ihr Häuschen liegt hoch oben in den Bergen. »Es ist wie ein anderer Kontinent hier«, meint Franz, während er in den kleinen wil-

35. Eintrag Gut, lange und ohne „Schuldgefühl" geschlafen, auch wenn ich schon lang keine Erwerbsobliegenheit mehr hab, wie es auf Gerichts- und Scheidungsdeutsch heißt - mache ich mir doch immer noch Vorwürfe, wenn ich zu lang geschlafen hab, obwohl ich nach dem Aufstehen in Pasing sowieso nur stundenlang dasitz und vor mich hinstarr, genau!
Die Ex wird von Tag zu Tag zutraulicher, wenn ich sie freundlich umarme, entzieht sie sich nicht mehr wie am Anfang unseres Abenteuers.
Wenn das Auto hundertmal mit verrostetem Benzin den Geist aufgibt, vielleicht erholt sich unsere stillgelegte Beziehung?
Die Ex ist allein, mit vielen beruflichen Feinden (keiner hält sich an Verabredungen, alle nützen sie aus, sie zahlt immer drauf, ohne sie geht gar nichts, aber das wird nicht anerkannt, sie arbeitet nur ehrenamtlich usw. - wobei einiges sicher stimmt), und ich bin durch meine soziale Phobie allein (ich kann nur noch Menschen ertragen, die ich ewig kenne, und davon gibts immer weniger) - vielleicht ergänzen wir uns und stellen fest, dass es günstig ist, dass wir uns noch hätten, wenn wir wollten?
Schauen wir mal, was der heutige Tag bringt, zumindest der Kater hat am helllichten Tag vor unserer Haustür mit einem schwarzen Kätzchen ungeniert zu ficken angefangen. Auf Teneriffa geht der Herbst in den Frühling über, und wir haben immer noch schönstes Wetter, was im Norden der Insel alles andere als selbstverständlich ist.

den Garten schaut. Ich lasse ihn träumen, wie wohl sein Leben als Dichter verlaufen wäre, wenn es uns statt an die Küste in die Berge verschlagen hätte. Nach fünf Stück herrlichem Apfelkuchen wandern wir los. Franz kündigt gleich zu Beginn an, dass er nicht weit gehen wird. Sein Knie. Ich weiß aber jetzt schon, dass er diesem einmaligen Weg bis zum Schluss folgen wird. Das Grün des Waldes hat etwas Verzauberndes. Der Boden ist weich und der kleine Pfad ist mit Steinen eingefasst. Man geht fünfundvierzig Minuten gemächlich aufwärts und dann öffnet sich plötzlich das »Tor zur Welt«. Die Landschaft ändert sich von einem Moment zum anderen. Zur Linken steht groß und mächtig der Montaña Negra, der Vulkan, der vor dreihundert Jahren Garachico verschüttet hat und aus der mächtigsten Hafenstadt der Insel ein Örtchen machte. Und gleich daneben, nach hinten versetzt, der gigantische Teide. Der Boden ist schwarz wie die Nacht und der Himmel dunkelblau darüber. Dazwischen stehen vereinzelt ein paar Pinien als grüne Farbtupfer. Es ist atemberaubend.

Wir wandern wieder bergab. Zehn Kilometer. Sein Rekord. Er findet es zwar schrecklich, wenn man ihn ständig fragt: »Geht's noch, schaffst du's noch?« Das erinnere ihn ans Alter und das hat etwas Diskriminierendes. Verstehe ich. Andererseits spielt er mehrfach auf meine Rundungen an. Somit werde auch ich täglich ans Alter erinnert. Da findet er es aber eher lustig. Ich nicht.

Wir beenden den Ausflug in einem wunderlichen Restaurant. Die Einrichtung wirkt wie eine Kulisse. Ein schreckliches Wandgemälde von Bauern mit gelber Ernte, dazu schwere Tische mit gepolsterten Stühlen, die Uhr, die Schilder, die Vorhänge und die Fässer an der Wand – nichts passt zusammen. Wir sind die einzigen Gäste. Es wird für uns aufgekocht und Akkordeonmusik aufgelegt. Es war ein besonderer Tag und darauf stoßen wir an. »Nach dem zweiten Glas schmeckt der Wein«, meint Paula. Und dem ist auch so.

19. November Nur in Notfällen wende ich sie an, dann, wenn ich loslassen muss: die Strichmännchen-Technik. Psychohygiene pur. Ich gehe in die Küche. »Santi hat angerufen und lässt fragen, ob außer deinem Namen noch was auf die Rechnung soll.« Franz macht eine Pause. »Wie teuer?« Sein Gesicht schaut verbittert aus. Ich schlucke. »Ich hab nicht nachgefragt und halte mich da raus, ihr regelt das schon«, flöte ich. »Das kann Streit bedeuten«, sprach der alte Häuptling und ich als Squaw bekomme das Flattern. Wenn Häuptling böse, dann richtig böse. Okay, dann muss eben das Ritual her. Ich male mich als Strichmännchen auf ein Papier, dann Franz, male um jeden von uns einen Sonnenkreis, wünsche jeweils »das Beste möge geschehen, was auch immer es sein möge«, dann um uns beide, verbinde die sieben Chakren durch Striche, schnappe mir eine Schere und durchtrenne – schnipp, schnapp – die Linien mit »danke, das war's und ist erledigt«. Gleiches Prozedere mache ich mit Santi und gleich noch mal mit der Reise. Dann schnappe ich mir einen alten Blumentopf, Zündhölzer und verbrenne die Zettelchen auf meiner Terrasse. Eins ums andere. Ich schaue in die Flammen und mich erreicht nun innere Ruhe. Jedes Mal, wenn ich das Ritual mache, passiert etwas Besonderes. Wahrscheinlich einfach deshalb, weil ich den Fuß vom Gas nehme und abwarte.

»Ich bin fertig, wir können gehen«, ruft Franz von unten. Zusammentreffen der beiden Männer in der Werkstatt. High Noon. Ich warte, ob einer den Colt zieht. Aber nein, freundlich geben sie sich die Hand. Santi zeigt alle Teile, die er ersetzt, und erzählt, was er alles gemacht hat, ich übersetze und F. X. nickt. Dann holt Santi die Rechnung. Alles hat er einzeln aufgelistet. Endsumme dreitausend Euro. »Santi, Franz zahlt dir die Summe«, sage ich. Ob er das Geld cash haben kann, denn offiziell ist er eben nicht gemeldet und das Konto ist das seiner Mutter … während Santi stottert, beginnt Franz zu lachen,

36. Eintrag Obwohl wir eine schöne (und für mich erträgliche) Bergwanderung gemacht haben, durch einen luftigen Kiefernwald, übersät mit weichen Kiefernnadeln, die das Gehen zum Vergnügen machen, und wir danach in einer echten kanarischen „Boazn" schlechten Wein und eine gute Ziege bekommen haben und ich zufrieden sein könnte, kommt per Handy von der Altlast: Auto fertig, kann man abholen.

Ich sitz da, kau mit dem Provisorium auf der Ziege rum und das Ziel wird plötzlich zur Bedrohung: Ich bin seit fast fünf Jahren auf der Insel nicht mehr Auto gefahren, die meisten Verkehrsregeln sind auf die Straße gemalt, (es schneit ja nie), viele Straßen laufen im spitzen Winkel aufeinander zu, was für jemand, der den Kopf nur noch wenig drehen kann, weil das Genick eingerostet ist, eine unlösbare Herausforderung ist, dann ist der Mercedes dreißig Jahre alt und ich hab ihn noch mit Zwischengas gefahren, der BMW in München hat eine Automatik – und ich, ich bin noch älter und noch blöder geworden ... KANN ICH DEN ALTEN GELIEBTEN KÜBEL ÜBERHAUPT NOCH FAHREN HIER AUF TENERIFFA? Ich könnte mir selber in den Arsch treten, dass ich plötzlich Angst hab vor meinem Auto, aber es ist so ... Ein zweiter Punkt kommt dazu: Die Altlast ist pleite und die Pleite vertreibt den Anstand, bei allen Menschen.

Was erwartet mich morgen, wie hoch wird die Rechnung sein, ich fürchte das Schlimmste, vielleicht steckt die Ex mit der Altlast unter einer Decke und sie zocken mich ab und teilen

herzlich und verständnisvoll, und meint beruhigend, er gehe jetzt runter und hole das Geld. Also gehen wir, ein kleiner Whisky für F. X. und dann wieder zurück. Alles gut, Friedenspfeife.

Wir steigen in den Mercedes ein und Franz fährt los. Seine Gesichtszüge tanzen vor Freude. »Ich bin jetzt glücklich wie ein Kind«, sagt er am Steuer. Er genießt es sichtlich. Ich halte seine Begeisterung per Video fest und schicke es unseren Kindern: »Das ist euer Papa am Steuer!« All seine Ängste sind verflogen. Wir fahren zum Leuchtturm nach Buenavista. »Davon hab ich immer geträumt.« Happy, happy, happy. Der Wagen wird ausprobiert, rassig die Kurven genommen und die PS geben ihm seine Männlichkeit zurück – jedenfalls scheint es so. Nach diesem Triumph stellt sich nicht mehr die Frage, ob wir die Reise machen, nur das Wann. Demnächst also. Wir fahren quasi den ganzen Tag Auto. Und enden, wie könnte es anders sein, im Einkaufstempel. »Vielleicht kann ich dir heute etwas kaufen?«, fragt er zögernd. Oh ja, heute wünsche ich mir einen Handkoffer, ultraleicht und praktisch. Und er kauft sich ein Jackett, das ihm hervorragend steht.

Frisch gerüstet machen wir uns auf in den neuen Lebensabschnitt. Jedes Mal, wenn ich die Insel verlasse, komme ich als eine andere wieder – und umgekehrt. Teneriffa prägt.

»Du hast mich wieder ins Leben zurückgeholt. Ich habe ganz vergessen, verzweifelt zu sein«, sagt Franz zu mir. Ein schöneres Kompliment kann man nicht bekommen. Mission possible!

dann? Was hat mir die Ex nicht alles erzählt, wie fleißig er ist, wo er überall hinfährt, um ein Ersatzteil zu finden, Fotos hat sie Dutzende gemacht und mir gezeigt.
Diese Gedanken erschrecken mich, morgen wird mein Todesurteil vollstreckt, das Auto entlarvt mich als debilen Deppengreis, der nicht mehr mit einer Kupplung umgehen kann, eigentlich in den Rollstuhl wie Ottfried Fischer gehört UND außerdem abgezockt wird. Die Nacht ist finster, und ich schlaf im schwarzen Loch ...
(gar nicht schlecht!)

20. November Demnächst heißt in einer Woche? Nach so viel Euphorie befinden wir uns im Leerlauf. In einer Woche? Uff, da muss noch einiges gemacht werden oder auch nicht? Die Herausforderung, eine Reise zu machen, türmt sich vor einem auf wie ein nicht zu bewältigender Berg. Und löst das Gegenteil aus: Ich fange an zu renovieren und arbeite vor mich hin. Franz schreibt. Reiseplanung und Ticketkauf wird auf morgen verschoben.

Das Wetter hat sich verändert. Es ist kühler, wolkiger und auch regnerischer geworden. Ein kleiner Vorgeschmack auf die bevorstehende Reise. Abschied nehmen ist einfach nicht mein Ding. Dennoch bedeutet es Neuanfang. Es war ein ruhiger Tag daheim. Der kurze Spaziergang wurde durch Regen unterbrochen. Highlight: Der Clio hat zwei neue Vorderreifen, gesponsert von F. X. Merci. Das war's. In meinem Kopf rattert es, was alles zu tun ist und was bedacht werden sollte.

Scheidungstag. Heute vor sechzehn Jahren wurde unser Bund der Ehe gelöst. Wir waren über unsere eigene Scheidung dermaßen gerührt, dass ich Tränen in den Augen hatte und Franz mir ein Taschentuch über den Tisch zuschob. Die Richterin fragte uns angesichts der feuchten Tatsachen, ob wir uns diesen Schritt gut überlegt hätten. Wir bejahten, trotzdem war's sehr emotional – ein Schlussstrich. Umso erstaunlicher ist es, dass wir heute gemeinsam auf Reisen sind.

37. Eintrag Das Problem in der Nacht ist eher die Ziege, die sich im Magen als widerstandsfähiger als auf dem Teller erweist, aber mit ein bissl Dünnschiss hab ich sie wieder draußen, und der starke schwarze Tee macht den Rest.

Um es kurz zu machen: Wir gehen rauf, und die Altlast zeigt mir alles, was sie erneuert hat, die Reifen, die Bremsscheiben, die Einspritzpumpen, usw. usf. -

Die säuberlich zusammengeschriebene Rechnung liegt einiges über dreitausend Euro (für hier ein Riesengeld - was es in Deutschland gekostet hätte, den alten Karrn wieder fahrbereit zu machen, weiß ich nicht).

Ich nicke und sage: Ich zahle maximal dreitausend Euro und keinen Penny mehr.

Die Ex übersetzt und die Altlast ist sichtlich erfreut: findet er okay, ist damit einverstanden, hätte es aber gerne bar, weil was ich bisher überwiesen habe, das ging auf das Konto seiner Mutter (der Auszug mit den vier Euro), und er will keine Probleme mit dem Finanzamt, aber bar wäre die Lösung und ich sag: okay, bar ist immer die Lösung, und grinse ihn an. Ich bring dir die dreizehnhundert Euro, die fehlen, und alles ist okay? Ja, nickt er. Ich bin erleichtert, die Ex ist auch erleichtert und die Altlast sowieso.

Dann schreiten wir zum zweiten Akt: entweder einsteigen und selber fahren - oder Deppensitz neben der brillierenden Ex. (Sie fährt nicht nur wie eine Einheimische, sondern wie eine gut fahrende solche ...) Ich beschließe einzusteigen,

und das Wunder geschieht: Ich sitz drin in meinem alten Kübel, wie ich ihn vor viereinhalb Jahren verlassen habe.
Ich kann fahren, wie ich fahren konnte, „automatisch“ kupple ich und gebe Zwischengas (was es ja eigentlich gar nicht braucht) und empfinde eine ungeheure Freude, Lebensfreude, Autofreude. Ich jag den Kübel über die schwarze Lava, durch engste Haarnadelkurven, verwegenste Spitzkehren und toteste Winkel (selektive Wahrnehmung des Herrn Kroetz). Der Ex wird zwischendurch ein bissl Angst und schlecht, aber nicht - sagt sie - wg. meinem rasanten (na ja?!) Fahrstil, sondern weil sie nicht so genau weiß, ob die Altlast auch wirklich alles ganz perfekt gemacht hat.
Hat sie aber! und bekommt noch eine Flasche Whisky und zwei kanarische Küsschen (von mir!).

21. November »Tengo la cabeza en las nubes.« Dieses spanische Sprichwort für eine Person, die verträumt ist und keinen Blick mehr auf die Realität hat, beschreibt meinen derzeitigen Zustand recht gut. Mein Kopf steckt in den Wolken, rundherum ist es weiß, ich hab die Orientierung verloren, hab Watte im Hirn und manchmal schaffe ich es, meinen Kopf über die Wolken zu bewegen, dort ist dann ein blauer Himmel, die Sonne kitzelt mich an der Nase und fordert mich auf, nichts zu tun. Meine Schreiberei liegt brach, »Oma to go« auf Eis, ich komme nicht in Schwung. Logisch, dass ich aus allen Wolken falle, als F. X. mir gut aufgelegt zum Frühstück erklärt, dass wir am Donnerstag fahren. Hä? »Die Fähre fährt um halb zwei in der Früh, das heißt wir fahren schon am Mittwoch!« »Warum nicht?«

Meine Abreisen sind jedes Mal derart perfekt, dass ich auch jahrelang nicht mehr heimkehren könnte. Von der Pflanzenversorgung bis zum Testament, alles organisiert. Etwas mehr Spontanität könnte auch mir nicht schaden. *Reisekaugummi wichtig, sonst speib ich auf dem Schiff.* »Gut, aber eine große Fahrt mit dem Auto machen wir noch!«, fordere ich. Einverstanden. *Ohrstöpsel für Franz wegen meinem Schnarchen.* F. X. will die Strecke nach Masca fahren. Dort hängen aber dicke fette Wolken und mir graut davor, den Bussen und Touristen in Mietwägen auf den engen Straßen im Nebel und Rückwärtsgang auszuweichen. *Medizinische Masken fürs Schiff.*

So machen wir die Teide-Tour, drei Stunden Autofahrt. Wir fahren durch die dicken Wolken im Norden, die für Teneriffas Wasserversorgung wichtig sind, fahren über den Pass und bereits in Santiago del Teide zeigt sich die Sonne. *Extrakiste fürs Auto mit Wasserkocher.* Wir fahren die Serpentinen rauf und runter und durch Lavalandschaften. *Zwei Wärmflaschen.* Die Nadel der Tankanzeige spinnt. Also tanken wir den Wagen voll, sicher ist sicher. Das Auto stinkt nun in den Kurven nach

38. Eintrag Die Ex war der Motor der Familie. Was vor sechzehn (genau!) Jahren für sie die ultimative Befreiung war, war für mich ein plötzliches Leben ohne Motor. Jetzt ist sie wieder Motor und lenkt mich so, dass ich ganz vergesse, dass ich eigentlich total unglücklich bin. (Notiz vom Sommer: Das Schreiben war einmal die große Befreiung, jetzt ist es ein Gefängnis, in dem ich ersticke!)
Ich will gern die absurde Reise mit dem alten Kübel machen, je mehr ich erlebe, egal was, umso mehr vergesse ich, dass ich ein toter Dichter bin.
Ich bin nicht mehr der, der ich vor zwanzig Jahren war, als ich das Auto herbrachte.
Das bilde ich mir nicht ein. Wir sind nie die, die wir waren. Wir sterben viele Tode. Ich bin mindestens hundertmal den Säufertod gestorben, von den andern ganz zu schweigen.
Deshalb bin ich froh, dass ich die Ex hab:
Wann fahren wir los, jetzt, wo das Auto fährt?
Und sie sagt ganz selbstverständlich: Am Sonntag geht die Fähre um 19 Uhr von Santa Cruz, wir kommen in Huelva am Dienstag um 8 Uhr früh an, dort hab ich schon mal ein Hotel gebucht, dann sehen wir weiter. Lass mich nur machen!
Sie hat sich in den Kopf gesetzt, dass sie einem alten Mann seinen Lebenstraum erfüllt.
Damit sie mich gefühlstechnisch nicht schon vor Antritt unserer Reise in den Rollstuhl packt, beschließe ich: Ich fahre!
Das ist ihr gar nicht recht, deshalb ist es klar: Ich fahre! Basta.

Benzin. Franz ist jetzt der Chauffeur. *Ein Besteckset mit zwei Gabeln, Löffeln und einem scharfen Messer.* Er fährt wie ein junger Gott. Allerdings bin ich nicht die geborene Beifahrerin, mir wird bei zu vielen Kurven schlecht. *Reisetassen, Tellerchen und einmal Tupper.* Er freut sich daran, das Auto auszuprobieren.

Auf zweitausend Metern Höhe mitten in der Pampa, links schwarze Lava, rechts schwarze Lava, eine Straße und sonst nichts, wird Franz nervös. »Die Kupplung hängt!« Er kann keinen Gang mehr einlegen. Shit, das ist jetzt typisch für unser Autoglück. Mein Hirn rattert, uff, gut, dass das Handy Empfang hat, dann können wir den Abschleppdienst anrufen. Franz hält den Wagen an. Das Kupplungspedal ist durchgedrückt stecken geblieben. »Versuche es mal zu lösen«, schlage ich vor. Er greift ans Kupplungspedal und zack, springt es zurück. Er startet den Motor. Vorsichtig steigt er auf die Kupplung. Sie geht wieder, der Wagen setzt sich in Bewegung. *Eine zweite Warnweste.*

Erleichtert fahren wir durch die wunderschöne Landschaft der Cañadas, die der Wüste Nevadas ähnelt. Franz will nirgendwo stehen bleiben. Er möchte nur noch fahren und eine neue freundschaftliche Beziehung zur Kupplung aufbauen. Drum verlassen wir die Hochebene. *Notfallapotheke!* Wir stoppen kurz zum Kaffeetrinken, bevor es wieder retour auf der anderen Seite in die Wolken geht. Ein weiterer Besuch bei Santi wird für Montag eingeplant. Aber insgesamt fährt sich der Wagen gut und stinkt nun auch weniger. Die Teide-Tour ist anstrengend. Wir gehen wieder Cazuela essen, den Fischeintopf. Der schmeckt vorzüglich, nur das Ambiente ist heute von Deutschen geprägt. Der Laden ist voll und man hört kein spanisches Wort, außer das vom Wirt und selbst der sagt »Hallo hallo« statt »Hola«. Wir fahren heim. Franz klopft dem Auto aufs Dach. »Braves Auto. Man muss ihn loben!«, meint er. Das Auto schenkt ihm die Freiheit, sich wieder sicher zu fühlen.

Daheim angekommen, beschäftige ich mich mit Fährtickets und Unterkünften. Möge das Reisefieber uns freudig erfüllen.

Ich vergaß: Heute vor zwanzig Jahren ging ich mit der »Hausfrauenrevolution« online und mutierte zur »Internetpionierin« weit vor Facebook, Twitter und Instagram. Wenn ich damals Werbung gesetzt hätte, wer weiß, was aus mir noch hätte werden können. Aber ich wollte ja »zusammenhalten, um zu verändern« und die Revolution.

22. November Ich bin aktiv und fest entschlossen: Alles soll fertig werden bis Mittwoch. Mein innerer Schwung ist zurückgekehrt, hurra, nur äußerlich hänge ich hinterher. Ich bewege mich zu wenig! Kein Yoga, Salsa, Übungen und die täglichen Spaziergänge weichen nun Spazierfahrten mit dem Auto. Das muss sich ändern! Energiegeladen tauche ich vor F. X. auf. »Na, schiebst du schon die erste Abreisedepression?« »Ich muss doch Abschied nehmen, oh mein Gott.« Neues Kapitel: Wenn die Dichter Trauer tragen. Er ist so »abreisefertig«, dass er sogar selbst (!) seine Schmutzwäsche nach oben trägt. Der Kater maunzt unausstehlich vor der Tür. Er will seine Milch haben. Franz hat ihn täglich gefüttert. Tja, auch er wird sich umstellen und wieder Mäuse fangen müssen.

Ich will an meiner »Oma to go« arbeiten und bekomme nichts aufs Papier. Kreativität zum Nulltarif turnt irgendwie nicht an. Apropos die tausend Euro sind aufgebraucht. Geteilt durch vierzig Tage sind das zwölf Euro fünfzig pro Person/Tag, tutti completi. Gut gehaushaltet. Sicher, da fehlen jetzt noch seine zwei oder drei Einkäufe mit dem edlen Wein, aber trotzdem, das Leben in Spanien ist im Vergleich viel günstiger. Franz überweist mir weitere tausend Euro für die Reise. Die werden diesmal schneller weggehen.

Noch mal in die Werkstatt. Die Kupplung und ein paar andere kleine Fehler werden behoben. Santi ist irgendwie beleidigt. Wir wollen das Auto keinesfalls bei ihm stehen lassen und warten lieber. Und sei's Stunden. Aber in fünfundvierzig Minuten ist alles erledigt, F. X. verspricht ihm einen guten Gin. Das hebt seine Laune. Dann geht's auf zur Spazierfahrt ins … ja, richtig. Er soll einen guten Gin bekommen und den gibt's nur im Einkaufstempel.

Dort herrscht Black Friday auf Dauerschleife. Franz kauft sich zwei Jogginghosen und sündhaft teure Turnschuhe mit Absatz. »Der Opa hat sich heute Stöckelschuhe gekauft und ist

39. Eintrag Die Hauptperson ist immer noch mein MB 190E, 2,6 - aus dem Jahr 1992, den ich 2002 in Trostberg bei Auto Pramml gekauft hab, (ein Vorbesitzer, und zwar das bayrische Innenministerium!), dann nach Teneriffa fuhr und dort war er nun zwanzig Jahre, die letzten vier in einem Kartoffelkeller.
Wir fahren heute die Teide-Tour, erst in den Süden, dann rauf zum Teide und bei LaOrotava wieder zurück, Höhe bis zu 2800 Meter, Bergstraße, anspruchsvoll. Schafft er das?
Ja, prima, alles okay bis auf die Zentralverriegelung: funktioniert wieder nicht und einmal - das hat uns einen ziemlichen Schrecken eingeflößt - ist die Kupplung hängen geblieben. Üblicherweise ist dann „Sense“. Diesmal nicht, ein Griff zum Pedal, rausziehen und es ist alles wieder in Ordnung ... Soll die Altlast noch mal nachschauen, sonst fährt sich das Auto wunderbar. Ich bin glücklich.
Später in Puerto an einer genialen Fischsuppe überfressen, deshalb keine Luft mehr bekommen, musste Kortison inhalieren.
Merke: je weniger ich fresse, umso mehr Luft krieg ich und umgekehrt; lässt sich bloß nicht immer durchhalten, das nix Fressen, denn Fressen (und Saufen) ist ja eins der wenigen Dinge, die bleiben für so alte Säcke wie mich.

nun fünf Zentimeter größer«, schreibe ich auf einer Postkarte an meine Enkeltochter. Er will mir unbedingt auch was kaufen. Ich entscheide mich, einen Schlafanzug für die Reise anzuprobieren. Das Licht in den Umkleidekabinen ist einfach zum Kotzen. Ich schaue aus wie eine alt gewordene Weißwurst, die leider alle Mittage bis dato überlebt hat. Ich bin das Abbild meiner Mutter in ihren schlechtesten Tagen. Nein, danke, meine Einkaufsbereitschaft ist für heute gedeckt. »Vielleicht Schuhe?«, fragt er vorsichtig, nachdem mein Frust nicht zu übersehen ist. »Ich komme gerne darauf zurück. Auf der Reise brauche ich bestimmt was.« »Du willst mich mit deiner Sparsamkeit fertigmachen.«

Beim gemeinsamen Kaffee schaue ich wieder nach der Fähre. »Lass uns am Sonntag fahren. Mittwoch ist ja schon übermorgen«, meint Franz, der doch gestern noch auf die verfrühte Abreise gepocht hatte. Ich wusste es! Die Sonntagvariante hat den Vorteil, dass das Ticket um hundert Euro günstiger ist.

Beim Canastaspielen am Abend vereinbaren wir den Ticketkauf als erste Amtshandlung am Dienstagmorgen. Sonst kommen wir hier nie weg. Ich hab Glück im Spiel und er hofft auf die Liebe.

23. November Wenn ich mich selbst als alt gewordene Weißwurst im Schlafanzug bezeichne, ist das Selbstironie. Wenn aber Franz mein frustrierendes Einkaufserlebnis auslachend und brühwarm meinem Sohn erzählt, fühle ich mich scheiße. »Und deine Mutter bekommt lauter graue Haare. Hahaha.« Mein Selbstwertgefühl rast in den Keller. »Könntest du bitte aufhören, so gehässig zu sein? Es ist einfach unfair, die Schwachpunkte eines Menschen auf dem Tablett zu präsentieren. Ich rede ja auch nicht dauernd von deinem Altherrenbauch und deiner Halbglatze.« Er zieht reflexartig den Bauch ein. »Aber deine grauen Haare sind doch süß.« Zu spät, ich fühle mich trotzdem als Weißwurst.

Wir buchen die Fähre! Juhu. Die Reise kann beginnen. Am Sonntagnachmittag fahren wir von Santa Cruz los. Ich freue mich darauf, trotz der Sticheleien. Mein Honorar für sechs Wochen Dichter am Stück. So eine Reise könnte ich mir im Alleingang eben nicht leisten. Drum Freude pur auf die Abwechslung.

Am Nachmittag machen wir eine kleine Spazierrunde. Franz hat plötzlich wieder Knieschmerzen. Unter Verdacht stehen seine neuen Stöckelturnschuhe. Und er bekommt keine Luft, das Asthma meldet sich wieder retour. Da soll bloß einer sagen, dass die Psyche keinen Einfluss hat. Spätestens auf dem Schiff geht es ihm wieder gut. Davon bin ich überzeugt. Mit offenen Augen durch die Welt. Mit Lust packe ich die Kiste fürs Auto.

40. Eintrag Die Ex ist blendender Laune:
Heute vor zwanzig Jahren hat sie ihre Hausfrauenrevolution gegründet und der Friseur Gerhard Meir hat sie in seiner wöchentlichen Kolumne in der ‚Welt am Sonntag' zur „Celebrity of the week" gekürt.

Von diesem Artikel des Friseurs lebte ihr Selbstbewusstsein danach noch mehrere Jahre und die HFR (so weltbewegend, dass es eine Abkürzung brauchte) nahm Fahrt auf in Richtung: vollständige Zerstörung unserer Ehe, sie sich selbst kürend als Che Guevara der Hausfrauen, Scheidung als Revolutionsopfer, ein paar Dutzend frustrierte Weiber als Groupies, die sich vor Schadenfreude die Hände rieben.

Alles zusammen bekam dann etwas Manisch-Irres, denn die Veröffentlichungen auf der Homepage der HFR hatten „mehr Leser als die ‚Bild'-Zeitung", die Ex bekam eine Audienz bei Ursula von der Leyen, die damals Familienministerin war, und sah sich auf Augenhöhe mit der Bundeskanzlerin.

Als diese Orgie aus echter Befreiung und echtem Betrug irgendwann und irgendwie im Selbstwahn strandete, blieb vor allem der Hass auf den Ehemann übrig - so bitter und so ähnlich erinnere ich mich, aber heute nach zwanzig Jahren ist das Schnee von gestern.

Ich beglückwünsche sie zu ihrer „Revolution" und vergesse nicht, dass alle Bomben, die auf die Ehe geschmissen wurden, vor allem dazu dienten, sie, ohne jede Rücksicht auf Verlust, zu befreien.

24. November Ich hasse es! Dieser kleine penetrante Ton im Ohr. Anflug, Abflug, Stille, Stich. Das Mistvieh lässt mich nicht schlafen und macht so lange weiter, bis ich im Bett stehe. Licht an. »Ah, da bist du.« Fliegenpatsche und erledigt. Licht aus. Entspannung und nach kurzer Zeit die nächste Umkreisung. In solchen Momenten hat man Zeit zum Nachdenken und es fallen einem die blödsinnigsten Dinge ein. Zum Beispiel hab ich die Vermutung, dass F. X. nur tagsüber im Stehen pinkelt. Bei uns Frauen schlägt ja automatisch das Herz einer Miss Marple in der Brust und die kann eins und eins zusammenrechnen. Denn jedes Mal, wenn ich morgens von der Küche ins Bad tappe, während der Kaffee auf dem Herd steht, kann ich mich auf dem Klo niederlassen, also ohne den Deckel mit spitzen Fingern in die gewünschte Position zu bringen. Und jedes Mal, wenn ich in der Früh ins Klo gucke, dann steht dort sein gelbes Wässerchen. Keine Spülung, Wasser sparen. Ergo pinkelt der Kroetz schlaftrunken in der Nacht im Sitzen. Peng, jetzt hab ich dich erwischt. Ich bin endgültig wach. Eine Mückeninvasion.

Gestern hab ich mir ein Limit gesetzt: Nur dreißig Minuten schreiben am täglichen Text. Der Wecker wurde gestellt. Mit dem Klingelton erledigt und gleich neu gestellt. Eine Stunde für »Oma to go«. »Disziplin. Wenn man gar nicht schreiben kann, braucht man Disziplin«, gab mir Franz als Tipp. Das probiere ich aus. Als der Wecker erneut klingelt, schalte ich ihn einfach aus und schreibe weiter. Ob's gut ist? Keine Ahnung. Aber ich schreibe. Auf die Verstopfung folgt der Dünnschiss. Ich schreibe insgesamt vier Stunden und bin zufrieden.

Kurz einkaufen und dann kochen für heute und morgen. Geile italienische Spaghettisoße und ein Ochsenschwanzsüppchen mit Unmengen Gemüse. Ein Vitaminshot kurz vor der Abreise. Franz will vor dem Essen die große Runde durch die Bananen gehen. Immer wenn sein Körper streikte, will er

41. Eintrag Seit ich da bin, füttere ich jeden Tag einen mutigen gelb-rötlichen Kater. Er steht in der Früh vor der Haustür und miaut laut und fordernd. Ich geb ihm Milch mit warmem Wasser oder Sahne mit warmem Wasser. Danach sitzt er draußen auf der obersten Stufe und döst vor sich hin. Nach Corona gibt es hier viele Hunde und viele Herrchen, die sie runter Richtung Playa zum Scheißen führen (drum ist das ja auch verboten).
„Mein" Kater lässt sich nicht vertreiben, egal wie groß der vorbeigeführte Hund ist, wie laut er bellt, der Kater verteidigt das Haus gegen jeden fremden Vierbeiner. Ich liebe dieses freche, aufdringliche, mutige Biest.
Heute Morgen, als ich aufstand, wurde ich von seinem Miauen begrüßt und es miaute noch was anderes! Die Ex kam auf die Azotea und miaute mich genauso fordernd an wie der Kater. Mir war nicht ganz klar, was es bedeutet, aber ich hab mich gefreut. Soll ich dir auch ein Schälchen warme Milch geben, fragte ich, aber ohne zu antworten miaute sie mich weiter eindringlich an. Es war sicher keine sexuelle Anmache, das haben wir - denk ich mal - LEIDER hinter uns, aber es war ein herzlicher Tagesanfang und so ging es weiter, den ganzen Tag, mit einem kleinen Tiefschlag:
Wir waren im Alcampo in Puerto und sie hat einen Schlafanzug probiert, für die Reise, so eine gelbgräuliche schlappernde Hose und ein knallgelbes hässliches Top. Da das alles sehr eng war, sah sie aus wie eine Weißwurst, die schon mehrmals das Zwölfeläuten gehört hat ...

ihn bis an die Grenzen am nächsten Tag austesten. Ich nehme meinen Greifstab und zwei Plastiktüten mit. Müllwalking hab ich früher mit den Hunden, dann mit meiner Enkeltochter gemacht. Die Canarios sind, was den Müll betrifft, recht rückschrittlich. Es gibt kein Pfand auf Plastikflaschen oder Dosen. Der Müll wird selten getrennt und landet oft in der Natur. Dort, wo der Mensch Pause macht, ist am meisten Müll. Urlaub in der Natur, um seinen mitgebrachten Scheiß nach Verzehr liegen zu lassen, als Erinnerung an die Zivilisation, unverrottbar. Meine Tüten füllen sich schnell. Müll-Marie. Es ist der Gedanke, der durch Taten gespitzt wird. Ich bin sicher, dass die Sammelaktionen auch mein Einkaufsverhalten beeinflussen.

Mein Kroetz hält sich tapfer und schafft die Runde mit Bravour, auch wenn er zum Schluss schwer schnauft.

»Was?« Daheim angekommen, checke ich meine Mails. Eine Zeitanfrage. Amerikanischer TV-Film. Drehzeit Mitte Dezember. eCasting. Verschwiegenheitsklausel. Abgabe des eCastings am Sonntag. Wir haben Donnerstag. Yeah! Wie aufregend. Es ist nur eine »Haben-Sie-Zeit-Anfrage«, die viel Arbeit macht. Die Chancen stehen eins zu hundert. Trotzdem, allein die Anfrage erfreut mein Herz. Obendrein handelt es sich um eine alte Mutti, die kann auch wie eine Weißwurst aussehen. Dreharbeiten in Heidelberg. Ach. Tja, werde ich wohl statt das Haus zu putzen Text lernen müssen. Auf Englisch. Die Kameraführung und Regie übernimmt Franz Xaver Kroetz. Konnte keinen Geringeren finden. Des wird a Hetz.

Als sie aus der Umkleidekabine kam unds mir zeigte, wusste ich, dass ich vieles, aber nicht das sagen darf, sonst ist die gute Stimmung im Arsch und ich sagte nur: wenns dir gefällt ...
Da schaute sie mich mit kleinen, weißlichen, hasserfüllten Augen an und sagte: Es gefällt mir nicht, es steht mir nicht und das weißt du auch, warum sagst du das nicht, du Feigling, in dem Schlafanzug hab ich die Figur von meiner Mutter, wie sie zehn Jahre älter war, als ich jetzt bin, und sah rundum scheiße aus.
Dann verschwand sie wieder in der Umkleidekabine und ich dachte: Jetzt bin ich unschuldig wie beim Heimatkanal ...
Aber sie fing sich und sagte nur: Lass uns schnell den Laden verlassen, sonst krieg ich noch eine Wut auf dich, und du bist an vielem schuld, aber dass ich zu fett bin, daran bin ich selber schuld.
Am liebsten hätte ich sie bei so viel Selbstkritik geküsst, aber das hab ich mich dann doch nicht getraut ...

25. November Was so eine unverhoffte Nachricht auslöst, als würde man in ein Wespennest stechen. Was wäre, wenn? Plan A, B und C laufen durch den Kopf. Verschwiegenheitsklausel unterschrieben, Drehbuch erhalten, Einladung zum eCasting auch. Rückzug zum Lesen. Amerikanische Rosamunde Pilcher zur Weihnachtszeit in Deutschland. Also Weihnachten at its best. Szene angucken. Wie bitte? Zwei Szenen über sieben Seiten mit insgesamt fünf Schauspielern? Wie soll ich denn das spielen? Ich wende mich an den Regisseur meines Vertrauens, auch wenn mir das schwerfällt, denn mich hat er ja nie engagiert. Franz liest die Szenen. »Streiche den Text zusammen, mach einen Monolog daraus. Die wollen dich sehen.« Damit kann ich was anfangen. »Mit Löckchen, ohne, elegant?« Kurze knappe Antwort »Mit.« Und dann verschwand er, um sein Auto zu fahren. Das erste Mal allein. Ich bin ganz irritiert.

Zwei Stunden hab ich Zeit, den Text zu lernen und mich zu stylen. Ich bin aufgeregt, so eine Situation hatten wir noch nie. Schick, mit wallendem Haar und Kleid stehe ich vor ihm. »Das Kleid ist nicht gut«, meint er mit prüfendem Blick und winkt ab. Ich ziehe mich um. Auch Kleid Nummer zwei passt ihm nicht. »Vielleicht eher Jeans und Bluse?« Ich gehe wieder nach oben, um das Outfit zu wechseln. Und fange an zu schwitzen. Meine Frisur fällt durch die innere Hitze in sich zusammen. »Das kann ja heiter werden«, murmle ich etwas verzweifelt, als ich noch ein weiteres Mal die Bluse wechseln soll. Bingo, am Schluss sehe ich aus wie immer. Verstanden, die Verwandlung soll von innen stattfinden.

Ich spreche den Text vor und er führt ganz vorsichtig Regie. »Action!« Wir drehen. Ich versuche ruhig und natürlich meinen Text zu sprechen und schlüpfe in die Rolle einer deutschen Mutti. »Ich fand's sehr gut. Würde ich so stehen lassen«, sagt er. One Take! »O. K. Dann noch die Vorstellung in zwei Sprachen.« Wenn in mir Tränen hochkommen, weiß ich, dass ich

42. Eintrag Stimmung ist richtig gut, wir sind noch nicht ganz abgeschrieben im Film- bzw. Fernsehgeschäft.
Die Ex hat eine Zeitanfrage für einen US-amerikanischen Fernsehfilm bekommen, der in Heidelberg gedreht wird, sie soll eine ältere Frau und Mutter spielen.
Und ich hab ein Angebot für zwei Folgen ‚Traumschiff' bekommen, man hätte da eine größere Rolle, in der man sich mich gut vorstellen könnte. Gedreht wird auf Bali und in Thailand im Frühjahr 23. Ob ich „generell Interesse an dem Format" hätte, wird gefragt. Ja, warum eigentlich nicht, denk ich mir, wenn Harald Schmidt das schon fast 10 Jahre aushält?! Aber, lese ich weiter: leider dürfen, aufgrund der Bestimmungen der Reederei, nur geboosterte Passagiere und somit auch Schauspieler:innen an Bord.
Ich schreib zurück, dass ich dreimal genesen bin, aber nicht geimpft – das reicht nicht.
Okay, das Schicksal will es mir ERSPAREN.
Die Ex hat nur eine Zeitanfrage bekommen, und sie soll ein Videocasting machen und es der Firma bis 27.11. zuschicken. Text kriegt sie morgen gemailt. Ich werde hinter der Kamera stehen, also das Handy hinhalten.
Obwohl am Casting vermutlich mindestens zehn plus x Schauspielerinnen teilnehmen, rechnet die Ex bereits aus, was sie mit der Gage alles machen kann. Und auch wenn ich nicht geimpft bin und deshalb nicht infrage komme, habe ich im Geiste schon mal Harald Schmidt und Florian Silbereisen hallo gesagt ...

so viele Emotionen von innen nach außen gestülpt habe, dass es eigentlich gut sein müsste. »Die Kamera lügt nicht«, hat meine Mutter immer gesagt. Ich bin berührt von dem Fakt, dass mein Ex-Gatte die Kameraführung übernahm und mich auch noch gut fand – wie theatralisch. Ich sentimentales Stück.

Ich schicke das eCasting ab. That's it. Und jetzt muss man das Ding schnell wieder vergessen und am besten sich gar keine Hoffnung machen. Das ist die schwierigste Disziplin. Sollte ich die Rolle bekommen, wäre mein Einkommen für die nächste Zeit gesichert. Wenn nicht, können wir so lange reisen und schreiben, wie wir lustig sind.

Die Abreise kommt mir vor, als wäre sie in der Ferne. Dabei ist sie ums Eck. Aufbruchsstimmung. »Ein Schiff, ein Schiff.«

Da ich mich grundsätzlich falsch entschieden hab vor ein paar Jahren und die Schauspielerei an den Nagel gehängt hab, weil ich ja Schriftsteller bin und schreiben wollte, würde mir so eine Rückkehr in den Beruf sicher guttun. Oder mich vollends um den Verstand bringen, wenn ich wochenlang auf so einem Idiotenschiff rumhängen müsste ...

Sonst gibts nicht viel, ich verabschiede mich jetzt schon jeden Morgen von dem Kater und habe insgeheim Angst vor dem Sonntag, weil wir da ja aufs Schiff gehen und die Insel mit dem wiedergenesenen Daimler verlassen. Wir sind heute sechs Wochen da und es geht von Tag zu Tag besser, ich muss mich hüten, dass ich die Ex nicht bald frage, ob sie mich wieder heiraten will ...

26. November »Als Regisseur hab ich sie gestern ein ganz klein wenig gequält, einfach damit die Luft raus ist und sie ganz natürlich wirkt. Hat prima geklappt«, erzählt er unserer Tochter am Telefon. Dieser alte Theaterfuchs! Dann setzt er gleich wieder zur Weißwurst-Schlafanzug-Story an und ich interveniere mit seinen Stöckelschuhen. »Super, wie ihr euch gegenseitig mobbt«, meint die Pädagogin am Telefon. »Macht mal weiter so, das bekommt ihr noch besser hin.« Wir lachen, die Stimmung ist super.

Der Dreh in Heidelberg ist angenehm präsent als Hoffnungsschimmer und die Vorfreude auf die Reise auch. Die Zuversicht gibt sich also die Hand.

Ich besuche kurz Naira, die auf das Haus schaut und es diesmal auch putzt. Einladung von F. X., die hundert Euro sind gut investiert, die Freude groß. Sie mache mit ihrem Mann nächste Woche zum ersten Mal seit zehn Jahren Urlaub in einem Hotel im Süden, alles inklusive. Sie hat sich für den großen Koffer entschieden und überlegt, welche Schuhe und Kleider sie mitnehmen soll. »Mach dich schick. Das Leben ist ein Fest«, rate ich ihr. Beschenkt und mit einer innigen Umarmung verlasse ich wieder ihr Haus. Ich hab ihr zwar versucht zu erklären, dass wir abreisen, aber drei Bananen für heute und drei für morgen und vier Orangen und zwei gigantische Zitronen müssen einfach mit. Mich berührt jedes Mal die kanarische Herzlichkeit.

Das Meer ist wild und laut. Es herrscht sogar Wetterwarnung. Der Produzent ruft an und findet meinen Text gut. Ich bin happy und erleichtert. Vielleicht wird es doch noch was mit der flotten Oma? Ich fühle mich gerade gut aufgehoben in meiner Seifenblase.

Ich freue mich sehr auf die Reise. Kann es gar nicht glauben, dass wir die Insel nun doch noch per Schiff verlassen. Countdown und ich bin super entspannt. Welch Luxus, glücklich sein zu dürfen!

43. Eintrag Nachts Selbstgespräch, Selbstbeschimpfung: Du altes Arschloch kriegst nix mehr auf die Reihe. Eingeschlafen und von der „kleinen Kreuzigung" des Matthias Grünewald „gefiebert". Grünewald sagt zu mir: Dein Herrgottschnitzer funktioniert nicht, weil dein Herrgottschnitzer den Jesus am Kreuz nicht mehr ernst nimmt.
Dein Herrgottschnitzer hat dreitausend Kruzifixe geschnitzt und sich eingebildet, dass der Jesus mit ihm deshalb redet und ihn gut findet.
Aber Gott hat keinen Bock auf Wiederholung, Gott ist das ewig Neue, drum kriegst du ihn nicht mehr hin, du schnitzt einen Eselskopf, einen Laboraffen, ein verhungertes Kind, aber du kriegst keinen Jesus mehr hin. Da wird der im Traum wahnsinnig, verläuft sich im Zauberwald und trifft da einen kleinen Jungen, der aus einem Holzscheit einen Kasperl schnitzen will und es nicht kann. Der Herrgottschnitzer setzt sich zu ihm und zeigt ihm, wie man mit einem Schnitzmesser umgeht, und während er dem Buben (der ja er als klein ist) einen Kasperl schnitzt, stirbt er, und der Junge ruft seine Mutter, ohne den Toten zu beachten, und sagt: Mama, jetzt kann ich es, Mama schau - und der Vorhang fällt.
Ein dramatischer Holzschnitt sozusagen. Ich hab über sechzig Stücke geschrieben und ich kriegs nicht hin.
Mit einem zerrissenen Schädel komm ich in der Früh in die Küche: Eine strahlende Ex erwartet mich. Sie zeigt mir die Szenen, die sie heute früh gemailt bekommen hat und die sie lernen

soll für den amerikanischen Fernsehfilm.
Ich kapiere, dass der dramatische Grundeinfall des Drehbuchs darin besteht, dass eine Amerikanerin Heidi Heidelberg heißt und deshalb einmal im Leben nach Heidelberg in old Germany will.
Warum nicht, ist vielleicht eine bessere Idee, dass die Heidi nach Heidelberg will, als dass ein alter Herrgottschnitzer keinen Herrgott mehr schnitzen kann.
Ich bin der Regisseur, gebe Regieanweisungen, die die Ex ohne Widerrede umsetzt, bekomme das Handy in die Hand gedrückt und filme das Internetcasting. Und bin zufrieden, sie soll die Mama der Heidi spielen, eine Hausfrau, die auch englisch kann und hin und her switcht zwischen Deutsch und Englisch, und sie macht das gut.
Ich hoffe, man nimmt sie, sie redet den ganzen Tag von nichts anderem als von Heidelberg und der Gage, die sie kriegen kann, und ist, scheint mir, glücklich, egal, obs was wird oder nicht.
Man muss glücklich sein, wenns passt, nicht wenns stimmt! Genau, und Matthias Grünewald muss warten, erst Heidelberg und die glückliche Ex, dann vielleicht eine Kreuzigung und kein Traumschiff. Irgendwie das Gefühl:
Mein Leben tropft ...

27. November Ein wenig zu euphorisch gewesen. Der Tag wird anstrengend. Weil ich viel zu tun hab und zu wenig komme. Franz steht immer wieder in der Tür und sagt: »Ich komme mir vor wie die Kinder, die nach zehn Minuten mit gepackten Sachen vor uns standen – ich bin fertig, Mama.« Ist ja nett. Während ich aufräume, Wäsche wasche und alles für die Reise vorbereite, kann er in Ruhe Abschied nehmen. Der Renault Clio soll in die Garage in Icod, da sie noch bis Ende Dezember bezahlt ist. Ich will einkaufen, Auto in der Garage lassen und zu Fuß heimlaufen. Das will er aber nicht. Ich soll einkaufen, heimkommen, ihn abholen und dann gehen wir gemeinsam. Na gut, dann eben so.

Steil bergab auf dem Heimweg. Sein Knie. Ich hätte es voraussagen können, hätte aber eh nichts genützt. Er hat Schmerzen, es ist vier Uhr nachmittags, ich bin seit sechs Uhr auf und hab noch nichts gegessen. Mir hängen Hirn und Magen durch. Also ran an den Kochtopf. Und dann kommen plötzlich alle zum Abschied. Paula, Naira, Jonay – fünf Personen in der kleinen Küche und ich tische auf und decke ab und bin nur noch am Rödeln. Ich freue mich zwar, dass Franz an der Konversation teilnimmt, indem er mich übersetzen lässt, aber manchmal legt er so ungewollte Fragen oder Sätze an den Start, dass ich erst während ich nach den Worten suche, bemerke, dass ich das gar nicht übersetzen will. Zu spät, er hat der Person direkt in die Augen geguckt und die will nun wissen, was er gesagt hat. In solchen Momenten komme ich mir vor wie eine Jukebox, die automatisch das Richtige ausspuckt. »Soll ich mal die Wäsche aufhängen?«, fragt Franz vorsichtig, nachdem die Gäste weg sind und er meine Erschöpfung wahrnimmt. »Die ist noch nicht gewaschen.« »Oje, meine Hose?« »Wasche ich morgen. Bis Mittag ist sie trocken.«

Müde gehe ich ins Bett und bin froh, demnächst unterwegs zu sein. I need a break.

44. Eintrag Geld, Geld und wieder Geld, denn Geld regiert die Welt! Die Ex sagt öfter: Du kannst dir alles leisten und ich kann mir nichts leisten, das ist der Unterschied zwischen uns. Es klingt vorwurfsvoll, bitter und blöd, denn sie hat sich scheiden lassen und mehr wie genug bekommen, sag ich usw. usf. - blablabla.
Ist aber gut möglich, dass sie im „eigentlichen Ich" denkt: Solange der Alte zahlt, soll er mir in meiner Nähe recht sein, wenn er nicht mehr zahlt, stell ich ihm, wie bei der Scheidung, den Stuhl vor die Tür.
Warum ich darauf komm? Keine Ahnung, aber ich zahl alles, insofern bin ich sicher ein Lichtblick. Vielleicht kommt daher auch mein Gefühl, dass sie in mir nur einen dementen Kunden sieht?
Und sie braucht Geld, sie braucht den Heidelbergfilm, vor allem, wie sie selbst sagt, weil sie Geld verdienen muss.
Dass sie berechnend und hinterfotzig ist, weiß ich spätestens seit der Scheidung.
Aber Frauen sind eben geil, hinterfotzig und berechnend - ja klar! Nur wer in ihrer Spalte für Hosianna sorgt, ist der King, alle andern sind Nutzvieh, das man melkt, solang es geht - und dann schlachtet. (Grüß Gott, Herr Strindberg, wie gehts im Jenseits?)
Diese finstern Gedanken sind heute bei einem Mojito so aus mir rausgepurzelt, obwohl es eigentlich andersrum läuft: Übermorgen stechen wir „in See", und wir haben sechs gute Wochen hinter uns, und das „Weib" hat mich mit seinen

primitiven Instinkten wieder zurück ins Leben gestoßen, raus aus der Aussegnungshalle Pasing, raus aus der Depression und ich bin dafür dankbar, verstanden, Herr Strindberg!?

28. November »Hey, magst du dich nicht mal umdrehen!« Bis hierher ist alles gut gegangen. Nun lässt mich die Stimme aus dem Schlaf hochfahren. »Du darfst nicht noch mal einschlafen. Du darfst nicht noch mal einschlafen.« Gebetsmühlenartig wiederhole ich den Satz, um mich wach zu bekommen. Das Schiff fährt ruhig. Der Wind pfeift regelmäßig und irgendwelche Teile scheppern in einem ruhigen Rhythmus. Irgendwann wird er wohl schlafen, dann kann ich's noch mal versuchen. Sonst verlasse ich die Kajüte und schlafe in einem der Liegestühle, den Schlafsack hab ich dabei. Meine Schnarcherei hängt wie ein Damoklesschwert über der Harmonie. Schuldig, ohne zu wissen, wann. Ich höre mich ja nicht. Das wird qualvoll. Da er sich auch keine Ohrstöpsel reintut, bleibt mir nur, auf der Reise nach Unterkünften mit zwei Schlafzimmern zu suchen. Merkwürdigerweise scheine ich nur bei Familienangehörigen zu schnarchen. Freundinnen oder Lover haben sich noch nicht beschwert.

So, nun bin ich wach und nutze die Zeit zum Schreiben. Die Nacht zuvor war auch schon anstrengend, da sehr unruhig. Früh bin ich auf, hab die Wäsche gewaschen, Betten bezogen, Kühlschrank geputzt, hab alles abreisedicht gemacht und gepackt hab ich auch. Um zehn Uhr vormittags bin ich schon erschöpft. Franz ist erstaunlich früh wach. Er nimmt Abschied. Ich koche noch mal zu Mittag. Schnell und lecker. Franz übernimmt den Abwasch, so wie die letzten Tage auch. Lobend hervorgehoben: Es hatte sich eingespielt, dass ER regelmäßig die Küche aufräumt, zumindest einmal am Tag!

Kurz vor der Abreise setze ich mich tatsächlich noch hin und erweitere mein Testament um den digitalen Nachlass plus aktuelle Daten. Das hatte ich mir vorgenommen und nun endlich getan. Völlig unsentimental schreibe ich meine letzten Worte. Peng. Ich quetsche das Konvolut in einen übergroßen Luftpolsterumschlag, klappe ihn in der Mitte und tacker ihn

45. Eintrag Bin beim Packen - gekommen bin ich als Gast, jetzt sind sechs Wochen vergangen, und ich gehe wie einer, der ein Haus verlässt, in dem er gewohnt hat.

Von ein bisschen Strindberg abgesehen, haben wir gute Laune und freuen uns auf die Reise.

Die Ex hat vorgesorgt und mir in der Apotheke Ohrstöpsel gekauft, womit sie wohl sagen will: Mach dir keine falschen Hoffnungen, ich werde nicht weniger saufen, damit ich weniger schnarche ...

Vor München fürchte ich mich jetzt schon: Allein die drei Grundsteuererklärungen für die drei Häuser machen mir Angst. Was werde ich da alles suchen und - bei meiner Büroschlamperei - nicht finden.

Ich merke hier: Ich bin in München so was von zugeschissen mit hysterischen Kleinigkeiten, die sich im Lauf eines hilfloser werdenden Lebens angesammelt haben, dass es ein Wunder ist, wenn ich überhaupt noch atmen kann; hier hab ich besser Luft gekriegt.

Und ich frag mich beim Kofferzumachen: Komm ich wieder? Will ich wiederkommen? Und in mir tut sich ein großes „ja“ auf; das alte Ross ist schwer zu deichseln, aber mit ihr ist es besser als ohne sie.

zu. »Sorry für die unromantische Verpackung, hatte kein adäquates Kuvert da«, schreibe ich hinten drauf. Es war mir ein Bedürfnis, dies zu tun. Ich möchte einfach, dass meine drei Kinder keinen Stress nach meinem Tod haben. Ich litt so darunter, weil erwachsene Menschen nicht in der Lage waren, ihren Nachlass zu regeln. Nichts geerbt von Vater (Erbin Witwe), Mutter (manisch-depressiv, nur Schulden), Onkel (im Testament berücksichtigt, aber nicht unterschrieben). Ich hoffe, Franz hinterlässt sein Erbe so, dass kein Chaos am Grab entsteht. Hauptsache, ich hab mein Zeug ordnungsgemäß geregelt.

Endlich alles gepackt und im Auto verstaut. Bilderbuchwetter. Wir fahren los. Muss über den frechen Humor unserer Tochter lachen: »Vergiss nicht, Mama, den Seniorenmaulkorb einzupacken.« Das kam von ihr so spontan, als F. X. seinen rauen »Du-Arschloch-Ton« anschlug. Seemannssprache ist auch rau. Wir fahren nach Santa Cruz und an allen Tankstellen vorbei. Günstiges Tanken vor Abfahrt ist nicht. Franz hat einen Zahn drauf. Wir fahren in den Hafen, stellen uns an und warten. Foto hier, Foto da. Mein »Dekolleté-Selfie« ist besonders gelungen. Meine Haut wirkt wie ein Plisseerock oder eine in die Jahre gekommene Ziehharmonika. Sechsundfünfzig Jahre Sonne schlummern an meiner Brust, haben sich eingraviert. Das Alter ist echt nichts für Feiglinge. Ich denke an die wunderbare Künstlerin Louise Bourgeois, die sich mit vierzig Jahren entschied, keinen Spiegel mehr daheim zu haben. Ihr Spiegelbild störte ihre innere, jugendliche Kreativität.

Es dauert, der Hafenbetrieb ist bunt zu beobachten. Auf die Fähre, geparkt und in unsere Kabine. Die ist groß, geräumig und hat ein Fenster. Wir jubeln. An Deck warten wir auf die Abfahrt. Nach zwei Stunden sitzen wir immer noch da, das Schiff hat sich um keinen Millimeter bewegt. Gottlob können wir um zwanzig Uhr essen gehen. Kaum haben wir den ersten Bissen im Mund, legt das Schiff ab.

Wir sehen die Insel in der Ferne und wie die Lichter am Horizont langsam verschwinden. Adiós, Tenerife, es war wieder mal eine gute Zeit auf »meiner« Insel. Ich liebe diesen Fleck Erde.

Die Luft ist stickig und trocken in der Kabine. Klimaanlage. Kein Wunder, dass ich schnarche.

Ich glaube, jetzt schläft er. Ich probiere es noch mal. Leise, leise, leise. Gute Nacht!

»Das Schnarchgebirge ist abgeflacht«, meinte F. X. in der Früh. Er ist gut drauf und großzügig mit Komplimenten. Nett. Der Klodeckel ist an Bord auch immer unten, aber nicht, weil er seine Gewohnheiten abgelegt hat, nein, sondern weil der Knopf zur Spülung sich direkt hinter dem Deckel befindet. Eine sehr schlaue Konstruktion. Wir schleppen uns vom Frühstück zum Mittag- und Abendessen. Zwischendrin brauche ich einen Kaugummi an Deck, damit die Nahrung unten bleibt. Die Sonne scheint, es ist windig und wir üben uns im Nichtstun. Reinste Entgiftung so ohne Handy. Angenehm, unerreichbar zu sein.

29. November Zeitlos. Man wird zeitlos auf dem Schiff. Ich erhole mich. Den halben Tag liege ich faul im Liegestuhl, genieße die Sonne und lese. Franz sitzt daneben und döst. Wenn der Seegang rauer wird, wird mir schlecht. Trotz Reisekaugummi. Mein Hirn kommt mit dem rauf und runter nicht zurecht. Orientierungslos wanke ich zum Buffet in der Hoffnung, der Magen würde sich durch Nahrung beruhigen. Eine undefinierbare Spargelsuppe als Vorspeise gibt mir den Rest. Franz geht es gut, ihm schmeckt es.

Schräg gegenüber sitzt ein Mann mit einem rundlichen Gesicht. Er erinnert mich an das Faultier aus Zoomania. Mit vorgehaltener Hand stochert er genüsslich in seinen Zähnen herum. Mir wird schlecht. Der Reinigungsakt dauert sicher zehn Minuten. Mein Blick wandert immer wieder zu dem Typen, ob ich will oder nicht. Er zieht sein Zahnreinigungsbürstchen raus, schaut es an, schmiert die Reste in die Serviette und verstaut es zufrieden in seinem Täschchen. »Den müsste man malen können«, meint Franz zu mir, »der hat so ein ausdrucksstarkes Gesicht. Wenn man den vorne auf der Bühne hinsetzen würde, während ein Schauspieler einen Monolog spricht, die Blicke der Zuschauer wären nur bei ihm.«

Es läuft Fußball und der Zahnstocher-Mann kommentiert alles mit Gesten im Gesicht. »Jetzt weint er gleich«, flüstere ich, als er die Mundwinkel surrealistisch nach unten parkt. Er ist unser Fernsehprogramm geworden und als er geht, sind Franz und ich uns einig, dass wir ihm eigentlich ein paar Euro auf den Tisch hätten legen sollen für diese Top-Unterhaltung. Der Kellner mit den hektischen Flecken am Hals nimmt endlich das Tablett mit. Er wirkt dürr, redet kein Wort und macht seine Arbeit. »Das Büblein. Ich möchte nicht wissen, wie viele Menschen Mangel an Liebe, Zuneigung und Fürsorge leiden«, meinte Franz, als er den Kellner das erste Mal sah.

46. Eintrag Jetzt ist Disziplin angesagt, denn die Handschrift fordert vom Gedanken Reife. Wir sind seit fünf Stunden auf dem Schiff, und ich hab meine gute, alte Schreibmaschine auf der Insel gelassen und schreibe mit der Hand. Ich lass mich überraschen, wie lange ichs lesen kann und ob ichs überhaupt lesen kann. Zwei Nächte und ein Tag, achtzehnhundert Kilometer liegen vor uns. Ich bin glücklich!

Mit der Ex eine geräumige Kabine, zwei getrennte Betten, es ist 22:30 Uhr. Und sie schnarcht noch nicht.

Ich hab eine Flasche Whisky dabei. Schreiben und Whisky trinken und sich – keine falsche Scham! – wie Hemingway fühlen. (Hemingway war am längsten mein bewunderter Schreibgott, damals, als ich Bananen verpackt hab, Bauerntheater gespielt hab, Hilfsarbeiter auf dem Bau war und als Firmenbote durch München gerast bin und klar war, ich muss den Dichter träumen, denn ich werde nie einer.)

Ohne die Ex hätte ich nicht mal die Kabine gefunden und die Tür aufmachen könnte ich auch nicht. Man kriegt einen Code auf sein Handy, dann hält man dieses an das Türschloss;

wenn man Glück hat, geht sie auf, wenn ich es versuche, bleibt sie zu. Aber ich verlass mich voll auf die Ex, so wie früher.

Ich bin irgendwie in den Eherhythmus gerutscht, die Lady mit dem Dekolleté, das hauptsächlich aus Fett und Falten besteht, ist wieder meine Frau und alles erinnert an glückliche Tage: Unsere Reisen waren unsere glücklichsten Zeiten. Für mich.

Ich wackle den Gang zur Kajüte entlang und bin froh, endlich die Horizontale aufsuchen zu können. Morgens halb acht kommen wir an. Ein neuer Reiseabschnitt beginnt.

Ob es für sie auch glückliche Zeiten waren, weiß ich nicht. Sie musste ja fast alles tun und ich war dabei und hab gejammert, dass ich nicht schreiben kann, oder ich hab geschrieben und mich erst recht um nichts gekümmert. (Was ich zu viel an Selbstkritik hab, hat sie zu wenig – passt doch ganz gut!)
Ich hab die Flasche aufgemacht und mir ein Glas eingeschenkt in einen Plastikzahnbecher.
Ich will ihr auch ein Gläschen anbieten, aber sie ist schon eingeschlafen. Ich proste ihr zu, lächle sie an und schau sie an, wie sie so daliegt, und denke, nicht ohne Wehmut, aber auch nicht verzweifelt, an die wunderbare „Frau von früher". Und jetzt schnarcht sie.

30. November Oh, der Wecker hat nicht geklingelt, in einer Stunde legen wir an. Wir springen beide aus dem Bett, um noch schnell einen Kaffee zu ergattern. Im Speisesaal herrscht Aufbruchstimmung, die meisten Gäste haben ihr Köfferchen schon dabei. Natürlich bekomme ich ausgerechnet jetzt nicht die Kabinentür auf und winke mit dem QR-Code vor dem modernen Schloss hin und her. Es vergehen Minuten, bis die Tür endlich aufspringt. In Windeseile packen wir und gehen Richtung Parkdeck. Ein Fahrer wird per Durchsage zu seinem Auto gerufen. »Das ist unser Auto«, rufe ich Franz zu und renne davon. In meinem Kopf versperrt der Mercedes den Weg und alle warten auf uns. In Franz seinem Kopf lässt sich der alte Wagen ausgerechnet jetzt nicht starten. Beides sind falsche Filme, die uns das Adrenalin durch die Adern jagte. Wir sind pünktlich da, steigen gemütlich ein und fahren flott vom Schiff.

Die Sonne geht auf, der Himmel färbt sich orange, das Handy tickert eine Nachricht nach der anderen und wir werden an der Kontrolle angehalten. »Die Papiere bitte«, sagt die freundliche Grenzschutzdame und betrachtet unsere Ausweise, »wohin fahren Sie?« Nach Deutschland. »Wollen Sie länger als ein halbes Jahr bleiben?« Nein. »Gute Reise.« Geschafft. Wir fahren nach Huelva. Franz fährt so, als wäre er ein alter Spanier. Ganz schön zackig. Ich habe ein Hotel rausgesucht und Mr. Google schickt uns in die Irre, da eine Baustelle nicht erkannt wird. Nachdem wir das fünfte Mal denselben Kreisverkehr passiert haben, schalte ich meinen Orientierungssinn ein und die Fremdstimme aus und schon klappt es. Hotel Exe passt doch zu uns. Alle sehr freundlich und eine Parkgarage gibt es auch noch. Das Hotel ist um satte fünfundzwanzig Euro günstiger als im Internet. Wir können das Zimmer aber erst später beziehen.

Also schlendern wir durch die Straßen und erst jetzt fällt uns der Temperaturunterschied von siebzehn Grad auf. Es hat

47. Eintrag Gestern mit viel Whisky noch einiges geschrieben am ‚Herrgottschnitzer' und seinem renitenten Jesus! Es muss phantastisch gewesen sein, was ich da gedichtet hab, denn ich schlief danach sehr gut, trotz ratternden Dieselmotoren und irgendwo kreischenden Kindern. Lesen kann ich es nicht mehr, bzw. was ich noch lesen kann, ist totaler Mist. Drum hole ich auch den Computer nicht aus dem Koffer im Auto, das rentiert sich nicht, bald sind wir in Huelva.
In der Nacht hat die Ex ein paar sanfte Kostproben ihres Schnarchens gegeben, aber ich war so gut drauf, dass ich allen Ernstes dachte: Sei doch froh, wenigstens schnarcht noch jemand neben dir, d.h., du bist nicht allein.
Die Ex schaute in der Früh ziemlich zerzaust aus, nicht ganz so lieblich wie am Abend, etwas verschwollen, so, als hätte ein rabiater Liebhaber ihr Schnarchen doch nicht ertragen. Aber ich begrüßte sie freundlich, friedlich, fröhlich. Hätte ich vielleicht nicht tun sollen, sie ist den ganzen Tag zickig, giftig. Ich hab das Gefühl, nur mich zu sehen, bereitet ihr Unbehagen. Was hat sie geträumt?

sieben Grad, ich friere in meinen Turnschuhen und freue mich jetzt schon auf die heiße Dusche. Die Stadt ist weihnachtlich geschmückt. Zwei Tassen Kaffee in einer – geheizten – Bar. Die Bedienung ist nett, ihre aufgespritzten Botoxlippen stören das spanisch-hübsche Gesicht. Ich checke meine Mails. No news from Heidelberg. Dafür aber vom bayerischen Staatsministerium. Sie wollen ganz viele Belege für die erste Corona-Hilfe aus dem Jahr 2020. Diese nette »bedingungslose« Soforthilfe für Soloselbstständige, deren Regelung im Nachhinein fünfmal geändert wurde. Und wenn ich diese Belege nicht UMGEHEND aufliste, muss ich die fünftausend Euro zurückzahlen, Kontonummer anbei. Trara, eine weitere Runde Losertum. Dabei dachte ich, das Thema sei mit der Steuererklärung 2020 gegessen gewesen. Aber nein.

Egal, ich lasse mir die Reise jetzt nicht vermiesen. Franz kauft sich eine goldene Uhr mit blauem Ziffernblatt. Die Uhr, die er dabeihat, stammt von unserer allerersten Spanienreise 1987 – da wurde unser Gepäck geklaut, inklusive Schmutzwäsche. Die ist also fünfunddreißig Jahre alt. Eine »Rolex« von einem Markt in Indonesien hat ihn auch fast so lange begleitet. Jetzt geht sie nicht mehr, da sich deutsche Uhrmacher weigern, die Batterie zu wechseln – denn sie machen sich sonst strafbar.

Im Hotel genieße ich die Dusche und als ich wieder ins Zimmer komme, macht F. X. eine Siesta und schnarcht. Was für eine Genugtuung! Am liebsten hätte ich sein Geschnarche aufgenommen, aber dafür war ich zu langsam, er wird wach. Wir ziehen noch mal durch die Straßen und beenden den Abend mit einem außergewöhnlich guten Tapas-Abendessen. Meine Einladung, ich hab mir das Lokal eingebildet. Und es hat sich jeder Cent rentiert, ein kulinarisches Highlight.

Die Wärmflaschen kamen bereits heute erfolgreich zum Einsatz. Der Wasserkocher leistete auf dem Schiff schon hervorragende Dienste.

1. Dezember Huelva hat es gut mit uns gemeint. Ich richte mir in der Früh meine Schreibecke im Badezimmer ein. Klo-Office. Dort mache ich mir einen Tee und eine Wärmflasche, erledige meine Mails, schreibe und reflektiere Vergangenheit und Gegenwart. Um zehn erwartet uns ein riesiges Frühstücksbuffet und wir als einzige Gäste fragen uns, was mit diesen Köstlichkeiten geschieht, die nicht gegessen werden. Ein Teil ist haltbar, aber manches eben nicht.

Wir fahren Richtung »Grotte der Wunder« nach Aracena. Ich hatte darüber gelesen und das Örtchen in den Bergen Andalusiens reizte mich. Ziemlich schnell sind wir in einer trockenen, staubigen, wenig zersiedelten Landschaft, reich an Olivenbäumen. Es scheint die Sonne, aber die Farben des Himmels sind blass, winterlich. Wir fahren die wohl einsamste Tankstelle an und leisten ihr Gesellschaft. Franz gibt mir seine Kreditkarte und nennt seinen Pin – ich soll zahlen. »Da siehst du mal, was für ein Vertrauen ich in dich habe«, sagt er. »Als ob ich jemals was von dir genommen hätte.« Ich schüttle den Kopf. »Du hast mich genug Geld gekostet!« Ich starre auf den grünen Tankschlauch, dann auf die Zapfsäule, schaue ihn an und denke mir: »Baby, du wirst es nie kapieren. Ich hab für die Kohle gearbeitet, drei Kinder großgezogen, drei Häuser geputzt und das Büro der Kroetz-Dramatik geführt.« Ich will was sagen, nein, egal, ich zahle mit seiner Karte und sammle brav die Belege, so wie früher.

Die Fahrt ist schön, die Landschaft verändert sich und wird grüner. Wir fahren durch Minas de Riotinto, eine gigantische Erz- und Kupfermine prägt den Ort. Ich wäre gern stehen geblieben, hätte mir gern die absurde Landschaft angeschaut oder wäre in den Ort gefahren, aber ich hatte Grotte und nicht Mine angekündigt. Und Franz ist gerade am Cruisen und genießt sichtlich die Autofahrt.

Wir kommen in Aracena an. Ein typisch andalusischer Ort,

48. Eintrag Auch wenn es nicht das „Traumschiff" war, die „Marie Curie", eine ordinäre Fähre, die zwischen Teneriffa und Huelva verkehrt, hats auch getan: zwei Nächte und ein Tag Wind, Meer, Himmel, Dieselgestank. Als wir uns um 6 Uhr aus den Betten schälen, Kaffee bekommen und ein gefrorenes Croissant, dann zum Auto rasen, aus Angst, wir seien die Letzten und alle andern sind über den guten alten Daimler drübergefahren, hab ich nur gehofft, dass er anspringt.

Tut er!

Um kurz vor acht (noch total finster) haben wir Festland unter den Rädern. Es hat dann noch ziemlich lang gedauert, denn jedes Auto wird einzeln vom Zoll angehalten. Wir werden sogar rausgewunken und gefragt, wohin wir wollen, und als wir Deutschland sagen, werden wir belehrt, dass wir nur ein halbes Jahr bleiben dürfen und dann zurückmüssen. (Mein tolles kanarisches Kennzeichen!)

Die Sonne ist aufgegangen, als wir nach Huelva kommen, und wir suchen nach dem von der Ex favorisierten Hotel. Dabei kommen wir ein halbes Dutzend Mal zum selben Kreisverkehr, aber dann finden wir das Hotel und es schaut alles gut aus. Ich hab mir in meinem totalen Überschwang, dass wir da sind und es geklappt hat, eine ganz billige, aber sündteuer ausschauende „goldene" Uhr gekauft, einen hässlichen Pullover und einen billigen Mantel (weil es nur noch sieben Grad hat), und jetzt bin ich total ballaballa im Hirn, aber glücklich. Der Ex will ich auch was kaufen, aber abgeschreckt von dem Mist, den ich

der sich erst nach und nach erschließt, so, als wäre er eine Knospe, die sich langsam zur Blüte öffnet. Die Pension hat ein nettes Zimmer für uns mit Balkon. Unten sind eine kleine Bar und ein Laden, mit Schinken, Oliven, Käse. Der Jamón Serrano wird hauchdünn geschnitten – per Hand – und verpackt, eine Zeremonie. Jamón Santo. Miguel, der Chef, bringt mir einen Stadtplan, um die besten Plätze des Ortes zu zeigen. Ich warte an der Bar und nehme diesen ursprünglichen Dorfcharme auf. Sein Telefon klingelt. »Sí, Lola, dime«, brüllt er in seine iWatch und hat die Lady auf Lautsprecher. Lola bestellt einen ganzen Schinken, ohne Haut, aber bitte mit genügend Fett. Wie teuer das sei? Sechsundfünfzig Euro das Kilo. Ob sie den Ständer habe – für den Schinken, fragt der Wirt. Ja, den hat sie. »Lola, mach dir keine Sorgen, ich mache dir alles fertig.« Die Situation wirkt absurd: Eine Kneipe wie vor hundert Jahren, es geht um einen Schinken wie vor hundert Jahren, aber der Wirt – der auch nicht mehr der Jüngste ist – telefoniert via Armbanduhr.

Ich bedanke mich bei Miguel für seine Tipps und wir gehen durch den Ort Richtung Grotte. Franz hat wieder Knieschmerzen. Langsam, langsam, ob wir umdrehen sollen, nein, er schafft es. Die Führung beginnt, wir betreten die »Gruta de las Maravillas«. Und ab jetzt fehlen mir einfach die Worte, so was hab ich mein Lebtag nicht gesehen. Mit offenem Mund gehe ich durch diese unterirdische Welt der Tropfsteinhöhle in verschlungenen Pfaden an Seen vorbei. Für jeden Zentimeter Tropfstein benötigt es hundertfünfzig Jahre. Wir wandeln durch eine Million Jahre altes Wunder. Ich fühle mich in meine Kindheit zurückgebeamt, als Einhörner noch Realität waren. Die unendliche Geschichte lässt grüßen. Es ist atemberaubend und ich bin heilfroh, dass Franz nicht auf dem klitschigen und unwegsamen Boden ausrutscht. »Gib zu, du wolltest mich umbringen«, frotzelt er von hinten. Aber auch er ist beeindruckt.

mir zugelegt hab, will sie erst mal nichts. Das Auto steht in einer Tiefgarage neben dem Hotel und wir rennen den ganzen Tag in Huelva rum.

Gegen Abend wird die Ex säuerlich, weil sie Wein und (der soll hier besonders gut sein!) Schinken haben will, aber wir finden nur eine Konditorei mit Kuchen und Kaffee. Ich nehm beides, und die Ex, das sture Ding, nix und dann will sie ins Hotel, und ich bete zum Himmel, dass wir noch an einem offenen Speiselokal vorbeikommen.

Der erste Abend auf der península und die Ex hungrig, durstig und sauer - bitte nicht.

Gott erhört mein Flehen und die Ex frisst sich voll (und ich auch, muss ich zugeben) und der Tag, Huelva, die Stimmung und der Abend sind gerettet.

Jetzt haben wir noch die Wärmflaschen aus dem Auto geholt (die heizen hier nämlich noch nicht) und gehen zufrieden ins Bett: guter Tag, guter Speck, guter Wein, gute Nacht.

Geplättet landen wir später in der Dorfbar. Es regnet und mittlerweile sind wir auch stolze Besitzer eines Regenschirms für neun Euro. Hier trifft sich die männliche Welt – achtzig plus – und reißt die Witze beim Bierchen. Der rüstige Rentnertreff. Ich komme mir als Frau als Außenseiterin vor. Wir ziehen weiter zwecks Nahrungsaufnahme. Wir gehen ins »Casino«. In dem hohen Raum mit einer großen Fensterwand ist auf der Rückseite ein großer beheizter Kamin. Die Möbel bestehen aus Ohrsesseln, Tischen und gepolsterten Stühlen. An der Decke hängen drei Kristallleuchter. Zeugen vergangener Zeiten. Vor dem großen Spiegel oberhalb des Kamins und vor dem offenen Feuer stehen alte Männer, einer davon mit gebrochenem Arm. Sie wirken wie Kriegsveteranen, die sich fröhlich unterhalten, auf die Schulter hauen und zuprosten. Mit einem Schlag gehen die fünf Männer rechts bei der großen Flügeltüre ab und kommen auch nicht wieder. »Jetzt kommt der zweite Akt?«, frage ich Franz, der dem Schauspiel genauso intensiv folgt wie ich. Wir haben Glück, der Koch kommt und man kann gut essen. Zwischendurch wärmen wir uns am Kamin. Der Heimweg ist kalt und regennass. Wir lernen das echte Andalusien kennen, so scheint es, und ich freue mich auf meine Wärmflasche.

2. Dezember Heute Nacht hat Franz die Ohrstöpsel benutzt und mein Schnarchen kaum noch wahrgenommen – juhu –, dafür hat er aber den ganzen Tag danach den Eindruck, die Stöpsel hätten einen Druck auf die Ohren ausgeübt und deswegen hört er schlechter – oje. Wir fahren weiter nach Jerez de los Caballeros, das heißt er fährt seinen Mercedes. Es ist unglaublich grün und der Herbst hat seine bunten Farbstriche hinterlassen. Wir verlassen Andalusien und erreichen die Region Extremadura. In einer hügeligen Gegend grasen unter Olivenbäumen Schweine. Viele stattliche, glückliche Schweine, bis sie zu Schinken für Lola verarbeitet werden. Ich habe noch nie Schweineherden auf grünen Wiesen gesehen. »Das wäre ein Foto wert!«, rufe ich begeistert. Aber Franz fährt weiter.

Mein Sohn ruft an und ich kann, in the middle of nowhere, mit ihm entspannt telefonieren. In Bayern würde ich von einem Funkloch ins andere fallen. Wir erreichen Jerez de los Caballeros, ein Ort, der sich über den Berg ergießt, als hätte der liebe Gott am Hügel ein Ei aufgeschlagen. »Du musst lauter sprechen, meine Ohren sind zu«, fordert Franz mich auf, während die Navi-Stimme ihren Senf abgibt. »Da hinten ist eine große Burg«, wiederhole ich laut und deutlich. »Du hast einen unmöglichen Ton mit mir seit ein paar Tagen. So geht das nicht weiter …«, schimpft er. Ich sei ein »Altersrassist« beziehungsweise wirke diskriminierend. Ich versuche ihm nett, aber bestimmt zu erklären, dass ich eben nicht weiß, was und wie viel er hört. Wie ein Papagei wiederhole ich die Anweisungen der Navi-Lady, ob das auch störend sei? Uff, es ist schwierig, für jemanden die richtige Tonlage zu finden, der nicht mehr so gut hört und sich weigert, einen Hörtest zu machen.

Die Stimmung ist nun angespannt. Franz fährt durch die engen steilen Gassen und wir finden wie durch ein Wunder einen Parkplatz mitten im Ort mit den unzähligen Kirchen. Wir ziehen durch die Straßen. Um zwei Uhr hab ich Hunger.

49. Eintrag Huelva heute zu Mittag verlassen und nach Aracena - alles okay, aber ein vages Gefühl, dass die Ex, die ja sowieso alles bestimmt, jetzt auch Auto fahren will, weil sie ja alles besser kann als ich.
Aber fahren tu ich, auch wenn sie schon wieder sauer ist. Sie dünstet permanent Unzufriedenheit aus und ich fühle mich schuldig. Warum? Weil ich ein Greis bin.
Sechsundfünfzig ist die Ex, und statt des sechsundsiebzigjährigen Greises hätt sie, denk ich mir, lieber einen - sagen wir fünfundvierzigjährigen - gut aussehenden Mann an ihrer Seite, der sie fickt, bis ihr der Orgasmus aus dem appetitlichen Fett quillt, und der ihr keine Fragen stellt, sondern einfach bestimmt, wie ich es ja früher auch getan hab, als ich noch bei Kräften war - oh Gott, dieser Satz „als ich noch bei Kräften war" ...
Heute nach Aracena und diese glitschige Grotte (Gruta de las Maravillas) besichtigt, von der ich fast nichts gesehen hab, weil ich dauernd auf den Boden geschaut hab, damit es mich nicht auf die Fresse haut.
Den Rest des Tages hat es geregnet, wir sind von einer Kneipe in die andere und als sie genug Wein intus hatte, wurde sie netter und müde ...

»Wir können essen gehen«, meint er. Ich frage eine nette alte Dame, die uns in ein verstecktes Restaurant schickt. Die Speisekarte samt Preisen ist gehobene Klasse und wir sind die einzigen Gäste. Das Essen ist teuer und nicht unbedingt gut. Nun ist die Reststimmung im Arsch. Schuld ist das fette Ochsenschwanzragout – und ich, weil ich Hunger hatte. Unruhig bewege ich meinen Hintern von A nach B auf dem Stuhl. Ich weiß, aus dem bayrischen Stimmungsloch ist nicht mehr so leicht zu herauszukommen.

Wir fahren weiter nach Badajoz. Auffällig große Vögel, die in der Luft kreisen, und viele Storchennester auf diversen Pfosten. Erst später lese ich, dass wir ganz in der Nähe des Naturparks Cornalvo, einem Schutzgebiet der vielfältigen Vogelwelt, sind. »Soll ich mal fahren?«, frage ich Franz, damit er auch was sehen kann. Antwort: »Das Fahren ist das Einzige, was Spaß macht.« Na super. Wir fahren in die Stadt und einfach mal auf Verdacht diverse Hotels an. Das ist anstrengend, denn ich bin ja nicht Hellseher von Beruf und weiß auch nicht, wo die Stadtmitte ist. Wir werden fündig im Hotel Cervantes – herrschaftlich heruntergekommen, dafür aber recht günstig. Kein Traumzimmer, erfüllt aber seinen Zweck. Franz ist müde. Ihm sind zwei Sightseeingtouren zu viel. Ich kann's verstehen, nach der hundertsten Kirche verstummen auch die Ahs und Ohs.

Aber good news aus Heidelberg, eine weitere Sperrdatenanfrage für Januar. Nein, das heißt noch lange nicht, dass ich die Rolle habe, lediglich, dass ich noch im Rennen bin. Drehbeginn wäre ja – haha – in zehn Tagen, ist also noch massig Zeit. Jeder Handwerker würde der Firma eins husten.

Und der Sekretär der Integrationsbeauftragten möchte nun mit mir telefonieren, um Missverständnisse aufzuklären. »Wir können nicht einfach etwas spenden. Wir hantieren mit Steuergeldern.« Immerhin, ein gemeinsamer Kinoabend in

Trostberg soll von dem Versprechen noch übrig bleiben. Willkommen in meiner Welt der Unverbindlichkeiten.

Der Dichter grummelt. Vielleicht liegt es auch an der Kälte und dem Leben ohne Heizung? Bei Außentemperaturen um die sieben Grad ist es kühl in den Häusern. »Wo fahren wir morgen hin? Hast du schon ein Hotel rausgesucht?«, fragt er mich. Ich schüttle den Kopf. Ich bin eine Reiseleiterin ohne Ahnung und hab den Fahrgastbeförderungsschein ohne Auto und bin auch nicht verwandt mit Mr. Google. Vielleicht würde so eine Stunde pro Tag, die jeder für sich hätte, die Situation entspannen? Einfach ein wenig Freiraum zum Durchatmen?

»Laisse-moi devenir l'ombre de ton ombre«, singt Jacques Brel, »Lass mich der Schatten deines Schattens sein«. Wer welcher Schatten ist, ist völlig irrelevant. Aber alte Muster flackern auf. Verstellung um des Friedens willen fördert die Verspannung.

Und so schnarche ich in der Nacht und beiße im Schlaf die Zähne zusammen, als müsste ich einen LKW an einem Seil ziehen. Beim fünften »Hey, Kruzefünfall« sitze ich senkrecht im Bett und verkrümle mich Richtung Badezimmer. Wärmeflasche und Tee. Das Klo-Office hat geöffnet. Es ist vier Uhr.

3. Dezember Das kleine, eher widerliche Badezimmer ist mir zur Insel des Friedens geworden. Ich sitze auf dem Klo, im Rücken die Wärmflasche. Das Bidet dient mir als Schreibtisch, dort hab ich Handy, Tagebuch, Stifte und meinen Computer geparkt. Ich arbeite vor mich hin und fühle mich fast gestört, als F. X. um halb zehn aufs Klo will. Eindringling – ich verlasse meine Oase für seine Notdurft. »Hast du jetzt die halbe Nacht auf dem Klo verbracht?«, fragt er etwas irritiert. »Ja, aber alles gut«, antworte ich fit, fröhlich und aktiv. »Du warst gestern so schlecht drauf und ich hoffe, dass der Schlaf dich etwas entspannen konnte.«

Ein sonniger, kalter Tag in Badajoz. Von der Stadt haben wir wenig gesehen. Und ein Foto vor dem Hotel Cervantes hab ich auch nicht bekommen. Um elf Uhr sind wir schon unterwegs Richtung Salamanca. Ich wusste, dass sich das bayrische Stimmungstief nicht so leicht vom Acker machen würde. Zäh reist es mit uns mit. Ich bin müde, hätte gerne was zum Frühstücken, einfach einen Hauch von zwischenmenschlicher Lebensqualität und eine entspannte Fahrt.

Das weite Land. Hügel aller Arten. Eine beeindruckende Landschaft. »Der Süden ist einfach schöner als Deutschland«, sagt Franz. »Ach, ich finde Bayern auch wunderschön …«, plappere ich vor mich hin und rufe die Inn-, Chiemsee- und Alz-Landschaften ins Gedächtnis. Keine Antwort. Finstere Miene. Oje, hab ich was Falsches gesagt? »Wenn ich mal fahren soll …«, versuche ich die Stille zu lockern, und bevor ich meinen Satz beenden kann, antwortet er düster: »Das Fahren ist das Einzige, was mir Spaß macht.« Ich schnappe nach Luft. »Dasselbe hast du gestern schon gesagt. Das finde ich nicht nett.« Affront! »Den ganzen Tag muss ich mir deinen Scheiß anhören. Und jetzt will ich meine Ruhe!«, sagt er unfreundlich.

Mit jedem Kilometer, den wir uns von Teneriffa entfernen, verliere ich mehr und mehr meine Unabhängigkeit. In mei-

50. Eintrag Heute streike ich. Die Ex hat mich - ihr Blickwinkel - schon lang als Trottel abgespeichert, das wird sie nicht mehr löschen. Sie behandelt mich - der Ton ist richtig böse - so, wie man einen behinderten Untergebenen nicht behandeln sollte. Ich sag es ihr, sie entschuldigt sich, macht aber weiter im Gestus: Ich bin allwissend und du wirst bald deinen Namen nicht mehr schreiben können ... damit das nicht noch bitterer wird, breche ich jetzt mal ab und hoffe, dass es morgen besser ist.

nem Haus war er Gast. Jetzt ist es sein Auto, sein Geld, seine Reise. Ich bin verletzt und wütend. Ich stecke mir die Kopfhörer ins Ohr und höre laut Musik. Tränen rinnen mir übers Gesicht. Da versucht man sich seit Wochen auf sämtliche Befindlichkeiten dieses Mannes einzustellen und mutiert dann in null Komma nix zum Fußabstreifer. Am liebsten würde ich mitten in der Pampa aussteigen und allein weiterreisen.

Drei Stunden reden wir kein Wort. Vielleicht ist er auch angepisst und in seiner Männlichkeit gekränkt? In Aracena meinte er scherzhaft: »Wenn's nur ein Doppelbett gibt, musst du mich doch noch irgendwann ranlassen.« Ich schaute weg und bat den Wirt um ein Zimmer mit zwei Betten. »Jetzt hast du ausgesehen wie eine alte Frau. So alt bist du doch gar nicht«, meinte er. Er dachte, dass ich keinen Sex mehr will. Den will ich schon, aber nicht mehr mit ihm. Er war mein bester Lover zu Liebeszeiten. Aber vorbei ist vorbei. Lange schon.

Mein Roadmovie hab ich mir anders vorgestellt. Das Schweigen geht mir auf den Sack. Ich sortiere mich neu und suggeriere mir: Erstens. Du wolltest ihm diesen Lebenstraum erfüllen, also halte es durch. Zweitens. Es ist sein Auto, frage nie wieder, ob du es fahren sollst. Lass ihm den Triumph, alles allein zu fahren. Und drittens. Ab jetzt bist du nur noch Reiseleiterin mit schwierigem Gast. Honorar ist die Reise. Also bringe ihn von A nach B. Vergiss die Ex-Frau und Kollegin. Auch das Schnarchen ist dir ab jetzt wurscht. Sein Problem. Soll er zwei Zimmer zahlen oder gleich heimfahren. So geht's auch. Es macht halt weniger Spaß.

Pädagogisch wertvoll leite ich ihn zu einer zentral gelegenen Parkgarage in Salamanca. Reiseleiterin. Mit dem Handy in der Hand führe ich ihn weiter zur Plaza Mayor, er dackelt hinterher. »Jetzt trinken wir erst mal was, dann suche ich ein Hotel«, sage ich bestimmt, aber freundlich. Er merkt umgehend meine Reserviertheit. »Ich kann seit fünf Jahren nicht schreiben«,

jammert er, »und es tut mir leid, dass ich mich einen Tag nur mit mir beschäftigt habe.« Und dann redet er und ich höre zu. Ich bin Reiseleiterin, Literaturprobleme sind mir völlig neu. Ich suche das Hotel aus und ja, er ist einverstanden. Etwas edler und mit Heizung! Das hebt des Dichters Laune. »Wir bleiben hier für zwei Tage. Du musst dich auch mal ausruhen«, meint er fröhlich. Wir gehen ins Restaurant Cervantes und ich lese die abenteuerliche Geschichte des Schriftstellers vor, nach dem hier alles benannt ist. Mit vollem Bauch genießen wir das geheizte Hotelzimmer.

In der Früh mache ich kurz das Fenster auf und beobachte ein Paar, zwei Frauen, die sich in den ersten Momenten ihrer Leidenschaft befinden. Sie küsst sie erst zaghaft verschämt, dann wild und leidenschaftlich. »Les enfants qui s'aiment ne sont là pour personne.« Jacques Prévert fällt mir ein. Die zwei sind auch für niemanden da und scheinen alles zu vergessen, auch, dass es eben minus zwei Grad hat. Ich schließe das Fenster. »Du hast heute Nacht kein einziges Mal geschnarcht!«, sagt Franz lobend.

Ja, weil der Druck weg war. Ich bin jetzt Reiseleiterin.

4. Dezember »Die Menschheit lebt für das Wohlergehen einer Minderzahl.« Das hat mein schlauer Urahn, Theologe Herman Schell, formuliert. Wir gehören zur Minderzahl. Aber zur unteren Gruppe. Trotzdem, welch verschwenderische Fülle, so reisen zu dürfen. Nach einem opulenten Frühstück sorge ich dafür, dass mein Kroetz endlich eine warme Jacke bekommt. Wir gehen shoppen. In einem Männermodengeschäft werden wir fündig. Eine Daunenjacke. »Steht Ihnen großartig«, sagt der gestylte Chef des Ladens und schmiert ihm Honig ums Maul. Franz beteuert auch, dass Alberto sehr fesch sei. Und Don Alberto meint wiederum, dass ich aber jede Schönheit übertreffe. Zwei Gockel im Small Talk. »München a Wahnsinn«, betont jefe Alberto in gebrochenem Deutsch. Die zwei Männer verabschieden sich, als wären sie seit Jahren miteinander bekannt, aber nicht ohne mir noch schnell ein Kompliment zuzuwerfen.

Weiter geht's zum El Corte Inglés. Warme Unterhosen müssen her. Ich berate ihn in Farbe und Größe. Geschafft. Und zu unserem allerhöchsten Glück soll nun noch die Reisewäsche gewaschen werden. Zum allerersten Mal in seinem Leben betritt F. X. K. einen Waschsalon. Das ist schon aufregend! Waschen und Trocknen für sechs Euro und das innerhalb von fünfundvierzig Minuten. Welcome to reality. Zwischendurch erhalte ich noch drei Schnäppchen-Pullis von ihm. Es ist einfach saukalt in Salamanca. Muchas gracias. Und das war's, der Tag wird mit einem Abendessen beschlossen. Pizzeria. Man bekommt Schnappatmung, wenn man den Kellnerinnen zusieht. In einer Geschwindigkeit sind sie um des Gastes Wohl bemüht. Ein harter Broterwerb.

Von der Stadt haben wir kaum was gesehen. Also eine weitere Nacht? Ich glaube, die Heizung im Hotelzimmer lässt uns nicht los.

51. Eintrag Heute nach Salamanca. Da ich mir vorgenommen habe, keine dämlichen Fragen mehr zu stellen, die ich ja nur stelle, damit die Ex einen rhythmischen Abfluss ihrer Logorrhö hat, ihr sozusagen immer einen Knochen vorwerfe, damit der Hund was zu beißen hat und Ruhe gibt, haben wir im Auto erstmals Stille, die wir in der vergangenen Nacht nicht hatten. Ich hab ja die Ohrstöpsel reingetan, damit ich schlafen kann, aber die Alte ist total verspannt und renkt sich den Kiefer beim Schnarchen aus und gibt solch panisches Ächzen und Stöhnen von sich, dass man sie erwürgen will oder die Rettung informieren, dass hier ein Mensch erstickt.

Wenn ich sie durch Zurufen oder Klopfen wecke, ist sie beleidigt, dreht sich um und schnarcht nach einer Minute noch lauter.

Das ist ein unlösbares Problem, das unsere Kameradschaft von innen heraus auffrisst.

Nicht Angst essen Seele auf, sondern schnarchen essen Seele auf.

Nach dem zehnten Wecken steht sie auf, packt alles zusammen und zieht sich ins Bad zurück. Ich vermute, sie hat ihren Schlafsack ausgepackt und liegt in der Badewanne. In der Früh muss ich pinkeln, sie sitzt auf dem Klo und hat „geschrieben", Mails gecheckt und ihre wichtigsten Probleme gewälzt:

Sie soll, hat ihr die Bayer. Staatsregierung geschrieben, eine Corona-Soforthilfe zurückzahlen, wenn sie nicht nachweist, dass sie diese berechtigt bekommen hat.

Kriegt sie die Rolle in Heidi Heidelberg? – Wir haben noch keine Nachricht, ob sie genommen wurde oder nicht.
Ihr Integrationsprojekt „Kino für Frauen aller Kulturen" oder so ähnlich soll aus der Kasse des Integrationsbeauftragten siebentausend Euro gespendet kriegen, aber irgendwie klappt es nicht, es sind dann nur siebenhundert.
Ergo: Sie wird von allen Seiten gemobbt und ruiniert und ich bin schuld, also nein, ich bin nicht schuld, ich bin nur da. Wenn ich nicht zuhöre, krieg ich alles nochmal in Schwerhörigendeutsch serviert.
Es gibt keinen Ausweg, ganz klar, und das ist auch das Lustige daran: Es ist Strindberg light, es sind ja Szenen keiner Ehe und wir müssen es beide nur noch ein paar Tage aushalten, dann sind wir wieder daheim und jeder kann seiner Wege gehen, wir müssen uns nicht mal mehr scheiden lassen, weil wir das schon sind.

5. Dezember Mein Nicht-Geschnarche wurde derart zelebriert und jedem unserer Kinder als News am Telefon erzählt: »Die Mama hat heute die ganze Nacht nicht geschnarcht!« Der »Mama« war es total klar, dass das Posaunen das Gegenteil auslösen wird. Ich bekomme ja den Befehl »schnarche« geradezu suggeriert. Nachts träume ich von meiner Unart, und zwar so realistisch, dass ich meine Decke packe und mich aufs Sofa verziehe, obwohl ich keinen Ton von mir gegeben hatte. Auf dem Ersatzbett lege ich dann aber los. Das haste nun davon. Er lässt mich diesmal schlafen und ich penne bis zehn Uhr. Erholung pur.

Salamanca hat eine wunderschöne Altstadt und ist sehr lebendig. Studenten geben der historischen Stadt ein jugendliches Bild. Es beginnt zu regnen und meine Reiseführerstrategie funktioniert. Ich kann Franz sogar überzeugen, ins Automobilmuseum zu gehen. Das ist rührend. Da wird der alte Mann zum Kind. Fröhlich erzählt er, dass er als Bub sich aus Töpfen, Topfdeckel (Lenkrad) und Kochlöffeln (Gangschaltung) Autos in der Küche seiner Mutter gebaut hat, damals noch in der Schellingstraße. Fünf Buicks und fünf Cadillacs hatte er in seiner Garage stehen, die mussten in seiner kindlichen Fantasie täglich gefahren werden. Als Beifahrer war sein Teddybär immer mit dabei. Ein Auto zu besitzen bedeutete Reichtum.

Über hundert ausgestellte Autos und fast zu jedem fällt ihm eine Geschichte ein. Ein Mercedes Pullman, den er auf einer Tournee geschrottet hat. Motorschaden. »Das ist der Renault 4 CV. Mit dem sind wir mit Robert, Lina und meiner Mama von Lienz nach Jesolo gefahren.« Das Auto ist derart klein, dass auf der Reise jeder nur Unterwäsche dabeihaben konnte. »Der schöne Robert und die schöne Lina haben auf der ganzen Fahrt nur gestritten. Es war schrecklich«, lacht er. Durchwärmt von Erinnerungen verlassen wir das Museum. Sogar unsere Jacken sind wieder trocken. Nach einem weiteren Streifzug durch die

52. Eintrag Immer noch in Salamanca, hab bisher nur das El Corte Inglés, einen Waschsalon und einen Friseurladen gesehen (die Ex hat sich die Haare schneiden lassen). Wir bleiben noch bis übermorgen, denn die Stadt ist schön, vermute ich, und ich will sie endlich sehen.
Auch wenn es nicht nur die Ex nicht interessiert, wie es in meinem Kopf ausschaut, es interessiert auch sonst niemanden. Die ganze Familie schaut mit Ekel weg, wenn ich mit meinem Writer's Block anfange; weiß gar nicht warum, ich mache ja niemanden dafür verantwortlich, nicht mal mich selber. Aber die Frage, wo in meinem Kopf der Writer's Block ist, die ist neu. Ich stell mir den Kopf als Labyrinth vor, man kommt leicht rein in die Kopfscheiße, aber nicht wieder raus. Und irgendwo zwischen all den Lebenstrümmern, die im Kopf schwimmen, ist auch dieser Writer's Block, vermutlich unter falschem Namen bzw. unter falscher Flagge, aber irgendwo schwimmt da so ein Kloß aus Verzweiflung, Verweigerung, Aufbäumen, Unvermögen, ein Riesenhaufen Scheiße und ich weiß nicht, wo der Haufen ist, sonst könnt ich ihn vielleicht packen und zerdrücken.
Hier in Salamanca kann man sehr gut essen, und da der Writer's Block nur im Kopf ist, kann ich gut fressen und gut scheißen und mein Magen, der auf den verfluchten Fett-(Ochsen)-Schwanz in dem eitlen Bergkaff Jerez de los Caballeros mit quellendem Sodbrennen geantwortet hat, hat sich auch wieder gefangen.
Von der Keine-Ehe-Front gibts was Neues zu berichten: Die Ex hat doch tatsächlich eine ganze

Stadt machen wir Pause. Ich nutze die Zeit, um dem bayrischen Staatsministerium sämtliche Einnahmen und Ausgaben für drei Monate 2020 brav aufzulisten, und kann nun getrost mitteilen, dass ich keine Subventionsbetrügerin bin. Erledigt. Mir fällt ein Stein vom Herzen.

Wir gehen abends essen. Das Essen schmeckt, aber so vornehm passt nicht zu uns. Wir überlegen die weitere Reiseroute und machen sie abhängig von Heidelberg. Ungewollt, vollkommen blödsinnig, ich hab nicht mal die Aussicht auf einen Vertrag und trotzdem können wir beide nicht »loslassen«.

Franz umgarnt mich mit vielen netten Komplimenten. Meine leichte Reserviertheit tut gut. Ich sehe sogar aus wie die reife Catherine Deneuve. Wir reden über unsere erste Spanien-Reise, in der sich anno dazumal schon abzeichnete, dass ich mir nicht den einfachsten Lebenspartner ausgesucht hatte. »Warum hast du mich damals nicht schon verlassen?«, fragt er. »Ich war in dich verliebt. Und außerdem war's meine Erziehung: Als Mann kam nur ein Genie infrage.« Genie, das hört er gern. Ich wollte ihm ein prägendes Erlebnis erzählen, das ich ihm bis dato noch nie mitgeteilt hatte, und ich schaffe es wieder nicht. Ich bringe es einfach nicht über die Lippen.

Ich frage mich auch, warum ich seine Zuneigung nicht erwidern kann. Ich bin ja sonst auch ein Mensch, der gerne anfasst, kuschelt, auch ohne eine Affäre zu haben. Ich glaube, der Knackpunkt war vor drei Jahren. Da habe ich ihn gefragt, ob er mich im absoluten Notfall unterstützen würde, damit ich nicht meine Lebensversicherung vorzeitig kündigen muss. Es war nur eine Anfrage, vorausschauend, weit von einer Bitte entfernt. Er ließ mich wissen, dass »wir geschiedene Leute sind«, und schenkte mir die zweitausend Euro, die ich ihm als Auftrag von seinem spanischen Konto mitbrachte. Um eine Soforthilfe ging es mir aber nicht, sondern um die Gewissheit, fragen zu können in der Not. Seine Ablehnung war wie ein

Nacht ohne einen einzigen Schnarcher hier in Salamanca geschlafen. Ohne einen einzigen, ich fass es nicht, die ganze Nacht lag im Ehebett neben mir eine stille, friedliche Frau ... Tagsüber ist unser Verhältnis auch wieder gut, sie redet und erklärt mir die Welt, und ich spiel den Trottel, aber wenn sie zumindest nachts still ist, könnte ich sie ja fragen, ob sie mich nochmal heiraten will ...

Stoppschild. Mir war klar, ich würde ihn NIE wieder um Hilfe bitten. NIE.

Geld tötet jede Art von Erotik oder Zärtlichkeit. Das war der Casus knacksus. Ich arbeitete daraufhin für fünfzehn Euro die Stunde ein Dreivierteljahr lang im Kino, wurde Filmvorführerin, machte die Gastro dazu – »heut kocht die Prominenz« – und schuf durch diese Tätigkeit mein Projekt »Region18 – Wir holen die Stars aufs Land. Das flexible Baukastenfilmfest«. Ein weiteres Steinchen in der Chronologie meines Losertums und dem Resümee: Es geht immer irgendwie weiter.

Apropos weiter. Nach drei Tagen Salamanca in der Region Kastilien und León wollen wir heute entweder Richtung Asturien oder Kantabrien. Der Weg ist das Ziel.

6. Dezember Wir verlassen gut aufgelegt Salamanca, nachdem ich noch kurz auf die Post bin, um meiner Enkeltochter ein spanisches Buch zu schicken. Die Fahrt ist öde. Es regnet, der Himmel hängt grau über uns und die Landschaft bereichert nicht meine Seele. In dieser ohnehin trostlosen Stimmung erhalte ich eine Mail aus Heidelberg. Eine Standardabsage an die »reife Catherine Deneuve«. Aufgrund der Konstellation wird mir eine Woche vor Drehbeginn mitgeteilt, dass sie leider absagen müssen. No way to Heidelberg. Und geschrieben haben sie nur, weil ich am Tag zuvor nachfragte. Fuckers. Einmal Würde in den Orkus und kräftig runtergespült. Es wäre für mich ein zu schöner Triumph gewesen, diese Reise mit Dreharbeiten abschließen zu können. Und jetzt das. Fast schon filmreif die Story von dem Paar, das die ganze Reiseroute aufgrund eines eCastings ändert, und als es dort ankommt, ist der Film anderweitig schon längst besetzt. Ich bin enttäuscht, es fühlt sich an wie ein Schlag in die Magengrube. Die Würde des Menschen ist unantastbar, gilt nicht im Filmbusiness. Man weiß auch nicht, ob man unter den ersten fünf oder unter weiteren fünfzig angefragten Schauspielerinnen war. Man weiß gar nichts, außer no way to Heidelberg. Ich versuche meine Enttäuschung wegzudrücken. »Dann fahren wir nun doch nach Asturien!«, sage ich zu Franz, der sehr verständnisvoll ist.

Wir kommen in León an, Parkgarage mitten im Ort und wieder zu Fuß auf der Suche nach einer Bleibe. Das Hotel Paris, mitten in der Fußgängerzone. Die Stadt bebt geradezu von Menschen, die Gassen sind belebt, die Restaurants voll. Morgen ist Feiertag und die Spanier feiern gern. Franz möchte ein Taschenmesser, damit er sich nicht immer mein kleines Schweizer Messer ausleihen muss. Er kauft ein günstiges für dreizehn Euro und macht Small Talk mit dem Verkäufer. Witzchen, die ich alle übersetze. Nach dem Kauf sagt Franz als

53. Eintrag Hat nicht so ganz geklappt mit der stillen Nacht. Die Ex ist aufs Sofa ausgewichen (wir haben hier ein großes Zimmer!) und hat von dort aus meinen Schlaf zersägt.
Heute in der Altstadt von Salamanca, diesem Wunderwerk aus Sandstein, die ganze Stadt ein Museum. Bin froh, dass meine Knie mich mit Ibu schmerzfrei tragen: Alle schönen Städte muss man sich ergehen, sonst sieht man nichts.
Da ich wieder Sodbrennen hab, hab ich nur Obst gegessen, die Ex hat das Frühstücksbuffet geplündert und kurz danach zwei Käse-Schinken-Sandwich bekommen. Von der Seite also Friede.
Was mich freut: Wir schädigen grade meine Erben, denn Salamanca ist teuer und ich hab mir für siebenhundert Euro einen Boss-Daunenmantel gekauft, zwei warme Unterhosen und ihr drei Kaschmirpullover. Und wir gehen jeden Tag so gut essen, dass wir danach wie gemästete Schweine rumliegen ...
Aber der Transfer, aus dem rumliegenden Geld, das die Inflation frisst, ein bisschen Leben zu machen, das klappt mit der Ex ganz gut!
Alles zusammen: Sie schnarcht mich tot, sie redet mich tot, sie ist null an mir und meinen Problemen interessiert, aber sie hat einen immer noch schönen Mund und es geht mir gut ...

Pointe »und sonst kann ich sie abstechen« und macht eine humorvolle Geste in meine Richtung. Mir bleiben die Wörter im Hals stecken. »Das übersetze ich nicht«, sage ich, adiós, und gehe mit ihm aus dem Laden. »Da ist man einmal gut aufgelegt und macht einen Witz.« »Häusliche Gewalt ist kein Witz. Täglich sterben Frauen, ermordet von ihrem Lebenspartner. Mehr als die Hälfte der Frauen in Spanien sind Opfer häuslicher Gewalt. Ich weigere mich ja selten, etwas zu übersetzen, aber eine Morddrohung an mich selbst geht mir nicht über die Lippen.« Er ist betreten. Im Hotelzimmer sagt er: »Ich werde immer daran denken, dass du dich geweigert hast zu übersetzen, als ich es gekauft habe.« Er wiegt das Messer in der Hand.

Wir gehen essen. Ein begehrter Asia-Laden mit lauter Musik. Die Stimmung rutscht noch weiter ab. Während die Spanier vor unserem Hotelfenster das Leben genießen, meint F. X., dass wir nun schnell heimfahren sollten, nix Asturien, gleich ins Baskenland, ihm fällt nichts mehr zum Schreiben ein, die Reise käme zu teuer und außerdem ist er deprimiert. »Heute bin ich dran mit traurig sein«, sage ich und gehe ins Bad, um einmal die Enttäuschung in Form einer Träne über die Wange kullern zu lassen. Morgen ist auch kein Tag.

Ich muss wieder zu meiner inneren Dankbarkeit und Heiterkeit zurückfinden. Ich lebe sein Leben als Trittbrettfahrerin mit. Ein Déjà-vu.

7. Dezember »Warum soll ich Hunderte von Kilometern fahren, um eine nette Frau kennenzulernen? Das sind deine Freunde, diese Reisen kannst du ohne mich machen.« Ein Taschentuch steckt in seinem Nasenloch, er hat Nasenbluten. Alles sei ihm zu anstrengend. Ich gehe allein zum Frühstücken. Ich finde es immer toll, wenn man Freunde in fremden Ländern hat. Und ich hab überall Freunde, auf der ganzen Welt verstreut. Die nette Frau in Asturien war früher Kuratorin der Documenta. Aber nix Asturien, wir fahren nach Bilbao. Ich suche eine Airbnb-Wohnung und finde eine. Allerdings ist mir die Vorgehensweise noch nicht bekannt und so kämpfe ich mit dem Hochladen des Ausweises und schaue mittlerweile verbittert in die Kamera. Foto. Mein Künstlername wurde mir fast zum Verhängnis, denn im Pass heiße ich nun mal Kroetz und angemeldet war ich unter Relin.

Wir fahren dreieinhalb Stunden und schweigen. Er genießt die leere Autovía. Ich würde lieber über die Dörfer fahren. Wir stoppen zum Tanken, nebenan eine Bar. Kaffeepause. Alte Männer sitzen und spielen Karten. Oldie-Treff. Eine junge Frau steuert den Zigarettenautomaten neben unserem Tisch an. Sie hat einen rosa, mit Mickey Mouse versehenen Schlafanzug an, rosa flauschige Pampuschen, ihr schwarzes Haar hat sie als schlampigen Pferdeschwanz im Nacken. Auf ihrem Arm hat sie ihre vielleicht drei Jahre alte Tochter. Ebenfalls im Schlafanzug mit Bademantel und Hausschuhen. Die junge Frau schmeißt immer wieder das Geld ein, das der Automat nicht annimmt. Sie reibt die Euromünzen schon fast verzweifelt am Automaten, an ihrer Kleidung und in ihrer Hand. Das kleine Mädchen steckt den Finger in den Mund und wartet schaukelnd auf dem Arm, bis die Mutter das Objekt ihrer Begierde erhält. »So ein Kostüm im Theater oder Film muss dir erst einmal einfallen«, sagt Franz zu mir.

Frau und Kind verlassen die Raststätte und gehen zu Fuß

54. Eintrag Es gibt nichts Neues, das Hirnmagma und dass da drin mein Writer's Block schwimmt, gefällt mir immer besser: Ich bin ein Vulkan, der verstopft ist. Und ich weiß nicht, wo der Pfropfen sitzt.
Heidi Heidelberg wird ohne die Ex gedreht, hat sie heute früh erfahren. Dafür, dass sie sich schon in Heidelberg gesehen hat, hat sies gut weggesteckt. Schauspieler:innen gibt es wie Sand am Meer und es gibt viele gute, die arbeitslos sind. Klempner sind selten.
León ist ein hübsches Städtchen, das man nicht gesehen haben muss. Meine Lust auf hübsche Städtchen, die man nicht gesehen haben muss, schwindet, ich möchte ins Guggenheim-Museum in Bilbao.

über die Tankstelle in Richtung nirgendwo. Ich schaue ihnen nach und denke, dass das kleine Mädchen nun auch im verqualmten Wohnzimmer hocken darf. »Es ist einem nicht bewusst, wie viele Menschen in Armut wohnen. Wo du reingeboren wirst, wartet dein Schicksal«, sinniert F. X. Ich nicke, »mir schon.« Abfällig winkt er mit beiden Händen ab, nach dem Motto »die dumme Gans weiß immer alles besser«. Tatsache ist aber, dass ich sozial engagiert bin, während er eher seine Sozialphobie lebt.

Wir kommen in Bilbao an. Beladen mit Gepäck ziehen wir durch die Altstadt zu unserer Wohnung. Ich bin im Konflikt mit der Google-Maps-Lady und meinem Orientierungssinn. Das macht mich wahnsinnig, fremdgesteuert zu sein. Wir haben Glück, die Wohnung ist gemütlich und hat – Hurra – zwei Schlafzimmer. Ich überlasse dem König das schönere.

Wir gehen zum Supermarkt. Frische Kartoffeln, Spinat und Spiegelei sind unser Abendessen. Simpel. Schmeckt aber köstlich nach einer Woche Restaurantfood. Recht viel mehr haben wir nicht von der Stadt gesehen. Videocall mit unserem Sohn. Ich erzähle die Taschenmesserkaufstory. »Ich hab's ja dann eingesehen«, sagt der Vater zum Sohn, »aber in meinem Kopf war die Geschichte, als ihr beim Wandern wart und im Achtbettzimmer auf der Hütte übernachtet habt. Da sagte doch der unter der Mama, ›ich bringe sie um, wenn die weiter so schnarcht‹.« Ach so, eine Story, die er gar nicht selbst erlebt hat, ging ihm durch den Kopf! Ja, wenn das so ist.

Ich bin jedenfalls froh, heute ein eigenes Schlafzimmer zu haben.

8. Dezember Wie herrlich es doch ist, ein Zimmer für sich zu haben! Fenster auf, sich im Bett drehen und wenden und schnarchen zu können nach Herzenslust. Wie eine Königin. Erholung pur. Franz geht es genauso und er möchte sofort die Wohnung für drei statt zwei Nächte. Er setzt sich im Laufe des Tages auch durch und ich buche um – diesmal problemlos. Der Drei-Tages-Rhythmus scheint ihm besser zu bekommen: Ankommen, Einleben, Abreisen.

Bilbao ist wunderschön. Zwischen verwinkelten Gassen in der Altstadt und Wolkenkratzern, die historischen Gebäuden die Hand geben – ein lebendiges Stadtbild. Wir erreichen das Guggenheim-Museum. Puppy, Jeff Koons' überdimensionales Hündchen mit Blümchen, begrüßt uns. Der Dichter davor, in seiner neuen grünen Daunenjacke, wirkt verschwindend klein. Faszinierende Nebelinstallationen rund um den mächtigen Bau. Ich erkenne die Handschrift von Fujiko Nakaya, da ich ihre Ausstellung in München sah, und erzähle mit Begeisterung davon. Das Kunstbauwerk von Frank Gehry ist überwältigend. Ob er den Dokumentarfilm von Sydney Pollack, ›Sketches of Frank Gehry‹ kennt? Nein? Unbedingt anschauen. Ach, und endlich erreiche ich die Spinne von Louise Bourgeois. Es war immer mein Traum, einmal darunterzustehen. Ich sprudle vor Begeisterung über ihr Werk.

Wir kommen an zwei Straßenkünstlern vorbei. Zwei Säcke, die »Lama-Köpfchen« mit einem hölzernen Maul haben. Immer wenn jemand vorbeikommt, stimmen sie die Kastagnetten-Mäuler an und klappern gekonnt. Franz beobachtet sie und will einen Euro spenden. Die Lamas mit Sonnenbrille beginnen mit ihm zu reden. Ich bleibe im Hintergrund und übersetze nichts. Lustigerweise funktioniert hier die Kommunikation. Franz spricht mit den Puppen und versucht, sich verständlich zu machen, die Puppenspieler grunzen ein paar deutsche Wörter. Beim Theater ist seine Hemmschwelle ge-

55. Eintrag Der Chauffeur vom Verein der toten Dichter ist heute dreihundertfünfzig Kilometer gefahren, und wir sind dort, wo ich hinwollte: in Bilbao.
Und ich freue mich auf die heutige Nacht! Wir haben nämlich über Airbnb eine hübsche Wohnung in der Altstadt gemietet mit zwei Schlafzimmern, getrennt durch ein Bad, also das schnarchende Monstrum hat heute keine Chance, mich in den Wahnsinn zu treiben ...
Seit sie die Absage bekommen hat, dass sie die Mutter in Heidi Heidelberg nicht spielen wird, ist die Stimmung im Eimer, sie redet dumpf und verbissen von ihrer Loser Line und dass sie doch so gehofft hat, dass dieses nicht erfolgreiche Jahr mit acht Drehtagen zu Ende geht und einen Teil ihrer finanziellen Sorgen nimmt. Und, so spüre ich, sie hat sich „eigentlich" schon als besetzt gesehen, auch wenn es dafür keinen Grund gab. Sie war zu einem E-Casting geladen, an dem vermutlich noch hundert andere teilgenommen haben, und hat nie wieder was gehört von der Produktion. Aber die Hoffnung ist eben auch eine Drecksau, die dir was einredet und nicht sterben will, obwohl das manchmal besser wär.
Was ich aufgrund der depressiv-aggressiven Ausdünstung der Ex nach der Absage befürchtet hab, ist eingetroffen in León: Sie hat mich niedergeschnarcht ohne Gnade. Ich hatte mir die Ohrstöpsel tief in die Gehörgänge gerammt, aber es hat nichts genutzt, ich hab kein Auge zugetan. In der Früh war ich gerädert und hatte Nasenbluten ...

ring. Interessant. Der magische Raum funktioniert auch auf der Straße.

Ich zücke meinen Presseausweis und bekomme freien Eintritt, also bitte nur eine Seniorenkarte. Wir fahren in den obersten Stock. Das Bauwerk lässt keine Kunst zu, es ist selbst Kunst. Das erste Kunstwerk, welches ich sehe, kommt mir auch bekannt vor. Ja klar, El Anatsui, ein ghanaischer Künstler, der aus Müll riesige Wandteppiche macht. Hab eine großartige Ausstellung von ihm gesehen. Heute komme ich mir aber gebildet vor! Das war's dann auch schon. Der Rest der ausgestellten Kunstwerke geht mir am A… vorbei und ausnahmsweise sind Franz und ich uns einig. Die Räume, in denen wir uns bewegen, sind zu dominant. Die Kunstwerke oft zu eintönig. Bei manchen wäre so eine Portion Kartoffelbrei oder Tomatensuppe der »letzten Generation« durchaus eine Bereicherung. Nach drei Stunden sind wir durch. Meine Highlights waren außen vor dem Museum, nicht innen.

Wir schlendern durch die Stadt. Ich kaufe ein, koche und räume auf. Feierabend. Ich beschäftige mich stundenlang mit Unterkünften der kommenden Tage. Wie der Fuchs, der auf den Unterschlupf des Kaninchens starrt, um seine Beute zu erwischen, starre ich aufs Handy. Meine Augen sind mittlerweile rechteckig geworden. Hasta la iPhone-vista, Baby. Unter unserem Fenster wird es laut. Eine Batucada! Brasilianisches Samba-Trommeln mit afrikanischem Ursprung. Ich betrete den Balkon. Der Rhythmus schießt mir sofort in die Beine. Von ganz allein setzen sie sich in Bewegung und tragen mich. Noch steif wie ein Stock lockere ich durch Salsabewegungen ganz langsam das Becken. Die Gasse füllt sich mit jungen Menschen. Unsere Straße wird zur Partymeile. Auch hier kann ich vor Franz mit meinem Wissen punkten, während ich mich ganz selbstverständlich im Salsa wiege. Ich scheine doch nicht so blöd zu sein, ich G'scheithaferl. Es ist eine mitreißende Stimmung.

Als ich so halb tot mit dem Klopapier in den Nasenlöchern dastand und in ihr verbissen leidendes Gesicht schaute, machte ich einen blöden Witz und sagte: Jetzt brauch ich auch eine Depression, dann sind wir auf Augenhöhe. Hätt ich nicht sagen sollen, in einem Anfall von Hass und Hysterie schreit sie: Die Einzige, die ein Recht auf Depression hat, bin ich! Mir gehts schlecht und ich weiß nicht, wovon ich nächstes Jahr leben soll, und rennt ins Klo und schmeißt die Tür zu.
Als sie aus dem Bad kommt, hat sie verweinte Augen und sieht echt beschissen aus. Also tut sie mir leid und ich lächle sie wie ein Blödi an und weiß nicht, was ich sagen soll. Es nützt auch nichts. Wenn man dem Schnarchenden sagt, du hast geschnarcht, nimmt er das als Angriff und wehrt sich: Ich schnarche sonst nie, nur bei dir, weil du Stress machst. Das merkst du gar nicht, aber du machst ihn! Und wenn man Stress macht, dann beiß ich die Zähne so aufeinander, dass sie noch schiefer werden, denk mal darüber nach, wie du mich störst.
Und dann schaut sie zum Fenster raus und ich denke, hoffentlich springt sie nicht runter oder haut einfach ab und lässt mich allein in diesem Kaff zurück. Ich wäre total aufgeschmissen ohne sie, ich darf zwar fahren, aber nur sie weiß wohin ...

Herrlich. Zum Schluss schmeißen wir fünf Euro für die Performance den Musikern zu und erhalten einen eigenen Trommelwirbel an unseren Balkon gerichtet. Muchas gracias, chicos!

Während ich die Horizontale aufsuche, tobt das Leben in der Straße.

Als ich aufwache, bei Morgengrauen, muss ich einen Blick vom Balkon werfen. Da muss doch Müll liegen ohne Ende? Ich täusche mich. Die Fiesta wurde weggefegt. Die Straße ist friedlich und unberührt. Und es regnet in Bilbao.

9./10. Dezember »Wenn wir jetzt über die Grenze fahren, kannst du einfach so die Sprache wechseln – zack – und in Französisch kommunizieren«, sagt Franz bewundernd am Steuer zu mir und ergänzt, »schon verwunderlich, dass aus dir nichts geworden ist, hätte ich jetzt beinahe gesagt.« Seine Worte klingen liebevoll, hinterfragend und nicht hämisch. Ich nicke. Ich hatte die Nacht nicht gut geschlafen. Bilbao war gut zu uns. Wir haben viel gesehen und die lebendige Stadt inhaliert. In meinem Kopf turnen Gedanken, Altlasten der Nacht. Ich werde es ihm nie sagen können, aber vielleicht schreiben? Mein »Peiniger« hatte in den vergangenen Tagen Geburtstag. Das Wort Peiniger drängte sich zum ersten Mal an seinem Todestag auf. Ich war in Amsterdam mit meinem damaligen Lover auf Kurzurlaub, als mich die Nachricht erreichte. Ich konnte gar nicht weinen, war betroffen, aber keine Träne. Nach dem Essen gingen wir in eine Diskothek, trotz Trauer, und ich fing an zu tanzen, wie wild. Ich drehte in alle Richtungen meinen Kopf, schmiss ihn in den Nacken, streckte die Hände in die Luft und dachte »mein Peiniger ist tot«. Es war wie eine Erleichterung.

Ich konnte mein Leben lang nicht darüber sprechen und zog es vor zu schweigen. In den fünfunddreißig Jahren, die Franz und ich uns kennen, brachte ich es nicht über meine Lippen. »On ne naît pas femme: on le devient.«

Ich wurde als Vierzehnjährige von meinem Onkel sexuell missbraucht, verführt, entjungfert – ohne Gewalt, aber gegen meinen Willen. Wie es dazu kam, ist eine längere Geschichte. Sie begann schon, als ich ein kleines Mädchen war und meine Mutter ihn selbstverständlich ins Bad schickte, wenn ich in der Badewanne saß. Da setzte er sich an den Badewannenrand, erzählte Geschichten und ließ ab und an die Hand ins Wasser gleiten. Ich war ja von Kindesbeinen daran gewöhnt, Akt vor meinem Vater zu stehen. Meine Mutter in ihrer dämlichen

56. Eintrag Bilbao. Die Ex bringt das Kunststück fertig, in jeder Altstadt eine hübsche Wohnung zu finden! Da sitzt sie stundenlang vor dem Handy und sucht, aber es lohnt sich. Und sie findet alles, sie hat eine totale Orientierung und das ohne Google. Ich wackle wie ein alter Depp hinterher, aber sie ist heute freundlich, schaut sich nach mir um und wartet, wenn ich nicht nachkomme. Wenn ich sie verlöre, wüsste ich weder wo die Wohnung ist noch in welcher Garage das Auto steht und - vermutlich - in welcher Stadt ich eigentlich bin.
Die Stadt, die ich mehrmals „links" liegen ließ auf meinen Fahrten durch Spanien, ist toll: eine so lebendige Mischung aus alt und neu, die einem den Atem raubt.
Apropos Atem: Ich habe heute Nacht ohne Schnarchen der Ex wunderbar geschlafen, einmal (nur!) zum Pinkeln auf und sofort weitergeschlafen, es war herrlich!
Und wir waren im Guggenheim-Museum. Der Bau, die Umgebung, das Drumherum von der Spinne bis zum Wauwau: umwerfend, grandios - wenn es in München nur einen solchen Weltplatz gäbe, wäre München eine Weltstadt. Architektur, wenn sie gut ist, „kann Welt".
Wir sind zweimal um das irre Gebäude rumgegangen und dann rein, auch drin faszinierend, dass es einen erschlägt. Im Gegensatz dazu die Objekte, Bilder, ein grauer, öder Haufen überflüssiger Scheiß, keine Fantasie, keine Haltung, keine Kraft: Museumskunst, nur öde, blöde Museumskunst, und Museumskunst ist tote Kunst - mir hat nur

Männerverehrung hatte die pädophilen Neigungen sozusagen gefördert. »Ich werde den Papst um eine Sondergenehmigung bitten, dass Onkel und Nichte heiraten dürfen«, sagte er oft im theatralischen Ton und meine Mutter fand das einfach »süß«.

Ich liebte meinen Onkel, verstand aber nicht in meinem kindlichen Hirn, warum er von Heirat sprach. Im Alter von dreizehn oder vierzehn übernachtete ich bei ihm in seiner Wohnung. Ein durchaus normaler Vorgang, das machte ich öfter. Ich war gern in seiner künstlerischen Atmosphäre. Ich durfte in seinem Arbeitszimmer schlafen, dort stand ein Sofa-Bett. Das ganze Zimmer war übersät von Papieren, Büchern, Stiften. Auch der Boden war bedeckt. Nur er konnte sich in diesem Chaos auskennen. Wir sagten uns »Gute Nacht« und ich kuschelte mich in meine Decke.

Irgendwann öffnete sich die Tür und ein Lichtstrahl fiel durch den Spalt. Mein Onkel stand im Bademantel da und setzte sich an meinen Bettrand. Er fing an, mich zu streicheln, seine Hand rutschte langsam in Richtung meiner Schenkel. Anfangs tat ich so, als ob ich schliefe. Dann bekam ich es mit der Angst zu tun. Ich streckte mich und tat so, als ob ich aufwachen würde. Er machte aber weiter. »Wenn zwei Menschen sich lieben, dann ist es nicht weiter schlimm, dass sie sich berühren. Und wir lieben uns doch.« Ich nickte wider Willen. Seine Hand glitt zwischen meine Schenkel. Ich war wie paralysiert, wusste ich doch, dass ich allein in der Wohnung mit ihm war. Seine Zärtlichkeiten waren ekelhaft. Er entdeckte den Faden zwischen den Beinen und entfernte den Tampon. Ich begann am ganzen Körper zu zittern. Meine Angst verstand er als meine Erregung. Der schwere alte Mann legte sich auf meinen blutjungen Körper. Ich wusste nicht, wie mir geschah. Er führte sein – kleines – Glied ein. Ich wehrte mich nicht, ich war wie tot. Schockstarre. Der Akt war kurz. Der Orgasmus

ein Krikikraki von Willem de Kooning gefallen, aber der ist so beschissen, dass er schon lang zu meinen Lieblingen gehört, und das Blau ist auch bei Ives Klein meine Lieblingsfarbe; und ein ganzer Saal mit kopfstehenden Baselitzen ist auch eher ein Museumswitz als Kunst.
(Ach lass das, das ist blöd.)
Aber mir hat Museumskunst noch nie gefallen, Museumskunst ist Kommerzkunst, bestellt und abgeliefert für viel Geld und ohne Not.
Beim Heimgehen kaufe ich mir wieder eine Unterhose und Socken, der Winter ist uns auf den Fersen. Und der Ex möchte ich gern was kaufen, sie redet von einer neuen Handtasche, gern!
Gern auch teuer, was bei mir Geizhals viel heißt - aber sie sucht und sucht und sucht und findet nichts.

außerhalb meines Körpers. Es ging ihm ums »Erlegen«, viele Bambis in seinem Bett. Je jünger, desto besser.

Er streichelte mich und verschwand. Ich ekelte mich vor den Körpersäften. Die Mischung aus Sperma, Schweiß und Fenjala, seine unverkennbare Duftnote, war widerlich. Ich schlich ins Bad und versuchte mich zu waschen. Die Scham abzuwaschen. Ich blutete und mir fiel ein, keinen weiteren Tampon dabeizuhaben. Ich ging wieder zu meinem Bett und suchte den benutzten Tampon auf dem Boden. Er war durch das Blut aufgeschwemmt und mittlerweile vertrocknet und hart. Ich versuchte, mir das Teil wieder in meine Vagina zu schieben, es tat weh, ich war wund und die Innenseiten meiner Oberschenkel zitterten unaufhörlich. Ich wusste, dass ich die Geschehnisse dieser Nacht niemandem anvertrauen konnte. Meine Mutter hätte mir nie geglaubt. Sie hätte sich vehement gewehrt, wenn jemand mit spitzen Fingern ein Schmutztuch über der Familie ausbreiten würde. Sie hätte auf Beweisen bestanden oder gar in mir eine Lolita vermutet. Ich schämte mich. Das Opfer wurde zum Täter und schwieg.

Franz konnte ich es nicht erzählen, er hasste meine Familie mehr, als er sie liebte. Und er hätte wahrscheinlich meinen Onkel gelyncht, wenn er's gewusst hätte. Meine Kinder haben es auch nie erfahren. Nur meine mittlere Tochter hegte eine große Abneigung gegen meinen Onkel – sie hat eine klare Intuition, eine Menschenkenntnis. Ich konnte es viele Jahre nicht aussprechen. Erst mit seinem Tod lockerte sich meine Zunge. Die wenigen Menschen, denen ich es erzählte, waren zuerst entsetzt und vergaßen es gleich wieder. Außer einer, der es ähnlich ergangen war, sie hat seit ihrem Trauma kein Haar mehr am Körper.

In einer unruhigen Nacht in Bilbao ging mir all das durch den Kopf. Ja, ich war bei der Psychologin, wir haben das alles durchgekaut. Aber meine Vergangenheitstatsachen hinterlas-

57. Eintrag Die Stadt ist faszinierend und lässt uns nicht los, drum bleiben wir noch eine Nacht. Wir rennen viel rum, es geht nicht anders, man muss zu Fuß sein und mit den Füßen sehen, sonst kriegt man die Stadt nicht mit.
Ich hab ja gedacht, das Reiseabenteuer bringt mich aus der Depression zurück in mein Stück. Aber ‚Der Herrgottschnitzer und der liebe Gott' sind inzwischen Lichtjahre von mir entfernt, da führt kein Weg zurück. Ein paar Wochen Leben und der tönerne Koloss „das neue Stück" zerfällt wie eine abgeschossene Tontaube. Das wird nichts mehr, das kommt auch nicht mehr zurück.
Das, was ich JETZT hier hinkritzle, ist anders, ist „unbetreutes" Schreiben, ich versuch einfach, wie man würfelt, ein paar Sätze auf den Tisch zu werfen, und wenns zu viele Nieten sind, kann ichs unendlich wiederholen und ICH BIN FREI. Vielleicht bin ich auch nur frei, weil mich die Ex aus der Depression gerissen hat, denn auch wenn sie schnarcht, konfrontiert sie mich mit Leben und nicht mit Museumskunst.
Vor ein paar Tagen saßen wir in einer armseligen stinkenden Kneipe, neben einer Tankstelle, wo wir dem Mercedes seine 98 Oktan geben konnten (an den meisten Tankstellen hier gibts nur 95 und 95 plus).
Wir saßen da mit einem Dutzend vom Leben, von der Not, von Suff, Drogen und Hoffnungslosigkeit zerstörten Figuren, und als eine vielleicht Sechzehnjährige im Anorak überm pink-gelben Pyjama reinkam, ein Baby im Arm, und Zigaretten wollte, wirkte das wie aus einem frühen Pasolini-Film.

sen Zweifel und ich sehe plötzlich ganz klar, wo ein Fehler meines Lebens lag: nicht den Mund aufzumachen. Ich habe immer Frauen aufgefordert, sich gegen häusliche Gewalt und sexuellen Missbrauch zu wehren und es auch auszusprechen. Ich hab beides selbst erlebt und habe geschwiegen. Im Grunde habe ich mich selbst verleugnet – um des Friedens willen – der dämlich harmoniesüchtige Krebs, der in mir tobte, und die übermächtige berühmte Familie im Nacken, die mir die Luft zum Atmen nahm.

Fucking hell, alter Bilbao-Mond, eine verzwickte Sache.

Bilbao – Biarritz ein wahrer Kulturschock. Von den feierwütigen Spaniern zu den eher reservierten Franzosen. Biarritz ist definitiv nicht meine Stadt und das, obwohl ich frankophil bin. Wir gehen essen, finden ein teures Hotel. Und ich mache ein Foto von schwer bewaffneten Soldaten, die durch die Stadt ziehen. Im Gänsemarsch am Strand vorbei. Die Reise neigt sich dem Ende zu.

Sentimental, wie ich mein Leben lang war, sage ich zur Ex: Man vergisst immer wieder, was für ein mental und finanziell beschissenes Leben die meisten Menschen von Geburt an auf dieser Welt führen. Die Ex schaut mich strafend an und sagt: Ich nicht, ich denke immer daran. Da nicke ich nur und schaue der Pyjamalady zu, wie sie sich mit dem Baby auf dem Arm eine Zigarette anzündet und vor die Tür geht. Sie sieht genauso aus, dass sie für die meisten meiner frühen Stücke die ideale Besetzung gewesen wäre: hellwach und tot, jung und uralt, zu allem bereit und zu nichts fähig, ein kleiner Haufen Mensch, der Leben heißt und nichts bedeutet.
Während das Pyjamamädchen dem Baby den Zigarettenrauch ins Gesicht bläst und in den Pyjamataschen nach dem klingelnden Handy sucht, erklärt mir die Ex, warum sie immer an die denkt, denen es scheiße geht. Ich kanns nicht wiedergeben, denn ich hab nicht zugehört, ich schaute dem Pyjamamädchen zu, bis es wegging, zwischen parkenden, glänzenden, schwarzen SUVs durch und verschwand.

10./11. Dezember Der Himmel ist blau hinter dem Baugerüst im neunten Stock. Unser überteuertes Hotelzimmer. Ich habe trotz meiner heftigen Offenbarungen entspannt geschlafen. Am äußersten Bettrand. Und ich war »brav«, no snoring.

Biarritz bei Sonnenschein. Im Meer schwimmen ein paar Mutige. Das Wasser hat vierzehn Grad, die Luft nur drei. Es wäre sicher ein unvergessliches Erlebnis, ins Meer zu springen. Vermutlich wäre ich danach krank. Aber es stellt sich nicht die Frage, mir fehlt ohnehin der Mut dazu.

Unsere Gespräche holpern. So als ob ein Rad am Wagen plötzlich eiern würde. Egal was der eine oder der andere sagt, irgendwann stockt es im Missverständnis. Mit jedem Euro mehr, den er für mich ausgibt, schwindet die Augenhöhe, die ja Grundlage unseres Schreibens ist. Die Beispiele sind dämlich. Er lobt mich, dass ich anno dazumal auf dem Markt in Barcelona die einzige Touristin war, die fast einheimisch einkaufen konnte. Ich antworte, dass es daran lag, dass ich bezeichnen konnte, was ich wollte. »Da macht man dir ein Kompliment und du musst immer recht haben.« »Heute können viele Menschen beispielsweise keine ›Rinderlende‹ mehr bezeichnen, da alles in Plastik verpackt ist. So war das gemeint.« Wir gehen schweigend weiter.

Bei der Ausfahrt im Parkhaus gibt es zwei Automaten. Der erste nimmt das Parkticket nicht an. Es bildet sich eine Schlange hinter uns. Ich steige aus, gehe ums Auto. Auch bei mir funktioniert Automat Nummer eins nicht, dafür Nummer zwei. Ich winke entschuldigend den Autofahrern hinter uns und steige wieder ein. »Fahr zu, solange die Schranke noch oben ist«, sage ich zu ihm. »Du lässt dich aber auch stressen. Mein Gott, bist du eine dumme Gans.« Der Kroetz ist immer großzügig mit Betitelungen dieser Art. Das zweite Rad an unserem Kommunikationswagen eiert nun auch. Es liegen nur drei Autostunden dazwischen, bis alle vier eiern und wir uns

58. Eintrag Weiter nach Biarritz, keine Ahnung, warum ich da an Brigitte Bardot denke. Das sündteure Kaff mag ja mal ein romantisches Fischerdorf gewesen sein, heute hat es den Charme einer zu süßen und zu teuren parfümierten Bonbonniere. Scheißhotelzimmer mit Baugerüst vor dem Fenster für hundertneunzig Euro, Mittagessen neunzig (gut) und abends siebzig für einen undefinierbaren Salat mit Croutons, mit denen ich mir fast das Provisorium ausgebissen hätte. Könnte weiterschimpfen, auch wenn ich zugebe, wenn Geld keine Rolle spielt (hab noch nie so viele reiche Ruinen auf zwei Beinen gesehen), ist Biarritz sicher okay ... Kann jetzt nicht weitermotzen, denn ich will mir das Fußballspiel Holland gegen Argentinien anschauen.

anschreien. Sogar meine Frage, ob er etwas Wasser trinken möchte, ist altersdiskriminierend, er weiß selber, wann er Durst hat. Er ist angepisst von mir. Nach weiteren dumm-dämlichen Reibereien gibt's dann den kurzen Knall. »Wenn du so weitermachst, dann schmeiße ich alle Texte, das Manuskript weg und das wird dir vermutlich mehr schaden als mir«, sagt er und Mister Macht kommt wie der Geist bei Aladdin, nur diesmal aus der Wasserflasche. Und wenn schon, auch das würde super zu meinem Losertum passen. Mir ist alles egal. Mit meiner Reise konnte ich mich nicht durchsetzen – andere Länder, andere Sitten –, ich hätte wirklich gern ein paar Menschen, Freunde und ihre Umgebung wiedergesehen. Geschadet hätte es ihm nicht.

Ich streike. »Wo soll ich denn jetzt hinfahren?«, fragt er ungehalten. »Die Navi-Lady sagt es dir«, antworte ich. »Bis jetzt hast du es mir immer gesagt!« Die Navi-Lady weiß nicht, dass gefühlte fünfhundert Nikoläuse auf Motorrädern eine Demo durch Bordeaux machen. Endlich finden wir die Parkgarage, die nur zehn Plätze zur Verfügung hat. F. X. wird nervös und will hier wieder raus. Wir bekommen aber einen Stellplatz und gehen Richtung gemieteter Wohnung. Das Studio ist nett und französisch. Wir gehen kurz in die Stadt, trinken einen Kaffee. Mit Trinkgeld zehn Euro. Madre mia, welcome home. Wir gehen einkaufen und ich beginne umgehend zu kochen. Paprikahähnchen, Reis und Salat. Von der Stadt sehen wir weiter nichts. Mir schlägt die Situation auf den Magen. Ich bekomme Dünnschiss und werde Dauergast auf dem Klo. Gut, dass wir zu Hause bleiben.

Ich penne auf dem Schlafsofa im Wohnzimmer, er im Bett im Schlafzimmer. »Geht's dir besser?«, fragt er in der Früh. »Ja, aber ich war ständig auf dem Häusl.«

59. Eintrag Wir haben uns nach Bordeaux durchgekämpft und fahren dem Winter entgegen, hier minus zwei Grad. Aber die Sonne scheint, und wir haben die ersten zwei Stunden Autobahn und Maut vermieden und sind nochmal in den Herbst eingetaucht: Hier haben viele Bäume immer noch das bunte, herbstliche Blattwerk.
Die Leistung des Tages: Kurz vorm Reinfahren in die Stadt haben wir zu streiten angefangen, dann sind wir auf ein paar Hundert Nikoläuse auf Motorrädern gestoßen, die für oder gegen irgendwas protestiert haben, und die Polizei hat uns ab- und umgeleitet und wieder zurückgeschickt und sogar die Lady aus dem Navi hat sich „aufgehängt" und wir haben trotzdem weitergestritten und die Ex hat geweint und ich hab versucht, keinen Nikolaus umzufahren, und dann sind wir doch - es geschehen noch Zeichen und Wunder - ohne jede Spur von Unfall zu dem Parkhaus gekommen,das sie ausfindig gemacht hat.
Die Wohnung ist wieder prima ausgesucht, und die Ex hat in Nullkommanix ein Paprikahuhn gemacht. Das sogar geschmeckt hat.
Warum wir gestritten haben? Keine Ahnung.
Ich hab keinen passenden Schlüssel mehr zu ihrem Schoß - ah, Schloss! Ich sag was ganz Simples, und sie weint, ich beleidige sie richtig, und sie lacht. Und die Männer, denen sie sich hingeworfen hat seit der Scheidung, haben auch keinen Schlüssel. Die sind alle wieder abgehauen.
Sie ist sechsundfünfzig und allein.
Scheiße: Das Superspiel England - Frankreich können wir heute nicht anschauen, weil wir nicht

wissen, wie der Fernseher funktioniert.
Aber streiten tun wir nicht mehr, ist wieder vorbei. Ich mach den (ungeschickten?) Versuch und sag: Es ist halt so, dass wir uns gegenseitig ankotzen, aber ohne den andern können wir auch nicht. Sie sagt nichts darauf; ich denke:
Ich habe zehn Jahre gebraucht, bis ich die Scheidung überwunden habe, sie hat zehn Tage gebraucht ...
Aber was solls? Die alte Lady bellt, wenn sie einen Hund sieht, miaut, wenn irgendwo ein Katze in der Sonne liegt, grimassiert, wenn sie ein Baby sieht, und wackelt mit dem üppigen Hintern, wenn irgendwo Musik zu hören ist. Und wenn sie mich sieht, denkt sie an ihre verlorenen Jahre, als sie jung und schön und begehrt und erfolgreich und und und war ...

12. Dezember Schnellen Schrittes eile ich über den Boulevard. Meine Absätze bohren sich in den Asphalt vor lauter Selbstbewusstsein. Den Kopf stolz aufgesetzt wie eine Französin. »Bonjour, Madame«, sagt die freundliche Bäckerin. »Bonjour, Madame, deux croissants, s'il vous plaît« sage ich im perfekten Französisch. Ein Flash geht durch meinen Körper. Ich liebe diese höfliche, leicht distanzierte Art der Franzosen. Stolz packe ich mein Frühstück ein, um zwölf Uhr mittags. Mein Vergnügen, eine rassige autonome Französin zu sein, beschränkt sich auf zwanzig Minuten. Die Sonne kitzelt, ich bin unternehmungslustig. Der Dichter ist aber noch nicht so lange wach. Um ein Uhr soll es Richtung Stadt gehen.

Ich esse vorsichtshalber zu Mittag, Croissant als Nachspeise. Das ist halt der Unterschied zwischen Früh- und Spätaufsteher. Deshalb ist die Wahl der Unterkunft auch entscheidend. Ich würde gerne zu dem Lichtermuseum »Les Bassins des Lumières« gehen, wo berühmte Kunstwerke auf gigantische Leinwände projiziert werden. Man begeht sozusagen die Bilder. Franz möchte lieber durch die Stadt schlendern. Insgesamt zwölf Kilometer. Und er würde gerne Austern essen. Auf dem Markt in Biarritz gab es ein Angebot – sechs Austern, ein Glas Wein, neun Euro, das wollte er nicht, weil eben um Mittag zu früh: »Das bekommt man nicht runter.« Dieses Angebot suchen wir nun in Bordeaux und finden es natürlich nicht.

Wir landen in einem netten Selbstbedienungsladen, Kaffee und Kuchen, alles schön in Wegwerfgeschirr verpackt zum selben Preis wie die Austern in Biarritz. Wir können uns hier wunderbar aufwärmen, wie andere junge Leute mit schmalem Geldbeutel. Nach unzähligen Weihnachtsmärkten kaufen wir zwei Flaschen Wein und gehen in unser Studio. Langsamen Schrittes, denn mir tun die Füße weh. Bordeaux ist eine schöne und eindrucksvolle Stadt.

60. Eintrag Das Hirnmagma und der Writer's Block - bin ich einfach zu schwach (alt?), um nochmal ein Stück zu schreiben, auch ein schlechtes? Hab ich doch zu mir gesagt - seit fünf Jahren: Schreib ein Stück, und wenn es noch so beschissen ist, aber schreib eins, wie früher auch, von deinen über sechzig Stücken sind doch auch nur zehn wirklich gut, aber man kann nicht nur gute Stücke schreiben, man MUSS auch schlechte schreiben, um sich zu erholen, um gute Kraft zu sammeln, das weißt du doch alles! Warum, ja warum geht das nicht mehr? Ich glaub, Sartre hat in einem seiner ellenlangen Gespräche mit Simone de Beauvoir gesagt: Um Theaterstücke zu schreiben, muss man jung sein, drum habe er nichts mehr fürs Theater geschrieben.
Andererseits war Aischylos fast achtzig Jahre alt, als er die Antigone schrieb?! -
Ja, schreiben, schreiben, schreiben, wir „Fachidioten"! Günter Herburger hat mal zu mir gesagt: Ich lebe kaum noch, ich schreibe nur noch! Was für ein - eigentlich - schrecklicher Satz! Und ich fand ihn damals heroisch.
Am 27. Mai 22 hab ich handschriftlich notiert: Wenn Verzweiflung und Agonie ARBEITEN ist, dann bin ich fleißig. Sehr fleißig.
Und am 24. Juni 22 heißt es: Ich versuche mich durch Schreiben am Leben zu halten = Depression und Selbsttötung abzuwehren ...
Aber es kann auch umgekehrt sein: die aussichtslosen Versuche, sich zu zwingen, machen den Rest an Lebensmut zunichte?
Und weil ich grade im manisch-depressiven

Zickzack bin: Es gibt auch Tage, wo ich mit dem Gefühl aufstehe: Heute schaff ich es, jetzt beginnt eine Altersblüte ... ja, Altersblüte nenn ich es! Ist vermutlich lächerlich, klar, schon klar, aber die Hoffnung, die Drecksau usw.
Mit der Ex heute Nachmittag Bordeaux erkundet, so weit die Knie tragen - lt. Schrittzähler auf dem Handy der Ex gehe ich jeden Tag zwischen sieben und zehn Kilometer - kann es gar nicht glauben, das wäre super weit für einen Krüppel ...

13. Dezember Huch, der Dichter ist um zehn Uhr wach und will weiterfahren. Okay, auch recht. Ich habe schon diverse Wohnungen in Orléans rausgesucht und erzähle ihm davon. Eine ist besonders süß, mit Blick auf Kathedrale. Shit, mittlerweile schon vergeben. Ich bedaure, nicht gleich gebucht zu haben. Vor lauter Gesuche kenne ich mich auf dem Stadtplan fast schon aus. Wie ich auf Orléans komme, will er wissen, das wäre ja DER totale Umweg. Ich zeige ihm mein Navi und meine »Strecke ohne Maut«. In der Tat zeigt sein Handy andere Wege auf als meins. »Wo möchtest du hinfahren und ich suche eine Bleibe?« Orléans, Tours, Limoges, Guéret, Montluçon, Bellac, La Souterraine, Vichy, Moulins. In all diesen Orten suche ich nach einem Quartier. Vom Schloss bis zur Bruchbude, alles dabei. Ich bin schon ganz blöd im Hirn. The winner is ein Hotel in Moulins, gehobene Klasse, welches ich nicht herausgesucht hatte. Bingo. Bis dorthin sind es sechs Stunden Autofahrt mit zwanzig Minuten Pause an einer schrecklichen Raststation mit Kaffee aus dem Automaten. Der Himmel ist grau, wir fahren durch öde Landschaften. Bonjour tristesse. Es gibt sicher irgendjemanden, der sagt: »Coucou ist die schönste Stadt. Die Umgebung ist wunderbar. Ich liebe es. Mein Zuhause.« Wenn man hier hineingeboren wird, dann ist's vielleicht wirklich die schönste Heimat. Ich jedenfalls möchte in den meisten Orten nicht mal als Plakat hängen.

F. X. fährt. Alles. Die gesamte Strecke. Bravo. Aber auch ein Beifahrerdasein will gelernt sein. Es gelingt mir, mich die meiste Zeit ruhig zu verhalten. Aber als er auf der Landstraße hundertzwanzig fährt, wo nur neunzig erlaubt sind, es zu dämmern beginnt und es draußen minus zwei Grad hat, kann ich nicht umhin, meine imaginäre Fußbremse durchzudrücken und mich ab und an am Griff festzuhalten.

In einer Kurve tauchen sie dann auf: Mama Wildschwein mit zehn Frischlingen. Winzlinge. Das Mutterschicksal be-

61. Eintrag Die Ex wechselt die Sprache wie andere Menschen die Schuhe. Jetzt spricht sie eben Französisch, wie vorher Spanisch und Englisch sowieso und wenn sie ein paar Tage in Rom wäre, würde auch das Italienisch wieder gehen. Im Hause Schell war klar, dass Schauspieler mehrere Sprachen können sollten - mir war nur klar, dass man Schiller, Goethe und Kleist aufsagen können sollte, auf Deutsch! Oben thront der Nonnen Kloster, voll von Trost, voll hoher Wonnen, wohnen dorten fromme Nonnen, loben Gott vor Morgenrot ... (die Hey-Verse); vor dem Denken kam die Sprechtechnik, und vor der Rolle kam der Papagei.
Sechs Stunden gefahren heute, und ich will alles fahren, die ganze Strecke, ich klebe am Volant und bin ein blöder Autonarr, aber es macht mir ein ungeheures Vergnügen, mit dem alten Daimler 190e 2,6 durch die Gegend zu kutschieren.
Die letzte Stunde wars dunkel und aus dem Wald (wir fahren nur mautfreie Strecken) trottete eine Wildsau mit zehn oder mehr süßen Frischlingen, die sich beim Überqueren der Straße ganz eng an die Mama hielten, und ich hab sie nicht überfahren, und dann kam ein Fuchs (glaub ich), den hab ich auch nicht überfahren, und dann kamen eine Katze und ein Hund, aber die waren schon überfahren und nicht von mir.
Etwas erschöpft kamen wir in Moulins an und suchten lange das Hotel, das die Ex bei Airbnb rausgesucht hatte und das es nicht gab. Glücklicherweise gabs ein „Hotel Paris“ und alles war paletti. Gestritten haben wir erst

rührt ihn, von da an fährt er langsamer, vorsorglich, falls noch mal Wildschweine auftauchen sollten. Muttersau müsste man sein.

Wir erreichen Moulins bei Dunkelheit. Das Hotelzimmer im alten, herrschaftlichen Haus ist gemütlich. Das Badezimmer entzückend in blau-weiß, altmodisch, aber passend zum Schloss. Wir suchen das einzige noch offene Lokal und bekommen durch Zureden noch eine Pizza. Der Chef, runder geht es kaum, bereitet sie selbst zu, der Koch ist schon daheim. Die anderen Gäste ernähren sich eher von Flüssigkeiten. Eine füllige einsame Lady an dem einen Tisch will unbedingt den jungen Mann mit Halbglatze an der Bar einladen. Der Mann »bekniet« im übertriebenen Sinn den Wirt, das Geld nicht anzunehmen, er möchte von Madame nicht eingeladen werden. Zu spät. Nun muss er sich mit der Lady unterhalten, sozusagen als Dankeschön.

Wir unterhalten uns trotz der diversen Spannungen verhältnismäßig gut. Ich erzähle Franz von meinem Paragraf-dreiundvierzig-Schein beim Gesundheitsamt und dass ich mit dem Wisch überall kochen dürfe. Infektionsschutzgesetz noch vor Corona. Kostenrechnung: vierzehn Euro und eine Stunde ein veraltetes Video gucken, zehn Minuten »Beratung« einer Gesundheitsbeamtin, ob wir auch das Video verstanden haben. Ich saß unter lauter meist männlichen Ausländern, Türken, Griechen, Afghanen, Ostasiaten … – und weiß nun, wie man ordnungsgemäß Hände wäscht oder dass man rohe Eier nicht in der Sonne stehen lassen sollte. Das war's. Mit der Bescheinigung bin ich befähigt zu kochen für jedermann. Nur ich kann kochen! Ich möchte echt nicht wissen, was da so alles auf unseren Tellern landet. Wir müssen gute Abwehrkräfte haben.

»Hast du deine Ohrstöpsel?«, frage ich Franz vor dem Schlafengehen. Oje, falsche Frage, ich werde schon wieder »übergriffig«, ich Böse. Lange Litanei seinerseits über meine

später wieder, als die Ex nach zwei Minuten zu schnarchen begonnen hat, halb sitzend im Bett, Kopf auf dem Bauch. In dieser Stellung schnarchen vermutlich auch Menschen, die sonst nicht schnarchen. Sie wacht nach ein paar Minuten wg. Sauerstoffmangel auf und sagt: Wenn ich heute Nacht schnarche, weckst du mich und ich geh mit dem Schlafsack ins Klo.
Ich sage: Du hast schon geschnarcht, aber dreh dich doch auf die Seite, so wie du daliegst, musst du ja schnarchen!
Hasserfüllt schaut sie mich an, springt aus dem Bett und sagt: Bin schon weg! Keine Chance, kein Zureden hilft, sie keift noch, bevor sie im Schlafsack verschwindet: Ich hab ja nicht mal einen Beweis, dass ich wirklich schnarche, ich hör mich ja nicht. Vielleicht bist du einfach ein alter Mann, der nicht mehr richtig schlafen kann, und machst mich verantwortlich. Kann doch sein! Ist aber nicht.

Schnarcharien. Ich brauche Schlaf und keinen Gute-Nacht-Stress. Also packe ich Kissen, Handtücher, Winterjacke und Schlafsack und installiere mich in dem schnuckeligen Badezimmer zwischen Dusche und Klo. Franz versucht mich noch von meinem Vorhaben abzubringen, auch des Nachts mit »du schnarchst doch gar nicht«, aber ich schlafe köstlich und befreit, niemanden zu stören – auch mich nicht. Ich bin bestimmt der einzige Gast, der hundertachtundzwanzig Euro ausgibt – pardon, Franz hat es ausgegeben und zur Hälfte genutzt –, also vierundsechzig Euro, um in einem Badezimmer zu nächtigen. Es gibt doch immer wieder Wege, einzigartig zu sein. Guten Morgen.

14. Dezember Einzigartigkeit ist natürlich nur gewährleistet, wenn sie nicht zum Dauerzustand wird. Ich befürchte nur, er ist auf den Geschmack gekommen, das Bett für sich zu beanspruchen. Ist ja einfach zu behaupten, dass ich schnarche. Wo ist der Beweis?

Wir verlassen Moulins Richtung Dijon und fahren heute eine Strecke, die mir wirklich gefällt. Eine romantische Straße zwischen schönen Alleen mächtiger Bäume, Hecken als Grundstücksbegrenzung, unendlichen Wiesen, einsamen Schlössern, weißen Kühen und Kälbern, die am Euter hängen, vereinzelten Kranichen und verschlafenen Dörfern. Sehr idyllisch.

Franz ist gut aufgelegt. Er hat sich überwunden und hat an einer unbemannten Tankstelle getankt, mit dem Kreditkarten-Prozedere, und in Frankreich gibt es quasi nur noch solche. Das ist manchmal wirklich eine Philosophie für sich. Und in Dijon hat er in eine schmale Parklücke rückwärts eingeparkt, gar nicht sein Ding, aber durch gut Zureden hat er es bravourös geschafft. Auch hier besteht die digitale Herausforderung eines Parkticketerwerbs. Der ist diesmal derart kompliziert, dass mich drei Französinnen fragen, wie der Automat funktioniert. »Machen Sie sich jetzt über mich lustig?«, frage ich etwas besorgt die Damen. »Pas du tout, Madame«, lachen die Ladys und gemeinsam eruieren wir den Zahlungsvorgang, der mit dem KFZ-Zeichen bestätigt werden muss.

Meine auserwählte Zweiunddreißig-Quadratmeter-Wohnung ist entzückend. Eine Wohlfühloase mit vielen ansprechenden Details. Da es draußen sehr kalt ist und wir auf dem Kurzspaziergang über Blitzeis stolpern, ich muss mich an Franz festhalten, beschränkt sich unser Ausflug nur auf den Bioladen nebenan. Was heißt »nur«? Was für ein Glück, kulinarische Highlights einkaufen zu können. Der wahre Luxus. Französischer Käse! C'est si bon. Mein Savoir-vivre geht definitiv über den Magen. Da hat Gott schon recht, wenn er in Frankreich

62. Eintrag In Dijon angekommen, ein gemütlicher „Ritt" wieder durch die absolute Provinz, auf den Straßen kaum ein Auto, alles friedlich, freundlich und bei Tageslicht. Und diesmal haben wir das ausgesuchte Apartment mühelos gefunden, weil es ist auch vorhanden. Und es ist zentral, richtig hübsch, mit großem Ehebett!
Da ich die Ex wieder lobe, hat sich die Stimmung gebessert und wir wollen noch mal probieren, im Bett, ohne Ehe. Stopf ich mir eben wieder die Ohrstöpsel rein und hoffe, dass ich in den Pausen, in denen sie nicht schnarcht, so fest einschlafe, dass mich die folgenden schnarchologischen Äußerungen nicht mehr stören können. Hat ja schon mal geklappt.
Allen gegenseitigen Schuldzuweisungen, Wutanfällen und Frustrationen zum Trotz sehe ich bei Google, dass wir nur noch ca. sieben Stunden von München weg sind - und das will ich nicht. Ich will noch nicht heim, ich scheiß noch auf daheim, ich mag noch nicht nach Pasing und ich mag noch kein Chiemgau, ich mag mich noch mit ihr streiten, mit ihr fahren und mit ihr gute Stunden erleben und Wein trinken und Fußball schauen (gestern noch Verlängerung Kroatien - Brasilien). Ich will mich noch über sie totärgern, bevor ich tot bin.
Szenen keiner Ehe ist schon klar, denn ich bin ein verwelktes Männchen - wäre ich, sagen wir, zwanzig Jahre jünger oder fünfzehn oder zehn, ich würde mich schon nochmal an das runde Weibchen ranmachen, ganz klar, sie ist noch recht appetitlich, bloß ich nicht mehr, und

lebt. Apropos, auch der Dichter ist begeistert vom Dinner, welches ich zubereite. Ende gut, alles gut, möchte man meinen. Fast. Während ich wieder ein improvisiertes Bett auf dem Boden im Wohnzimmer bastle und die Tür zum Schlafzimmer schließe, höre ich ihn sagen: »Dass die Leute, die schnarchen, auch immer beleidigt sein müssen!« No na net. Mich gibt es nun sogar im Plural, darum: Wir sind sauer.

Szenen keiner Ehe in einem Ehebett
sind vermutlich sowieso problematisch auf
die Dauer.
Früher haben wir auch gestritten, die letzten
Jahre nur gestritten, aber dann haben wir eben
auch immer wieder mit einem Joint ausgiebig
gefickt und auch das eine oder andere Problem
einfach weggefickt - aber ich bin ein toter
Krieger, thats the problem.
Auch literarisch sitz ich auf einem toten Ross
und kann ihm die Sporen in die blutenden
Weichteile treiben: Das steht nicht mehr auf,
das schreibt kein Stück mehr, das verjüngt
sich nicht mehr durch Ekstase. Der Pegasus
ist hin.

15. Dezember »Ich hätte das mit dem ›Nichts‹ nicht sagen sollen. Das war unfair einer jungen Kollegin gegenüber«, sagt Franz entschuldigend bei Kaffee und Kuchen im regnerischen Dijon. »Mein Text wird auf alle Fälle veröffentlicht, was ich schreibe, ist ja Literatur. Aber dein Text sind die Worte eines Nichts«, sagte er gestern gut aufgelegt und machte zur endgültigen Betonung eine Handbewegung, damit das »Nichts« auch verbildlicht wird. Kein Wunder, dass mir nachts die Luft wegbleibt. Killing me softly with his words. Egal, die Story mit dem »Sein oder nichts sein« kenne ich schon seit Kindesbeinen, eine Entschuldigung kommt seltener vor. Wahrscheinlich werde ich meinen Text derart zusammenstreichen, bis davon nur der Satz »Keine Szenen keiner Ehe« übrig bleibt. Punkt. Die Gefangene von Alcatraz, die berühmte Verwandtschaft und der Dichter als Bleikugel an ihren Fesseln, spezialisiert sich auf alle die komischen Vögel, von denen sie umgeben ist, und stellt fest, dass alle einen Vogel haben. Nur, das interessiert keine Sau.

Ach ja, was macht man in Dijon, wenn's regnet? Richtig, man geht ins Museum und kauft Senf. Wobei das Letztere der bleibende Eindruck sein wird. Museumskunst ist manchmal schon sehr trocken. Grabesstimmung. Alle schleichen durch die Räume, denken, nicken und flüstern und erfreuen sich der interaktiven digitalen Bildschirme mit Touchscreen, denn da bewegt sich endlich was. Hurra, man kann ins Gemälde schlüpfen und dort rumspazieren.

Unsere letzte Etappe steht bevor. Ich konnte Franz dazu bewegen, über seine Sozialphobie zu springen und Uta anzurufen, die Mutter seines ältesten Sohnes. »Mama, ich will meinen großen Bruder finden!«, sagte mein Sohn zu mir, als ich in der Ahnensuche zu meinem Buch steckte. »Ja, machen wir die Tage«, antwortete ich genervt und vertiefte mich wieder in die familiäre Recherche. »Nein, jetzt!« Der damals fünfzehnjährige Junge blieb hartnäckig.

63. Eintrag Dijon ist ein richtig schönes Städtchen, hab ich nicht gewusst, und wir kaufen als Mitbringsel Senf.
Dieser einfallslose Satz soll zeigen, dass der alte Mann müde geworden ist, und wenn er auch nicht heimwill, die Kraft für recht viel „weiter“ hat er nicht mehr.
Die Ex spürt es und strotzt deshalb vor Energie und schleppt ihn zum Herzogpalast und in die Kathedrale, ins Museum des Beaux-Arts, in die Notre-Dame, ins Musée Magnin, in den Botanischen Garten und zum Moses-Brunnen. Der Mann wird immer kleiner neben ihr und seine Knie immer dicker, und als er endlich sagt: Ich kann nicht mehr, lächelt sie und wir kehren um. (Rache für die Nächte im Klo.) Wieder im Appartement, schnauft sie auch wie eine alte Dampflok und schmeißt sich aufs Bett.
Als sie so erschöpft und zufrieden (ich hab ihn fertiggemacht!) daliegt, die „Masse aller Dinge“, schüttelt jemand einen Sack Liebe über mir aus und ich frag mich: Ist sie nicht doch das Wichtigste in meinem Leben gewesen? Hör auf, du sentimentales altes Arschloch!
Seit sie älter geworden ist, erinnert sie mich immer öfter an ihre Mutter, meine zeitweilige Schwiegermutter. Das darf man aber nicht sagen, sie hasst es, mit ihrer Mutter verglichen zu werden; aber sie hat jetzt die Figur, die Maria Schell hatte, als ich die Tochter kennenlernte. Auch die Gesichtszüge sind weicher (man kann sagen: schwammiger) und schlaffer geworden und man sieht, wie das Gesicht zuwächst.

»Na gut, dann gehen wir deinen großen Bruder suchen!« Und fanden ihn in den weiten Tiefen des Webs. Ich hatte meinen Stiefsohn, von dem mich nur zehn Jahre Altersunterschied trennen, im Alter von siebzehn Jahren kennengelernt. Ich blutjung und schon mit zwei kleinen Kindern, er irgendwie fehl am Platz. Bei Franz waren aufgrund von diversen grundlosen Gründen die Schotten dicht. Er zahlte nur den Unterhalt und der Sohn schrieb einmal im Jahr einen Brief wie an eine Großmutter. Ich hatte versucht, die zwei zusammenzubringen, aber no chance. Als der kleine Bruder den großen Bruder kontaktierte und es im selben Jahr zu einem Treffen kam, versteckten wir uns – Franz und ich – in der Seitenstraße mit Blick auf den Fischbrunnen am Münchner Marienplatz. Wir warteten ab, bis sich die drei Geschwister und der neue große Bruder beschnuppert hatten, und kamen dann aus unserem Versteck hervor. Er ist unverkennbar der Sohn seines Vaters. Witzig, wie stark sich Gene breitmachen. Das Wiedersehen war herzlich, seitdem ist er ein festes Familienmitglied. Und nun lerne ich nach fünfunddreißig Jahren endlich seine Mama kennen. Uta lebt im Elsass. Auf dem Heimweg noch eine Runde Vergangenheit schnuppern. Es wird spannend. Die Exinnen und der Ex.

Wie bei Maria schimmert auch bei der Ex manchmal die frühere Schönheit auf wie eine Sternschnuppe, vor allem wenn sie lächelt, unsicher und schön, als würde das Lächeln fragen: Erinnerst dich an mich (uns?)? Diese Sternschnuppenmomente liebe ich!

16. Dezember Dijon war super, trotz meines improvisierten Matratzenlagers. Man gewöhnt sich an alles. »Wenn wir in München ankommen, sollten wir uns nicht trennen. Dann bleibst du in Pasing«, sagt er sehr freundlich nach dem ersten Kaffee. »Franz, sei mir bitte nicht böse, aber ich freue mich auf meine vier Wände. Aber an den Feiertagen komme ich gern zu euch.« Er schaut enttäuscht. Das Blatt wendet sich. Mit jedem Kilometer, den wir uns München nähern, erhalte ich meine Unabhängigkeit zurück.

Der Blick aufs Auto durch die runden Fenster verrät: Papas Liebling musste Federn lassen. Der Mercedes-Stern wurde in der Nacht abgebrochen. Schade, wir trauern mit dem Auto. Der Stern fehlt auch auf der Fahrt. Franz hatte dieses Auto, Baujahr 1994, damals aus erster Hand gekauft. Vorbesitzer: Bayerisches Staatsministerium, Innenministerium. Dienstwagen eines Staatssekretärs und ausgerechnet der Kroetz kaufte ihn. Er als ehemaliges DKP-Mitglied zur Beobachtung auf der Liste des Verfassungsschutzes. Sterne lassen sich ersetzen, zumindest die auf dem Auto.

Wir fahren in den Winter und haben Glück, denn die Straßen sind frei. Es hat eine unglaubliche Schönheit, das Winterwunderland. Die weißen Hügel, die verzuckerten Bäume, der Nebel, der sich ganz langsam von der Sonne verdrängen lässt und ein zartes Blau zum Vorschein bringt. Idyllisch. Vier Stunden fahren wir durch ein mir völlig unbekanntes Frankreich. Franz' Stück ›Bauernsterben‹ ist hier sichtbar – die meisten Dörfer sind verlassen, nur noch die Alten sind da. Landflucht dorthin, wo es Arbeit gibt.

Nach vier Stunden stehen wir vor dem alten Bauernhof. Franz ist ein wenig nervös. Uta öffnet die Tür. Die fünfundachtzigjährige Theaterdame hat sich vom Alter nicht ihr souveränes Auftreten nehmen lassen. Sie begrüßt uns herzlich und bekocht uns göttlich. In der Küche heizt der alte Ofen. Ich

64. Eintrag Heute weiter nach Burbach im Elsass, wohin sich Uta Emmer 1998 zurückgezogen hat, als sie ihr Theater in München und ihr Leben als Schauspielerin und Intendantin plötzlich an den Nagel gehängt hatte. Schuld daran war „Berufsermüdung“, aber auch die Münchner Theatermafia, ein zwielichtig eigennütziges Gremium, das die minimalen Subventionen für die kleinen und kleinsten Theater in München nach undurchsichtigen Kriterien verteilte und dem Theater von Uta immer weniger gab, bis sie gezwungen war aufzuhören. Mit Uta verbindet mich die Liebe zum Theater und unser Sohn David.

Die fünfundachtzigjährige Grande Dame ist sehr klein geworden, wiegt nur noch fünfundvierzig Kilo, ist herzkrank und im Kopf total fit. Dass sie ununterbrochen redet, ist okay; sie erzählt sooo vieles, was ich nicht mehr weiß, dass es vollkommen richtig ist, dass ich meine Memoiren aufgegeben hab. „Meine“ Memoiren müsste jemand schreiben, der nicht so viel gesoffen hat und sich besser erinnern kann.

Wir essen Kuchen, den Uta für uns gebacken hat, und die beiden Damen reden zwar um die Wette, aber sie tolerieren sich dabei, unsere Vergangenheiten zum Klingen zu bringen.

Irgendwann im Verlauf des Abends fragt Uta:

Und ihr? Seid ihr jetzt wieder zusammen?

Die Ex schüttelt energisch den Kopf.

Und ich sag: Sie hat sich scheiden lassen, aber mir gefällt sie immer noch, auch wenn sie aufgegangen ist wie eine Dampfnudel.

fühle mich somit gleich daheim. Zwanzig Jahre habe ich in Kirchberg auf so einem Herd die Familie bekocht.

Die schmale, dünne Frau lässt ihre Theaterzeit als Intendantin am Modernen Theater lebendig werden. Und die als Schauspielerin. Während sie mit dem Feuerhaken die einzelnen Ringe des Herdes zur Seite zieht, um von oben einen großen Holzscheit nachzulegen, erzählt sie, wie sie bei meinem Vater im Ateliertheater in Wien als junge Schauspielerin vorgesprochen hat. Da legte mein Vater die Arme um ihren Hals und meinte, »aber Uta, du brauchst doch gar nicht vorzusprechen«. Uta schob wütend seine Hände weg und sagte bestimmt, »ich will aber vorsprechen«. Mit dem letzten Satz schiebt sie den letzten Ring des Herdes zurück. Das Feuer ist besiegelt, innen, außen und wieder innen.

Die Frau sprüht vor Energie, und wenn sie schelmisch lacht und ihren Kopf neckisch in den Nacken legt, hat sie was von einem Mädchen. Sie zeigt uns, wo wir übernachten können, und Franz betont, dass es wichtig ist, getrennt zu schlafen, da ich schnarche wie ein Holzfäller. Der Fakt, dass wir geschieden sind, hätte aber gereicht. Er wird es wohl nie lernen. Später, beim gemütlichen Essen, macht er einen weiteren Fauxpas und sagt über meine Körperformen, dass unsere Tochter irgendwann mal gemeint habe, »jetzt weiß ich, wie ich mit fünfzig aussehe, wie eine aufgegangene Dampfnudel«. Er liebt es, mit Sprache zu manipulieren und verletzende Spitzen zu setzen.

In der Früh hatte ich in der Wohnung in Dijon mit Spiegel geduscht und selbstkritisch erwähnt, dass, wenn man sich selbst als Venus gewöhnt ist und dann im Visavis eine füllige Rubensfigur entdeckt, es nicht unbedingt prickelnd ist.

»Wer als Erster aufsteht, heizt ein«, sagt Uta und verabschiedet sich zu Bett. Franz will noch reden. »Man muss nicht immer die Schwachpunkte eines Menschen an den Pranger stellen.« »Ich merke das nicht«, antwortet Franz, »und ich

Die Ex erstarrt und ich könnte mich in den Arsch treten.
Dabei zitiere ich nur unsere Älteste, die gesagt hat: Ich weiß genau, wie ich in dreißig Jahren ausschau, ich muss nur meine Mutter und Dampfnudel denken ...
Obwohl ich also nur zitiert hab, ist die Ex total beleidigt und wirft mir später vor, dass ich das vor Uta gesagt hab. Das tut man nicht! Mir ist das auch klar, aber ich bin eben so! Sensibel (vermutlich?) als Dramatiker mit meinen Figuren, autistisch als Mensch.
Dazu kommt, dass mir die Ex in ihrem roten kurzen Strickkleid und den schwarzen Strümpfen sehr gut gefiel heute, den ganzen Tag über ... sehr gut.
Ich sage zu ihr: Die Dampfnudel tut mir leid, weil sie nicht stimmt. Ich find dich zurzeit sehr attraktiv, du bist eine total sexy Dampfnudel, und ich krieg einen Ständer, wenn ich dich seh.
Erst schaut sie mich unverwandt an und ich denke: Oh Gott, was hab ich denn jetzt für einen Scheiß gemacht, aber dann lächelt sie, es ist ein Lächeln, das man nur erkennen kann, wenn man nach Sternschnuppen schaut. (Zu mehr kommt es nicht, ich hole mir später einen runter, was auch recht angenehm ist.)

meine es auch nicht so. Du schaust absolut appetitlich aus, wenn du so vor mir sitzt, bekomme ich direkt einen Ständer.« Hä? Was ist denn mit dem los? »Sorry, zwischen Weißwurst und aufgegangener Dampfnudel ist kein Platz für Erotik.« Nun richtig froh, meinen eigenen Schlafraum zu haben, ziehe ich mich zurück aufs Sofa im Wohnzimmer und träume von meinem Bett daheim.

17. Dezember Wer einheizt, muss erst den Ofen putzen. Ich mache mich also daran und leere die volle Ascheschublade aus, nehme den Haken, reinige nach, lege zerknüllte Zeitung, kleine Schindel und Scheite rein und voilà, das Feuer brennt. »Es brannte, wann, wo und wie oft sie wollte«, beschrieb Kroetz die Dichtersgattin in seiner Short Story ›Leerer Tag‹. Ich kann es noch immer. In München schneit es, der Winter tobt sich aus. Also eine weitere Nacht im Elsass.

Mit zwei Oldies unterwegs zum Einkaufen und das bei minus sechs Grad. Es dauert, bis der Mercedes enteist und die eingefrorene Tür geöffnet ist. Während die beiden sich später über viele Theatererinnerungen austauschen, heize ich nach, hole Holz, bereite eine Lammkeule, Gemüse und Salat vor, wasche ab und so vergeht der Tag. Aschenputtel on the rocks.

Ich brauche eine Pause. Meine Texte und Formulierungen zerbröseln, bevor ich sie getippt habe. Ich sehne mich nach Freiraum, die Anpassung wird zum Korsett. Einfach mal durchatmen und Abstand nehmen.

65. Eintrag Da es in München stark schneit und hier ein strahlender, wenn auch kalter Himmel sich wölbt, fragt Uta, ob wir nicht noch einen Tag dableiben wollen. (Auf der Schwäbischen Alb sind LKW umgekippt.) Und wir tun es. Wir gehen zu dritt einkaufen, Uta hält sich am Einkaufswagen wie an einem Rollator fest, und wir kaufen eine Magnum Rotwein und eine Magnum Edel-Prosecco, Salat, Kartoffeln usw. und Uta spendiert ihre eingefrorene Lammkeule, und – verflucht, schon wieder etwas was ich an der Ex immer bewundert hab!, sie kann auf jedem Markt in jeder Sprache einkaufen, und sie kann in jeder Küche kochen. Die beiden Damen kochen jetzt gemeinsam, also die Ex kocht und Uta redet und redet und redet, seit wir da sind, käut sie ihr gesamtes Leben wieder, und ich sitze im „Salon" (Uta hatte immer einen sagenhaft guten Geschmack), schreibe diese Zeilen und denke daran, dass morgen diese Reise zu Ende geht. Und das macht mich traurig. Egal, was für ein anstrengendes, egozentrisches, schreckliches Weibsbild die Ex auch ist,
sie wird mir fehlen.

18. Dezember »Ich hab gewartet, bis die gute Fee eingeheizt hat«, sagt Franz fröstelnd und reibt sich die Hände. »Das Feuer brennt und der Kaffee steht auf dem Tisch. Ich möchte nur schnell meinen Text zu Ende schreiben«, sage ich zu ihm. »Ah, die große Autorin«, sagt er und geht auf Zehenspitzen aus dem Raum. Mag sein, dass ich mich täusche, aber ich komme mir wieder mal verarscht vor. »Machst dich nützlich, dann bemerkt man dich nicht«, heißt es in seinem Stück ›Mensch Meier‹.

Wir packen, verabschieden uns von Uta und fahren durch das sonnig verschneite Elsass. Die letzte Etappe in winterlicher Schönheit. Autobahn, ja oder nein? Franz will den schnellsten Weg. Er wird zum längsten. Zweieinhalb Stunden stehen wir im Stau. Nichts bewegt sich. Die Heizung des alten Autos pfeift mittlerweile aus dem letzten Loch. Der Ventilator stockt. Immer wieder müssen wir ihr eine Pause gönnen. Dann sind aber im Nu die Scheiben beschlagen. Ich trau mich nicht mal mehr, Wasser zu trinken, weil ich nicht weiß, wann ein WC in der Nähe ist. Nach dem Stopp ist dann das Wischwasser eingefroren. Die Schlieren auf der Scheibe lassen die Straße nur noch erahnen, die Bremslichter wirken in der Dunkelheit wie eine Discobeleuchtung – Sternchen in allen Formen. Zweimal müssen wir auf einen Parkplatz fahren und per Hand die verdreckten Scheiben reinigen.

Nach dreitausendfünfunddreißig Straßenkilometern plus tausendvierhundertzwei Kilometern auf der Fähre, drei Wochen Reise, dreißig Grad Temperaturunterschied, neuneinhalb Wochen à vierundzwanzig Stunden Kroetz ohne Pause, fahren wir in München-Pasing ein. Meine Mission, seinen »Lebenstraum« zu erfüllen, ist gelungen. Freude, die Kinder wiederzusehen. Freude, die eigene Identität wiederzufinden.

»Ich könnte eure Mutter erneut heiraten«, wiederholt er. Wäre eine praktische Altersvorsorge für ihn und auch für mich. Aber meine Unabhängigkeit ist mir lieb und teuer. Ob wir uns

66. Eintrag Knapp sieben Stunden von Burbach nach Pasing. Zwei Stunden im Stau, Heizung fällt zwischendurch aus (acht Grad minus), Scheibenwischwasser ist eingefroren, Blindflug deshalb, aber wir schaffen es und ich bin fast dreitausend Kilometer gefahren: ohne Unfall, ohne Probleme. Fühle mich wie vor zwanzig Jahren, total jung, und da war ich schon sechsundfünfzig.
Zur ältesten Tochter, die andern Kinder kommen dazu: Es gibt Gulasch und die Magnum Edelprosecco. Merke: Die kids freuen sich, dass wir wieder da sind. Tut gut!
Ende der Reise, die Ex nimmt das Angebot an, bei mir zu übernachten. Will erst morgen nach Hause. Ich sage: Du bist doch auch hier zu Hause. - Hättst du wohl gern, sagt sie.

auf künstlerischer Ebene vermählen, bezweifle ich. Sein Manuskript und meine Aufzeichnungen sollen auf getrenntem Wege den Verlag erreichen, ohne dass wir gegenseitig unsere Texte gelesen haben. Das kann spannend sein oder aber auch ganz schrecklich. Keine Ahnung. Es hängt ohnehin alles von ihm ab. Er kennt die Verleger, er ist berühmt und er kann schreiben, was er will, bei ihm ist es immer Literatur. Egal ob gute oder schlechte.

Wie dem auch sei, ich muss mich auf alle Fälle um einen neuen Broterwerb kümmern. Es geht immer irgendwie weiter, der Weg ist das Ziel. Und die Klobrille bleibt unten, Deckel drauf.

Szenen keiner Ehe. Punkt.